小学館文庫

祝言島

真梨幸子

小学館

目次

祝言島

登場人物

九重《ここのえ》皐月《メイ》
関東大学芸術学部デザイン学科の学生。

国崎《くにさき》珠里《じゅり》
女優。プロダクションネメシス所属。

七鬼《なおき》紅玉《ルビイ》
女優。プロダクションネメシス所属。

七鬼《なおき》百合《リリイ》
元ポルノ女優。ルビィの母。

大倉《おおくら》悟志《さとし》
フリープロデューサー。人気テレビ番組『ファミリー・ポートレイト』を手がける。

三《み》ツ矢《や》勉《つとむ》
プロダクションネメシスのマネージャー。

一《いち》ノ瀬《せ》マサカズ
演劇界の若きカリスマ。

サラ・ノナ
スタイリスト。

嘉納《かのう》明良《あきよし》
映画監督。ドキュメンタリー映画『祝言島』を撮影する。

一《いち》ノ瀬《せ》琴美《ことみ》
嘉納の恋人。

飯野《いいの》武《たけし》
嘉納の友人。

東雲《しののめ》アキラ
芸能界最大手のＡＭＳグループ会長。

東雲《しののめ》義重《よししげ》
シノノメ美容外科院長。

イボやん
本名八代勝子。耳たぶにイヤリングのようなイボがある。

バク転《てん》・サブロー
ピン芸人。プロダクションネメシス所属。

五十嵐《いがらし》リナ
モデル。プロダクションネメシス所属。

韮山《にらやま》亜《あ》弥《や》
関東大学芸術学部映像学科の学生。

祝言島

裏路地。
泣いている子供が、いる。
下着姿だ。
髪は振り乱れ、顔は赤黒く汚れている。
鼻からは、苔色《こけ》のトコロテンのような洟《はな》がにゅるっと飛び出している。
子供は「ママ、ママ」と言いながら、母親を捜しているようだ。
男が駆け寄る。
「ママは、もうすぐ帰ってくるから。おうちで待ってなさい！」
それが嘘《うそ》であることは、子供にも分かっている。
この男は、毎度毎度、嘘をつく。この男が真実を言ったことなど、今まで一度もない。
「さあ、こっちに来なさいよ、ねえ、ママが帰ってくるよ？　さあ、おうちに帰ろう？　おやつがあるからさぁ」
男は、今度は宥《なだ》め賺《すか》すように、猫なで声で言った。
この声にだまされてはいけない。この男がこんな声を出すときは、最終手段なのだ。
つまり、甘い声とは裏腹に、その怒りは頂点に達している。
一度、その声にだまされて男に従ったことがある。が、待っていたのは、激しい折《せっ》
檻《かん》だった。
だから、だまされてはいけない。
子供は、差し出された男の手を噛《か》んだ。男の手から、一瞬、力が抜ける。
今だ。
子供は、これが人生最後のチャンスとばかりに、その腕をふりほどくと駆けだした。
走る、走る、走る。走れ、走れ、走れ……！
帰りたい、帰りたい、帰りたい！
ママ、ママ、ママ！

……でも、どこに帰ればいいんだろう？
どこ？　どこ？　どこ？
心細さと不安と絶望が、子供をさらに掻立《かきた》てる。

顔はグシャグシャ、涙でグシャグシャ、洟でグシャグシャ。

背後から、男の金切り声。

逃げろ、逃げろ、逃げろ！

金切り声が、迫ってくる。

逃げろ、逃げろ、逃げろ！

でも、その人影は、すぐそこに迫っている。

男が鬼の形相《ぎょうそう》で、追いかけてくる。

「ママが、戻ってきたよ！」男が叫ぶ。

嘘だ、嘘に決まっている。

「ママが、おうちで待っているよ！」

嘘だ、嘘だ。

そう思いながらも、子供のスピードは徐々に落ちる。

走り疲れたのだ。もう限界が近づいている。これ以上走ったら、もう気を失うしかない。子供は、男のスピードに合わせるように、ゆっくりと、足の動きを緩めた。

「ママが、呼んでいるよ！」男が、すぐ後ろまでやってきた。「ママが迎えにきたからさ！」

それが大嘘だと分かっていながら、子供は、ぱたりと足を止めた。

そして、洟をすすりながら、切れ切れの声で、訊《き》く。

「ほんと？　ほんとうにママ、きた？」

母が迎えに来ていないことは分かっている。

子供ながらに、理解していた。自分は、捨てられたということを。

でも、もう疲れ果てていた。だから、男の嘘につきあうしかない。男の嘘を信じた振りをして、あそこに戻るしかない。

……待っているのは、折檻と果てしない〝虚構《フェイク》〟だということを分かっていながら、子供心にも、そこしか戻る場所がないことを絶望的なほど理解している。

ああああ。

なんで、自分は子供なんだろう？　なんで、自分は、〝大人〟の庇護《ひご》なしでは生きられない〝子供〟なんだろう？

〝子供〟である自分が、ひどく可哀想《かわいそう》に思えてくる。〝子供〟というのはまさに自由を奪われた囚人だ。残酷な大人の支配下で、惨めな茶番を演じるしかない。

「ママ、ほんとうに、迎えにきた？」

子供は白々しく訊く。

「ママ、ほんとうに、迎えにきた？」

そして、その小さな手をさしだす。

降参の印だ。

「なんて子だ！　ほら、帰るぞ！」

そして、腕が抜けるんじゃないかというほどの力で、男は子供の手を引っ張る。

事実、肩が脱臼したようだ。

その痛さで子供の顔は歪《ゆが》むが、しかし、その痛さなどただの虫さされ程度のものだったのだと、その数分後には思い知る。


全裸で床に転がる子供。

男たちが棒をふりあげる。

子供の背中めがけて、棒を叩《たた》きつける。

腫れ上がる背中。血が滲《にじ》む尻。

それでも、子供は泣きもしない。

体を団子虫のようにまるめて、なすがまま、棒に打たれる。

なすがまま、棒に打たれる……。

それでも、子供は、その島に、留《とど》まるしかない。

その島に……。


（映画『祝言島』より）

〈イントロダクション〉

『テレビ人生劇場　～殺人者は隣にいる～』をご覧のみなさん、こんばんは。

お待たせいたしました。今夜は、「未解決事件スペシャル」です。

闇に葬られようとしている未解決事件にスポットライトをあて、番組独自の取材で詳《つまび》らかにしていくこの企画、今夜はどんな事件が選ばれるのでしょうか？


さて。

みなさんは、「祝言島《しゅうげんじま》」という島をご存じでしょうか？

かつて、小笠原諸島の南端にあったとされる、小さな島です。

あ、ネットで調べても無駄ですよ。

いろんな記述があり、その真偽はあやふやになっていますから。

……そう、ネットとは、嘘と出鱈目《でたらめ》と虚構《フェイク》が作り出した、巨大な泥の沼《カオス》。そんな沼にうかつに近づけば、あなたもたちまちのうちに、泥の中に引きずり込まれてしまいます。

が、これも忘れてはいけません。美しい蓮《はす》の花は泥の上で咲くということを。

蓮の花、すなわち、〝真実〟です。

では、本題に入りましょう。

二〇〇六年十一月三十日深夜から十二月一日夜にかけて、ある事件が連続して起きました。

世に「十二月一日連続殺人事件」と言われる事件です。

まず殺害されたのは、一ノ瀬《いちのせ》マサカズ。一部では演劇界のカリスマと呼ばれていました。十二月一日の未明、西新宿セントラルパークホテル一九〇五号室で、惨殺死体で見つかりました。殺害されたのは十一月三十日二十三時三十分頃。享年三十三。

とき同じくして、七鬼百合《なおきリリィ》が港区の自宅アパートで何者かに襲われ、搬送先の病院で死亡します。享年五十五。

そして三人目の被害者は、国崎珠里《くにさきじゅり》。十二月一日の夜、赤坂の自宅マンションで、惨殺死体で見つかりました。享年三十三。

十一月三十日深夜から十二月一日の夜。たった一日の間に起きた三件の殺人事件。

大都会東京とはいえ、これほど殺人が連続することはありません。そこで警察は、この三つの事件に関連があるのではないかと疑い、まずはこの三人の共通点を探りました。

三人の共通点は、すぐに浮かび上がりました。

それは、「ルビィ」という名の女優です。

ルビィ……本名は七鬼紅玉《ルビィ》。

最初の被害者である一ノ瀬マサカズとその晩一夜を共にし、二番目の被害者である七鬼百合とは親子関係、そして三番目の被害者である国崎珠里とは、……切っても切れない腐れ縁の仲。

が、そのルビィは、警察の取り調べの最中、忽然《こつぜん》と姿を消します。

そして、事件は迷宮入り。未解決事件のリストに刻まれることになります。


どうして、事件は未解決のままなのか？

それは、被害者三人の共通点にあります。三人の共通点は「ルビィ」だけではなかったのです。共通点は他にもあったのです。

それが、「祝言島」です。


さて、ここに、一本のテープがあります。

これは、『祝言島』というタイトルの、ドキュメンタリー映画です。監督は、嘉納《かのう》明良《あきよし》。

一般にはあまり知られていませんが、一部のマニアには大変有名な、カルト映画です。

我々はこの映画に注目し、そして今回、ある真実に辿《たど》り着くことに成功しました。

そう、謎に包まれた「十二月一日連続殺人事件」を解き明かす糸口を、手繰《たぐ》り寄せることに成功したのです。

それでは、早速、見てもらいましょう。

VTR、スタート。

Sequence 1　皐月／メイ

scene 1

（二〇一七年十二月）

そーれそれそれ　そーれそれそれ
人のもの　とるやちゃ
こども　ひまご　そのまたこども
うらみ　うらまれ　ねだやし　ころり
ねじって　つぶして　きざんじゃる
そーれそれそれ　そーれそれそれ

＋

「なに、それ。めちゃくちゃ、気持ち悪いんだけど」

そう言いながら、九重皐月《ここのえメイ》のタブレットに顔を近づけてきたのは、韮山《にらやま》さんだった。彼女の生温かい息が、メイの頬をざらりと撫《な》でる。ミントの香りが、きつい。歯を磨いてきたばかりか。

韮山さんは悪い人ではないが、断りなく距離を縮めてくるところが、苦手だ。メイは、彼女に気づかれないように椅子ごと体を引いた。

関東大学芸術学部日野キャンパス。午後の「映画史」の講義に備えて、メイは第一講義室で一人、調べ物をしていた。

「映画史の講義って、私、苦手なんだよね」

韮山さんは、メイの隣に鞄《かばん》を投げおくとそこを陣取った。

「なにより、あの教授が、苦手。……ちょっと、キモくない？」

安易に同意していいものだろうか。返事に困っていると、

「ね、だから、それ、なに？」

と、韮山さんは改めてメイのタブレットを覗《のぞ》き込んだ。

「……祝言島に伝わる、子守唄の歌詞」メイは、答えた。

「祝言島？　……子守唄？」

「覚えてない？　先週の講義で、ドキュメンタリー映画を見たじゃない。『祝言島』っていうタイトルの――」

「ああ、あの映画。……ごめん、私、ほとんど、寝てた」

確かに。上映中、ずっと机に突っ伏してたっけ、韮山さんは。

「それにしても、その歌。子守唄にしては気持ち悪いね。……でも、そんなものか。うちの地元に伝わっている子守唄も、結構ヤバいもん」

と、この話題はここで終わりとばかりに、韮山さんは自身のスマートフォンを取り出した。

この人は、毎回そうだ。自分で話を振っておきながら、次の瞬間には一方的に話を打ち切り自分の世界に入っていく。

彼女のこのマイペースにはいっこうに慣れない。

……なんで、彼女はこうやって私にいちいちからんでくるのだろう？

メイは、がらんと空席が目立つ講義室を眺めながら思った。

……なんで、わざわざ、私の隣をいっつも陣取るんだろう？

いつのまにやってきたのか、斜め後ろから好奇心丸出しの視線が飛んできた。

絵画学科の学生だ。いつだったか、「君たち、仲がいいよね」と、にやつきながら話しかけてきた男性だ。

仲がいい？　そうなんだろうか？　これが、「仲がいい」ということなんだろうか？

思えば、メイには友達というものがいなかった。小学校も中学校も、そして高校も、いつでも一人だった。教室を移動するときもトイレに行くときも、登下校するときも。それを苦にしたことはない。むしろ、そういう境遇を好んで選択していたのは自分のほうだったし、下手に他者《ひと》が入り込んでこないように結界も張り巡らせてきた。仲良しグループを羨ましく思うこともなかったし、LINEなどといった目に見えない鎖で年がら年中つながっているような状況には耐えられなかった。

そんな娘を見て、母親はなにかと心配してくれるが、メイには、「孤独」が心地いいのだ。自分のペースで世界をわたっていける。

だから、この大学を選んだようなところもある。芸術を志す人たちは、みな、孤独を好むのだろうと。他者《ひと》には干渉せずに、他者《ひと》には関心を持たずに、おのおの、広いパーソナルスペースを設けて、唯我独尊を貫く。砂漠の中のミーアキャットのように其々《それぞれ》の縄張りを誇示しつつ、その代わりに他の縄張りには欲を出さない、そんな見事なバランス。

が、実際には違った。

彼らはむしろ、平均的な若者よりも他者《ひと》に興味を持ち関心を示し、ぎらぎらとした好奇心をアンテナにして、ちょっとした変化にも敏感に反応する。そして、なにより、馴《な》れ馴《な》れしかった。

あるいは、それこそが「表現者」としての資質なのかもしれない。

「表現」というのは、簡単にいえば、他者《ひと》に自身の内面を伝える行為だ。つまり、他者《ひと》あっての〝表現〟であり、裏返せば、他者《ひと》の存在が表現を生み出す。

むしろ、このキャンパスにおいて異端者なのは自分のほうかもしれない。

「……異端者」メイの唇から、自然とため息が零《こぼ》れ出る。

悪いことに、異端者は、「表現者」にとってかっこうの餌食だ。映像学科の韮山さんが、デザイン学科の私の隣をいつでも陣取るのは、たぶん、私を観察するためだろう。……考えすぎだろうか？

メイは、今度は、これ見よがしにため息をついた。

いずれにしても、各学科をまたいでの共通講義は、だから苦手だ。そういう意味では、韮山さんの意見にはまったく同意する。

「映画史って、苦手なんだよね」

そして、

「あの教授、キモいんだもん」

という点も。

これは、みな同じ意見のようで、日を追うごとに極端に受講者の数が減っている。四月に行われた第一回講義には、単位が取りやすいという噂《うわさ》があったせいか各学科の学生が詰めかけ、定員二百五十名のこの第一講義室は立ち見が出る程満杯だった。が、先週の講義には三十八人しか現れなかった。今日にいたっては、今のところ、二十六人。たぶん、これ以上は増えないだろう。

講義の内容は悪くはない。ちゃんと聞いていれば、面白い部分もある。いけないのは、あの教授の、ぼそぼそとした話し方だ。まるでお経だ。いや、お経だって、あれほど単調ではない。ちゃんとリズムがあるし、抑揚がある。が、あの教授の語りは、耳障りなノイズをずっと聞かされているような不快感がある。あれを聞いていると、もう眠る以外にはないのだ。

が、先週の講義は、珍しく、睡魔が訪れなかった。

ドキュメンタリー映画に関する講義だったのだが。

そのときに見せられた映画が、刺激的だったせいかもしれない。

タイトルは『祝言島』。

ドキュメンタリー映画の中では有名な作品らしい。が、正直、この映画のことも、そして取り上げられている祝言島という島の存在も、知らなかった。

だからこそ、ショックでもあった。

同じ日本なのに、まるではじめからなかったかのように隠されている島があったなんて。島の火山が噴火して、多くの島民が犠牲になり、残った全島民が避難するほどの大災害があったのに、まったく知らなかったなんて。いくら、自分が生まれるずっと前の出来事とはいえ。

それからは、なにかの暗示にかかったように、「祝言島」という名前が頭の中に飛び交った。呪文のようでもあった。気がつけば、祝言島に関する情報を片っ端から検索している始末。

「祝言節」という島の子守唄に出会ったのは、そんなときだった。一昨日のことだ。

祝言節。その字面《じづら》からすれば、本来は、祝言の席で歌われるような、目出たい内容であるはずなのに。

「人のもの　とるやちゃ
こども　ひまご　そのまたこども
うらみ　うらまれ　ねだやし　ころり
ねじって　つぶして　きざんじゃる」

なんとも、猟奇的な歌詞だ。しかも、九番まである。

まるで、横溝正史の世界。横溝正史が描く世界観は苦手だ。でも、なぜだかひどく魅力的で、ついつい、最後まで読んでしまう。「祝言節」もまた、いやだいやだと思いながら、どうしても、そのフレーズを頭の中で繰り返してしまうのだ。一昨日からずっとそうだ。今、頭の中を覗いたら、気味の悪い言葉で溢《あふ》れ返っていることだろう。それは、時間を追うごとにひどくなっている。いったい、「祝言節」とはどんな調べなのか。どんなふうに歌うのか。それを知りたくて、この二日間、ずっと検索を続けている。

……そーれそれそれ　そーれそれそれ

「え？」

横を見ると、韮山さんが、鼻歌まじりで口ずさんでいる。

「韮山さん、この子守唄、知っているの？」

「ううん。今、検索してみたんだけど。たぶん、この民謡が元歌じゃないかなって」

と、韮山さん。見ると、その耳にはイヤホン。

「聴いてみる？」

応えなど待たずに、韮山さんはイヤホンをメイの耳に押し込んだ。

それは、三味線を伴奏にした民謡のようなものだった。聴いたことがあるような、ないような。

「厳密には民謡じゃなくて、〝ホウカイ節〟っていうんだけどね」

「ホウカイ……節？」

「そう。法律の〝法〟に、世界の〝界〟で、法界」

メイは、早速、〝法界節〟を検索してみた。


——俗曲の一種。清楽《しんがく》の「九連環」の囃子詞《はやしことば》「不開《ほうかい》」をもとに長崎で発生、明治23～24年（1890～1891）ごろに全国に流布した。長崎節。（デジタル大辞泉）

「要するに、明治時代、中国の歌をアレンジした歌が長崎で流行《はや》って、のちに全国で大流行した……ってことじゃない？　今でいえば、地方発祥のゆるキャラが、全国区になるみたいな？」

菲山さんの説明はかなりふざけていたが、分かりやすかった。菲山さんは、スマートフォンを操作しながら、続けた。

「……長崎の花柳界で誕生した法界節を、若者が月琴に合わせて歌い歩き、後に『さのさ節』を生んだ……んだって。まあ、要するに、演歌のはしりだね。……さのさ節か。おばあちゃんがよく歌ってた」

「さのさ節って？」

「……おばあちゃんが歌っていたのは、江利チエミの『さのさ』なんだけどね。美空ひばりも歌ってたみたい。他にもいろんなバージョンがあるみたいで。……要するに、歌の中に〝さのさ〟っていう囃子詞を入れたものは、『さのさ』になるんだよ」

「詳しいんだね？」

「まあね。おばあちゃんもお母さんも、地元で小唄をやっているからね。そのせいで、ちょっとだけ」

「小唄？」

「田舎にいるとさ、小唄とか民謡って、お茶やお花みたいなもんなんだよ。身につけておかなければならない教養のひとつ……みたいな？」

「へー、そうなんだ」

「小唄も民謡も、面白いよ？　各地にいろいろなものがあるけど、でも、元ネタは同じものだったりする。同じ歌が全国に散らばって、いろんなアレンジがなされて、結局はまったく違う歌になったりする。……特に、明治時代に入ってから流行した民謡や小唄は、法界節が元ネタだったりすることが多いから、ちょっと、当たりをつけてみたんだよ。『祝言節』もそうなんじゃないかな……って」

「明治時代に入ってから？」

「だって、その歌詞、……特に、〝人のもの　とるやちゃ〟って部分、なんとなく、江戸時代の頃の言葉じゃない感じ？　なんとなくだけど」

　韮山さんは不思議な人だ。一見、ちゃらちゃらしたイメージなのに、考察は深い。

「でも、〝そーれそれそれ〟っていう部分は、『お祭りマンボ』に通じるものがあるんだよね。もしかしたら、もっと新しい歌なのかも」

「お祭りマンボ？」

「あれ？　知らないの？　有名な歌謡曲だよ。懐かしのメロディー的な番組では、定番じゃん」

「……そういうの、見ないから」

「テレビ、見ないの？」

「うん、うちは、あまり」

「私もあまり見ないけど、うちは、母親がさ、テレビっ子だから、実家では年がら年中、テレビがついてるんだよね。寝るときもだよ？　テレビがついてないと落ち着かないとかなんとかいって。あれは、もう、テレビ中毒だね。叔母もさ、完全なテレビ中毒。あれだよね、今のテレビ視聴率を支えているのって、完全にあの世代だよね」

「あの世代？」

「新人類世代っていうの？」

「新人類……」

「生まれたその瞬間にテレビがあって、テレビが最も権威があって、マスコミの王者としてテレビが君臨していた時代に生まれて育った世代。……九重さんの親もそうでしょう？」

「私の親？」

「そう。……何歳？」

「私の母親は……」何歳だっけ？

「じゃ、父親は？」

父親は……言葉に詰まっていると、

「今日の講義、休講だってさ」

という声が、どこからともなく聞こえてきた。それを合図に、あっというまに講義室から人影はなくなった。

「あーあ。午後はこの講義だけだったのに。バイトの時間まで、なにして時間つぶそう？」

韮山さんが愚痴をこぼす。が、その顔はどこか嬉《うれ》しそうだ。

「九重さんは？」

「私も、今日はこれでおしまい……かな」

「これから、どうするの？」

「私？　私は――」

「まあ、とりあえず、駅まで一緒に行かない？　今から急げば、立川駅行きのバスに間に合うよ」

　韮山さんが時計を確認する。メイも、腕時計を見てみた。

　午後一時六分。

　日野キャンパスと立川駅を結ぶバスは、この時間帯は一時間に一本しかない。だから、「休講」の声がかかると学生たちは競うようにここから立ち去ったのだ。

　きっと今頃、あの停留所には列ができているだろう。この広い講義室では少人数でも、バスともなれば二十六人は多すぎる。

　その混雑を想像して、メイは軽く首を振った。

「私は、……モノレールで帰るから」

「あれ？　モノレールだっけ？」

　韮山さんが、にやにやと疑惑の目でこちらを見る。

「でも、モノレールの駅まで、結構歩くじゃん？」

「うん、それでも、モノレールにする」

「じゃ、私もモノレールにしようかな？」

　結局、韮山さんと、約三十分も時間をともにすることになってしまった。

こんなことなら、混雑したバスのほうがまだましだったかもしれない。

「でも、あれだよね。……なんか、東京って広いよね」

韮山さんは、皮肉めいた響きを持たせながら言った。

「一言で東京っていっても、こんな長閑《のどか》でローカルな場所もあるんだね。これじゃ、私の地元のほうが、よほど都会だよ」

確かにこの辺は、東京というには少々、殺風景だ。高層ビルもなければ猥雑《わいざつ》なネオンもない。ただ漠然と、雑木林と空き地が続くだけだ。

そのせいか、風が、ひどく冷たい。

メイは、ダウンコートのポケットに、両手を突っ込んだ。

「この辺って、昔は、飛行場だったみたいね」

韮山さんが、いきなりそんなことを言う。

「飛行場？」

「うん、今は基地があるみたい。だから、……あんまり、開発されてないのかもね」

「詳しいね」

「田舎もんだからね。東京のことは東京人よりも詳しいよ。この辺のことだって、大学の合格通知が来る前から調べまくってた」

「へー、そうなんだ」

「そういえば、九重さんの家ってどこなの？」

「家？　……私の家？」

「私は、立川駅近くのアパート。二十平米のワンルーム、お家賃五万三千円。九重さんは？」

　自分はちゃんと言ったのだ、だからあなたも嘘偽りなく白状しなさいとばかりに、韮山さんの視線が突き刺さる。

「もしかして、都心？」

「え？」

「前に、中央線の上りに乗ってたの、見かけたことあるから。四ツ谷で乗り換えて……水道橋で降りたでしょう？」

「え？」

「私も乗ってたのよ、その電車に。本郷キャンパスにちょっと用事があってさ」

「ああ、私も本郷キャンパスに用事が……」嘘をついてしまった。

「ああ、そうだったの？　その割には、反対方向に歩いて行っちゃったけど」

「間違えたんだよ。……方向音痴なんだ」

「そうか。……それにしてもさ、本郷キャンパスに行きたかったよ。去年までは本郷だったのに、なんで、私たちの代でこんな田舎のキャンパスに移動になったんだろうね？　ほんと、ついてない」

「……そうだね」

「で、家は、どこ？」

「え？」

　メイの頭が、自然と垂れる。これ以上、嘘なんかつきたくない。でも、会話のつじつまを合わせるには、つくしかない。

「小作《おざく》」出任せに、そんな地名が出てきた。小学校の頃に遠足で行ったことがあるだけなのに。

「小作？」

「青梅《おうめ》線の」

「あー、そうなんだ！　私も、バイト先、青梅線なんだよ、青梅線の西立川っていう駅なんだけどね――」

＋

　あんなバカバカしい嘘をついたせいで、青梅線の下り電車に乗るハメになり、東中《ひがしなか》神《がみ》駅などという、今まで一度も降りたことのない駅に降りて、しかもすぐには上り電車はやってこず、暇つぶしにと開いたタブレットは充電切れ。スマートフォンまで充電切れで、吹きさらしのようなホームで木枯らしに耐えながら、一人ぽつんとベンチに座ること十四分。つくづく運のない日で、ようやく来た電車は立川止まり、それから中央線に乗り換えるも、三鷹駅の手前で人身事故、三十分間、電車の中に閉じ込められた。

結局、水道橋駅に到着した頃には四時を大きく回っていた。

水道橋駅からは、自宅まで歩いて二十分ほどだ。

伝通院《でんづういん》近くの、築四十七年の古いマンション。この中古物件を母が購入したのは、メイが中学校に入ってすぐのことだった。

「私が若い頃、この辺に住んでいたのよ」

母は、その懐かしさだけでここを購入したようだった。が、もう飽きてしまったのか、ここ数日、母はどうやら、また引っ越しを考えているようだった。

「九重さん。……メイちゃん」

マンションのエントランスで、管理人のおばあちゃんに声をかけられた。ここが竣工《しゅんこう》されてからずっと管理人をしているという、年季の入ったおばあちゃんだ。このマンションにおいては名主的存在。もちろん、住人でもなければオーナーでもないのだが、このマンションに最も長く関わっているという点で、この人にかなう人は他にはいない。

「ねえ、もしかして、部屋を売るの？」

管理人のおばあちゃんは、出し抜けにそんなことを質問してきた。

「いえね、お宅のお母さん、段ボール箱を沢山集めていたから。……ここを売るということなら、いい不動産屋を紹介するって、言っておいて。大丈夫よ、ここは立地がいいから、とても人気なのよ。すぐに売れるわよ」

おばあちゃんの助言を適当にかわして部屋に戻ると、玄関ドア前には、段ボールの束。

「ただいま」

玄関ドアを開けると、段ボール箱が三つ、積み重なっていた。

「メイちゃん！」

母の威勢のいい声が、リビングから響く。

「ねえねえ、いいマンションが出たのよ、ちょっと、来てみてよ！」

リビングに行くと、テーブルには色とりどりのチラシとパンフレット。

「あ」

が、パンフレットをめくる母の手が、ふと、止まった。

その視線は、テレビ画面に向けられている。

それは、「テレビ人生劇場」の番宣のようだった。「テレビ人生劇場」。母の好きな番組だ。……そして、メイも密《ひそ》かにファンだった。

『では、ここでお知らせです。当番組では、二〇〇六年に起きた「十二月一日連続殺人事件」について情報を集めています。どんな小さなことでもかまいません。なにか情報をお持ちの方は、番組までご連絡ください』

司会の男が、おどろおどろしい口調で、そんなことを言っている。

「十二月一日連続殺人事件っていえば——」

メイは、母の顔を覗き込んでみた。が、メデューサに見られた人間のように、母の動きは止まっている。

「ママ、どうしたの？」

が、答えない。

「……ママ？　……ママ？」

何度か呼んでいると、ようやく母は呟《つぶや》くように言った。

「あいつ、なにを企《たくら》んでいるの？」

あいつ？　あいつって、誰？

母の視線を追うと、そこには、番組スタッフのテロップが流れていた。

『……企画・東雲《しののめ》アキラ』

その日の夕飯時、母と喧嘩《けんか》した。

その日はミートグラタンで、あと少しで出来上がり……というところで母が失敗したからだ。料理をしながらパソコンを見ていたせいか、オーブンの時間を間違えたのだ。

そんなこんなで、口喧嘩がはじまった。

その日、メイも酷《ひど》く疲れていて神経もささくれていた。だから少しばかり、残酷な気分にもなっていた。

ママをとことん痛めつけたい。

娘というのは、どうしてこうも、母に対して残忍な言葉を繰り出すことができるのだろうか?

メイは言った。

「ママ、そんなだから、結婚できなかったんだよ。だから、シングルマザーなんかになっちゃったんだよ。シングルマザーなんて、ほんと、迷惑。『父親は?』って訊かれるたびに、どんだけバツの悪い思いをしているか想像したことある?」

scene 2

母がいなくなったのは、その翌日だった。

「しばらく、出かけてくる」

そんなことを囁《ささや》かれたのは朝方で、メイはまだ眠りの中にいた。

「テーブルの上に、とりあえず当面の生活費を置いていくから、それでなんとか暮らしなさい」
「うん、うん、わかった、わかった」
「それでも、どうしてもお金が足りなかったり、困ったことがあったりしたら、オオクラさんに相談して」
「うん、うん、わかった、わかった」
「オオクラさんは、ちょっと癖がある人だけど、でも、悪い人じゃないから」
「うん、うん、わかった、わかった」
「オオクラさんなら、きっと、あなたに興味を持ってくれるから」
「うん、うん、わかった、わかった」
「じゃ、ママ、行くからね」
「うん、うん、わかった、わかった」

メイは、ほとんど譫言《うわごと》で、「うん、うん、わかった、わかった」を繰り返した。
覚醒前の深い眠りの中にあったメイは、とにかく邪魔をされたくなかったのだ。だから、「どこに行くの？　帰りは何時？」といういつもの質問もすることなく、眠りの中で母を見送った。だから、それらがすべて夢の中の出来事だと思っていたのだ。

しかし、リビングテーブルの上に、キャッシュカードと暗証番号が記されたメモが置かれているのを見たとき、メイはようやくそれらが現実だったことに気がついた。

「ママ……？」

メイは、人込みの中で保護者を見失った迷子のごとく、弱々しい声を上げた。

「ママ？　ママ？　……どこに行ったの？」

幼子のように、トイレ、浴室、寝室と、母を捜した。

もちろん、母の携帯電話にも電話してみた。

繋《つな》がらない。

そのことがますます、メイの心細さを増長させた。

『困ったことがあったりしたら、オオクラさんに相談して』

母の言葉が、耳の奥に蘇《よみがえ》る。

メイは、リビングテーブルのメモを再びつかみ取った。

メモには、〝大倉悟志《おおくらさとし》〟という名前と、その連絡先が殴り書きされていた。

＋

「それで、僕のところに来たというのですね」

大倉さんは、メイのことなどまるで関心がないというように、それどころか邪魔者扱いするように、慇懃無礼《いんぎんぶれい》に言った。

「なるほど。……ええ、確かに、君の御母堂とは、知らない仲ではありません」

大倉さんはメイには一切視線を合わせることなく、ハンギングチェアを優雅に揺らす。……それにしても、こんな椅子、テレビでしか見たことがない。リアルに使用している人がいるんだ。

いったい、この人は、どんな金持ちなのだろう。

鎌倉駅から徒歩一分のリゾートマンション。その最上階フロア。どのぐらいの広さなのだろう、とにかく、広い。まるで高級ホテルのスイートルーム……いや、それ以上だ。なにしろ、このオーシャンビューときたら！

「——でも」

大倉さんは、ここでようやく、メイに視線を合わせた。

「君の御母堂とは、そんなに深い知り合いってわけではないんですけどね。でも、まあ、ご指名とあらば、お助けしましょう。で、いくら、ご入り用で？」

「は？」

「だって、御母堂が残したお金だけでは足りなくて、僕のところにいらっしゃったのでしょう？」

ひどく屈辱的なことを言われている気がして、メイは身構えた。

「いえ。母の口座には、一ヵ月は生活していけるだけの残金がありましたので、お金には困っていません」

「では、なぜ、いらっしゃったんですか？　……〝どうしてもお金が足りなかったり、困ったことがあったりしたら〝僕に連絡しろというのが、御母堂のお言葉なのでは？〟」

大倉さんは、物乞いを憐《あわ》れむ富裕層の眼差《まなざ》しで、メイを見下ろした。……ああ、なんていう人！　たとえ本心がそうであったとしても、大人ならばそれを上手に隠すものだ。それが思いやりであり、礼儀だ。なのにこの人は、小娘にはそんな心遣いなどひとつもいらないとばかりに、無遠慮に、憐れむ。

——ちょっと癖がある人だけど。

母はそんなようなことを言っていたが、〝ちょっと〟どころの騒ぎではない。

——でも、悪い人じゃないから。

母はそうも言ったが、だからといって、善人だとはとても思えない。自ら善人であることを否定しているような、もっといえば善人を憎んでいるような、そんな雰囲気だ。

それにしても、母は、どうしてこの人と知り合いになったのだろう？

メイは、抵抗と疑惑と困惑と、そして少しばかりの希望が入り交じった複雑な思いで、目の前の人物を睨《にら》みつけた。

なのに大倉さんは、メイの睨みを茶化すように、大袈裟《おおげさ》にぱちんと指を鳴らした。

「あ、そうか、なるほど。早速なにか困ったことがあったんですね。僕のところに連絡するぐらいですから、かなりの緊急事態」

「……緊急事態というか」

「それにしても、御母堂が出かけられた翌日に緊急事態とは。いったい、何事ですか？」

「…………」

「鎌倉の僕の自宅まで、わざわざこうやって押し掛けてくるんですから、よほどの緊急事態なのですよね？」

「……母の居場所をご存じかな、と思いまして」

「おや？　まさか、たったそれだけの理由で？」

「たったそれだけって……母親がいなくなったんですよ？」

「でも、それは昨日のことですよね。それに、御母堂はちゃんと、〝しばらく出かけてくる、その間の生活費は置いていく〟という伝言も残していた。そして、当面の生活費を置いていかれた。ということは、しばらく留守にすると、ちゃんと宣言されているということですよ。なにも、心配することはないし、緊急事態でもない」

「じゃ、放っておけと？」

「まあ、それが妥当でしょうね。御母堂がそうおっしゃっているのですから」

「すみません、私がバカでした。失礼します」

鎌倉くんだりまで出かけてきた自分自身が心底可哀想になってきて、メイは勢いをつけてソファーから身をはがした。が、そのあまりに高級な弾力のせいでうまく立ち上がれず、よろめくように再びソファーに身を沈めた。

ばつの悪さに、涙が出そうになる。

なのに、

「ちっ」

と、大倉さんは、あからさまに舌打ちした。笑うんならまだしも。「ちっ」って、なんなのよ、「ちっ」って。

あまりの屈辱に、本当に涙が流れた。

なんだって、母は、こんな人を紹介したのだろう？

「ひらたく言えば、君の御母堂には、二、三度、仕事でお世話になったんですよ。それだけの仲ですけどね」

仕事？　……母の職業はスタイリストだ。それほど売れっ子ではないが、テレビ局や映画の現場に呼ばれている。

「……じゃ、テレビ局の人なんですか？　それとも、映画？」

メイが言うと、

「ちっ」と、大倉さんはまた舌打ちした。

「僕の名前を知らないなんて。……僕も落ち目になったもんだな」

そして大倉さんは、それまでのアンニュイな雰囲気から一転、ハンギングチェアから颯爽《さっそう》と立ち上がると、自身が携わったプロジェクトや作品のタイトルを滔々《とうとう》と並べていった。

「でも、一番の代表作は、『ファミリー・ポートレイト』かな？」

が、どれもはじめて聞く名前ばかりだった。メイは申し訳なさそうに、肩を竦《すく》めた。

「ちっ」大倉さんは、またまた舌打ちすると、アメリカのドラマに出てくる俳優のように物々しく「ああ、最悪だ」と、右手で額を押さえながら、メイの横に身を投げ出した。

「ここまで忘れられた人になっていたなんてね！」

そして、メイの顔を覗き込んだ。

目の前に迫る、その顔。それは顔というより、〝仮面〟のようだった。

「一時は、テレビ界の〝レジェンド〟とも呼ばれていた僕なのに！　ああ、諸行無常とはこのことだね！」

が、その目の奥は、そんな状況もどこか楽しんでいる様子で、どこか芝居じみている。

ああ、もしかして、この人。

メイは、思い当たった。

いつだったか、母が、「今日、面白い人と会ったわ」と、珍獣を見てきた人のように興奮気味に目を輝かしていたことがあった。

『今日ね、テレビで特番があるっていうから、呼ばれたのよ。でもね、その特番、ただの特番じゃなくてね、リアリティ番組だったの。なんと、本物の殺人犯を追い込むドッキリだったのよ！　未解決事件の犯人が、とっくに時効になっているとばかり思っていた事件の犯人が、カメラの前で暴かれたのよ！　すごい現場だったんだから！日本にも、いよいよアメリカやヨーロッパ並みのリアリティ番組が登場したのよ！ほんと、興奮した。そのとき、犯人をずばり言い当てたのが、その番組のプロデューサーでね、その人、伝説のプロデューサーで、とにかく天才なのよ――』

「ああ、大倉さんは、天才プロデューサーさんなんですよね！」

メイが言うと、大倉さんの仮面のような顔に、ようやく人間味のある色が差した。

そして、嬉しそうにパチンと指を鳴らすと、言った。

「では、お話を聞きましょうか？」

大倉さんはやおら立ち上がると、巨大なキャビネットの引き出しから一冊の大学ノートとボールペンを取り出した。

それは、コンビニでも売っているようなよくある大学ノートで、ボールペンも安っぽいものだった。

　しかし、大倉さんはノートを仰々しく開くと、まるで羽根ペンでも扱うように小指を立てながら、ボールペンを摘《つま》んだ。

「それでは、お話をお聞かせください。……まずは、家族構成から」

「家族構成？」

「御母堂が今どこにいるのかを探るには、まずは、〝家族〟を知ることが先決です」

「つまり、大倉さんは、母の居場所には心当たりはないんですね」

「はい、ありません」

「なら、私、やっぱり、ここで失礼します」

「何事も、早計に過ぎてはいけません。御母堂が僕を指名したということは、もしかしたら、僕がなにか鍵を握っているのかもしれないのですから」

「でも、大倉さんは、母とはそれほど深い知り合いではないんですよね？」

「ええ」

「なら、鍵なんて握っているはず、ないじゃないですか。とにかく、失礼します。こんなところで時間を無駄にしたくないんです」

「なにを、そんなに急ぐんです？」

「だって、なにか厭《いや》な予感がするんです。胸騒ぎがするんです。……あのときと一緒なんです」

「あのときと、一緒？」

「……私が小学生の頃、母が帰って来ない日があったんです」

「まあ、芸能界で仕事をしていれば、そんな日もあるでしょう」

「おっしゃる通り、仕事柄、母の帰りはまちまちでした。丸一日戻らないこともありました。その朝も――」

あのときの心細さが蘇り、メイは小さく身震いした。

「その朝、御母堂は、なぜ、帰ってこなかったのです？」

なのに、大倉さんは無遠慮に話の続きを促した。

「……その朝、呆然《ぼうぜん》と立ち竦んでいると電話が鳴りました。病院からでした。母が事件に巻き込まれて、今、病院にいると」

「事件に巻き込まれて？……ああ、それはもしかして、十一年前の十二月のはじめのことですか？」

「はい、そうです。でも、なんで？」

「俗にいう、『十二月一日連続殺人事件』。確か、御母堂は、七鬼百合が倒れているのを発見し、119番通報したのですよね？」

「はい。ご存じなんですか？」

「御母堂に、聞いたことがありますよ」

大倉さんは、キャビネットからもう一冊大学ノートを引き抜くと、それをぺらぺらとやりだした。ちらりと見えるそれには、新聞の切り抜きやら雑誌の切り抜きやらがびっしりと貼られている。

「……僕は、インターネットというものを、それほど信用していないんですよ。だから、こうやって、昔ながらの方法で気になる情報を自分の手で貼り付けているというわけです。……えっと、『十二月二日連続殺人事件』は……、ああ、これだこれ」

大倉さんは、そのページで指を止めると、ページをなぞりはじめた。

「……うん？」

しかし、大倉さんは、そこでぱたりとノートを閉じた。

「話を戻しましょう。……で、その朝、病院から電話があって、あなたはどうしたのですか？」

「……はじめは、何を言われているかよく分からなかったんです。なにしろ、私は幼くて。でも、これだけは分かりました。ママが大変なことになった。……ママが、死んだって」

「死んだ？」

「はい。どうしてか、そのときはそう思いました。……死んだって」

涙がぽとりと落ちて、スカートに歪《いびつ》な模様を作る。それを合図に、抑えつけていた感情が鉄砲水のように溢れ出て、それは〝言葉〟となって唇から次々と飛び出してきた。こうなると止まらない。

「……そのあとのことはよく覚えていないのですが、気がつけば、私は母のそばで寝ていました。あとで聞いた話なんですが、私の泣き声を聞いて、近所の人が飛んできたんだそうです。そしてその人が私を母のところまで連れて行ってくれたんだと聞きました。あのときの感情はよく覚えています。……ママがいなくなった、私はこれから、どう生きていこう？って。……思えば、私は物心がついた頃から、それだけが恐怖だったのです。ママがいなくなったら……って。だから、私、母の職場にもしょっちゅう電話をしていました。で、ある日、母は出かける前に言いました。『ママのほっぺにチューして』と。なんで？と訊くと、『おまじない。ママがいなくならないおまじない。二人はずっと一緒だよという約束』と言いながら、母も私のほっぺにチューしてくれました。そのおまじないは不思議と効果があり、私の中から恐怖と不安がすっかりなくなりました。それからは、母が出かけるときは、私が母の頬に、母が私の頬にチューするのが習慣になっていたのですが。……その日は、そのおまじないをしていなかったんです。……たぶん、喧嘩していたんだと思います。嫌いなネギを夕食のチャーハンに入れたとか入れないとか、そんなくだらない喧嘩だったと思います」

メイは、息継ぎをするかのように、いったん、言葉を切った。

見ると、大倉さんが、まばたきもせずに自分の話に聞き入っている。その視線は、「休むな、続けろ」と威圧している。

メイは続けた。

「今回も、同じなんです。……私、いつものチューをしませんでした」

「あなたたちは、今も、その儀式を行っているのですか？」

「……悪いですか？」

「いえ。実に微笑《ほほえ》ましい、親子愛です。……それで？　どうして、昨日は、その〝チュー〟をしなかったんですか？」

「前のときと同じです。ちょっと喧嘩をしていたんです」

「チャーハンにネギが入っていたから」

「違います！　その前日の夕食はグラタンでした、ミートグラタン」

「では、そのグラタンにネギが？」

「だから、違いますって……」

この人と話していると、なにか噛み合わない。メイはイライラと、トートバッグの中からA4サイズの用紙を取り出した。ネット百科事典のウェブペディアをプリントアウトしたものだ。

ルビィ（１９７３年—？）は、日本のグラビアアイドル、女優。東京都港区生まれ。プロダクションネメシス所属。身長／体重１６８㎝／46㎏。

本名は七鬼紅玉（なおき　るびぃ）。

２００６年12月1日、西新宿セントラルパークホテルで起きた事件の参考人として警察の取り調べを受けるが、その最中に姿を消す。２０１７年12月現在、いまだ行方不明。

「ああ、この女」

大倉さんは、なにか含みのある様子で、ボールペンのお尻を唇に当てた。

メイは続けた。

「これは、母が、閲覧していたページです。これを見てから母の様子がおかしくなったんです。なにかソワソワしはじめて。グラタンを焦がすわ、野菜サラダのドレッシングとみりんを間違えるわで。なんか、料理なんてしたことがない人のように、とんちんかんなことばかり。……私は私で、一昨日は、用事もないのに東中神なんてところに行くハメになってイライラしていたもんですから、それで、喧嘩になったんです」

「ああ、この女」

なのに大倉さんは、メイの言葉など無視して同じ言葉ばかりを繰り返す。

メイは、さらに不安を募らせた。

「その人と、母はなにか関係しているんでしょうか？」

メイは、昨日からずっと燻《くすぶ》っていた質問をようやく口にした。なのに、大倉さんは答えない。その代わり、

「……祝言島」

とだけ、呟いた。

祝言島。

最近、この名前をよく耳にする。

「『祝言島』という映画、見ました」

なにか話を振らないとこのまま終わってしまいそうで、メイは言った。

すると大倉さんは「へー」と、いかにも興味がなさそうな素振りで小さく相づちを打って、あからさまに視線をはずした。

興味がない……というよりも、嫌悪感といったほうが正しいだろうか？　その証拠に、眉間にはしわがたっぷりと寄せられている。

大倉さんは眉間のしわを親指と人差し指でのばしながら言った。

「あの映画は、僕が知っている中では最低最悪の映画だ」

「そうですか？　……でも、傑作でした」

「傑作？」大倉さんの眉間に、再び深いしわが寄った。

「……と、授業で習いましたが」

「君は、どう思いました？　あの映画を見て」

「……まあ、……ちょっと暗くて重くて陰湿で――」

　言葉を濁していると、

「じゃ、あの映画、好きですか？　繰り返し見たいと思う程に」

「……えっと」

「じゃ、嫌い？」

　嫌いとも違う。好きか嫌いか……と言われたら、どちらでもない、と答えるしかない。

「〝好き〟という感情も〝嫌い〟という感情も、その礎《もと》は、同質の心理状態の表れです。つまり、リビドー。これが、ポジとして表れるのが〝好き〟で、ネガとして表れるのが〝嫌い〟。そのどちらでもないというならば、あなたにとって必要のない映画ということですよ」

「でも、〝傑作〟でした」

　メイは、そんなことする必要もないのに、ムキになって擁護した。

「時代に翻弄されて、時には利用されて、搾取されてきた祝言島の過去と現在に、日本という国の闇と問題と課題を見る思いでした」

我ながら、下手な論文のような感想だな……と思った。笑われる。が、大倉さんは感心するような眼差しで言った。

「及第点です。まさに、模範解答」

褒められているんだろうが、まったく嬉しくはなかった。むしろ恥ずかしさで顔が火のように熱い。

「どうやらあなたは、編集《カット》された『祝言島』をご覧になったようですね。今度、機会がありましたら、ノーカット版を見ることをお勧めします」

「ノーカット版？」

「はい。当初、『祝言島』は、スナッフ映画として上映されました。陰惨な殺人シーンが話題になり、本当に人が殺されている……という噂が立ったんです」

「……そんなシーン、見てませんが」

「そう。そのシーンは後年カットされて、再編集が行われました。その編集版をあなたはご覧になったのでしょう。僕から言わせれば、あの編集版はとんだプロパガンダ映画だ。ある一部の人間の都合に合わせて作られている。かつてのソ連が作っていたような」

「ソ連のプロパガンダ映画？ ……エイゼンシュテインですか？」

「詳しいじゃないですか」

「……一応、芸術学部なので。……一般教養の講義で少しだけ、かじりました」

「へー。君、芸術学部なの？」

「はい」

「どこの大学？」

「関東大学です」

「へー。そうなんですか」

大倉さんは、視線をぐるぐると巡らしながら、うわ言のように言った。

「……ところで、君は、関東大学芸術学部は、自分から志望したんですか？」

「は？」変なことを訊く。

「どうなんですか？」

大倉さんの目が、まるで獲物を物色するカラスのように鈍く光る。その視線から逃れようと、腰だけを使ってソファーの端にそろりと身を寄せたが、その視線はサーチライトのようにどこまでも追いかけてくる。メイは、崖っぷちに追い込まれた逃亡者の心境で、小さく応えた。

「……ええ、はい。私の意思です」

嘘ではない。事実、願書を書いたのは自分だ。でも。

願書を取り寄せたのは、……母だった。

scene 3

「ママ、これ、なに？」

これ見よがしにカウンターテーブルに置かれた封書には、『関東大学芸術学部　願書』と書かれている。

「願書よ」

カウンター向こうのキッチンから陽気な声が飛んできた。

「関東大学芸術学部の願書よ」

そんなの、分かっている。封書にでかでかと印刷されている。聞きたいのは、なぜ、これがここにあるのか？　ということだ。

「だって、メイちゃん、絵が好きでしょう？　将来は、イラスト関係の仕事に就きたいって言っていたじゃない」

でも。……うちの経済状態では四大は無理だ。しかも、私立だなんて。だから、一度は東京藝術大学を目指してもいたが、自身の実力と才能で行けるようなところではないことを早々に悟り、高校二年生の二学期が始まる頃には、すっかり諦めていた。

そして、二年制の専門学校に進むことを密かに決めていたのだ。二年間ならば、私立だとしても学費は四大に行くよりはだいぶ安く済むだろう。奨学金を借りられるように、資料も取り寄せていたところだった。

なのに、どうして？

メイは、願書の封書を見つめた。関東大学芸術学部。優秀なクリエイターを多く輩出している、私立大学の中では屈指の大学だ。ここに行けたらどれだけ素敵か。……進路担当の教師も言っていた。ここなら、頑張ればなんとかなると。

でも、無理だ。だって、私立だ。授業料はもちろんのこと、入学金もそれ相応の金額だ。

「メイちゃんは、絵の才能あるんだし、なにしろ頭もいいんだから、ちゃんと大学に行きなさい」

母が、キッチンから顔をのぞかせた。

「まさか、お金のこと、気にしているの？　やーね、子供が余計な心配することないのよ。あんたの学費ぐらい、ちゃんと貯《た》めてんだからね」

「でも」

中古とはいえ、このマンションだって買ったんだ。そのローンがたっぷりと残っている。

「今はね、住宅ローンも低金利の時代なのよ。下手に賃貸を借りるよりも、買っちゃったほうがお得なの」

言いながら、母は大皿をカウンターに載せた。

大皿には、色とりどりの惣菜《そうざい》が並んでいる。ちょっとしたパーティーオードブルだ。キッチンを覗き込むと、山と積まれたお弁当の空き箱。

「今日は、大漁だったのよ！」

母が、得意げな顔で言った。それはさながら、ネズミを捕えてきた猫のそれだ。

「ほら、『バク転しますよ？』って言いながら、バク転する人」

「ああ。バク転・サブロー？」

「そうそう、その人。今日、その人の担当になってね」

「でも、あの人、半裸じゃない。ああいう芸風の人も、スタイリストなんかつけるんだ？」

「トーク番組に出るっていうんで、ママ、呼ばれたんだけど。……でね、そのバク転・サブローさん、今、ダイエットしているらしくて。お弁当にも、ほとんど手をつけなかったのよ」

「で、もらってきたの？」

「だって、もったいないじゃない？」

母は、満面の笑みで、並べられた料理の数々を説明していった。

「これが今半《いまはん》、これが叙々苑《じょじょえん》、これが金兵衛《きんべえ》、これがまい泉《せん》、……そして、なんと、ホテルオークラのケータリングも！　すごいでしょう？　たった数時間の収録に、これだけのお弁当が並ぶんだから。あの芸人さん、一発屋で終わるかな……と思っていたんだけど、みごと安定のスターコースに乗ったわよね。だって、テレビ局がこんだけのお弁当を出すんだもの。もう大御所の域よ」

「お弁当で分かるものなの？」

「そりゃそうよ。どんな銘柄のものがいくつ並ぶか、これでだいたい、その人のランクと将来性が分かるのよ」

ということは、母も、ようやくそれなりの人に付くことができた……ランクが上がったということなのだろうか？

それまで、母が持って帰ってくるものといえばスーパーで売れ残った惣菜といった見た目のもので、中には明らかな食べ残しもあった。

それでも小さい頃は、母が持ち帰る食べ物を心待ちにしていたものだ。巣の中のひな鳥のように。それがたとえ夜中であっても、母が持ち帰った〝餌〟に飛びついた。

それが〝残飯〟であったとしても、メイにはこの上ない御馳走《ごちそう》だったのだ。

思えば、物心ついた頃から、母の帰りをひたすら待ち続けるだけの娘だった。母一人子一人。母の他に頼れる親類も知らず、知人もいなかった。母がいなくなれば、自分は生きてはいけない。子供心にもそれを痛々しいほど理解し、だから、メイは母だけを待ち続けた。母も、ことあるごとに言うのだった。

「いい？　ママのそばを離れてはダメよ。離れたら、ひどい目にあう。惨めな思いをするだけ。メイちゃんを守れるのは、ママだけなんだよ。ママだけが、メイちゃんの味方なんだから」

そんなことを言う割には、母はちょくちょく娘を一人にした。

仕事だということは分かっていたが、丸一日戻らないことなどしょっちゅうだった。

その度に、メイは思ったものだ。

「ママに、捨てられた」

その不安と恐怖と絶望で、泣くことすら忘れるほどだった。……こんな思いをするぐらいならこのまま死んでしまったほうがいい。そんなことを考えながら母の匂いが染み付いた毛布にくるまっていると、「ご飯、持ってきたよ」と、母が、ひょっこり戻ってくる。不安と恐怖と絶望はたちまちのうちに歓喜に変わり、泣きながら母をキス攻めにしたものだ。

どこにも行かないで、もう一人にしないで、いい子にしているから、なんでも言うことを聞くから、だから、……捨てないで！

「それは、ある種の束縛で、洗脳の典型的な例です」

＋

大倉さんが、大学ノートをパラパラと捲《めく》りながらそんなことを言った。

「まあ、あなたの御母堂だけではありませんけどね。世の母親というのは、その大半が、子供を支配下におくものです。母性？　それは、支配欲の別名ですよ」

なんてことを言うのだろう？　抗議を込めて睨みつけると、

「母親というのはね、漏れなく独裁者であるものです。言い換えれば、優秀な独裁者こそが、賢母という名に相応《ふさわ》しい。〝躾《しつけ》〟という名の下、飴《あめ》と鞭《むち》を使い分けて子供の行動をコントロールする。しかも〝母親〟という偶像イメージを植え付けて、神のごとく崇拝させるのですからね。独裁者よりも、危険な存在かもしれません」

あまりに暴言ではないか？　メイが口を開こうとすると、

「日常に転がる無数の選択肢、AにするかBにするかCにするか。子供は自分の意思でそれを選んだと思っているが、違う。そこには、母親の見えないリードが存在する。子供は、知らず知らずのうちに母親の顔色を窺《うかが》って、母親が気に入るものを選択するように躾けられているんですからね」

「そんなことはありません」メイはようやく、反論を口にする。「母が嫌がるような選択だってしてきました」

「それは、ただの反抗です。反抗というのは、支配者あっての行為です。猫が、飼い主の歓心を買うために人が困るような場所でツメを研ぐのと同じ原理です。そこには、自分自身の意思は存在しない。つまり、あなたは、生まれてこのかたずっと母親にリードされて、母親が敷いた線路を歩かされているに過ぎない。そこには、〝意思〟などない。服従です」

「言い過ぎではないですか？」メイは、拳を握りしめた。

「怒らないでください。さっきも言いましたが、なにもあなただけではないんですからね、母親の呪縛に囚《とら》われているのは。僕だって、例外じゃない――」

大倉さんは、自分で自身のことに触れながら、「ああ、もうこんな話はよしましょう」と、強引に話題を変えた。

「……それにしても、意外でしたね」

大倉さんは、改めてメイの体に視線を這《は》わせた。なにやら品定めされているようで、メイは身を縮めた。

「意外？　……なにが、ですか？」

「こんなにも素朴で普通のお嬢さんがいたことがですよ、あの人物に」

素朴？　……普通？　なんて厭味な人なんだろう？　そんなにはっきりと言わなくても！　メイの顔は、またもや火のように熱くなる。

「ええ、よく言われます。〝普通〟だって」

メイは、抗議の気持ちを込めて言った。が、大倉さんはどこ吹く風とばかりに、飄々《ひょうひょう》と言った。

「素朴も普通も、極上の褒め言葉です、僕にとっては。普通であることは、特別であることより、難しいことですからね」

「……お褒めいただき、ありがとうございます」メイなりに厭味で返したつもりだったが、大倉さんは気にも留めずに、続けた。

「あの人物に、娘がいるようなことを聞いたことはあります。ですが、さぞや、癖のある娘さんなんじゃないかと、勝手に推測していたんですよ。なにしろ、あの人物の血を引く娘ならば、ただものではない。一筋縄ではいかない人間に違いないだろう……と」

「どういう意味ですか？」

「あなたの御母堂のあだ名、ご存じですか？」

大倉さんが、唐突にそんな質問を繰り出した。

「あだ名？」

「そう。あだ名」

「……なんですか？」

「追いはぎ糞《くそ》ババア」

「……は？」

「だから、追いはぎ糞ババア。つまり、嫌われ者だったんですよ。実は、僕も苦手でした、あなたの御母堂は。あんな糞には二度と会いたくないとも思っていました」

「……母は、嫌われていたんですか？」

「ええ。なにしろ手癖が悪い。楽屋弁当など、しょっちゅう盗まれていました」

「え、でも、あれは……」

「楽屋の備品も、あなたの御母堂が来ると、必ずなくなる」

「…………」

「タレントや役者の持ち物も、よくなくなっていましたっけ。僕も、エルメスのスカーフを、やられました。エルメスのスカーフ、家で見たことありませんか？」

「ブランドには……詳しくないんで」

しらを切ってはみたが、メイの足は震えていた。

……家のカウンターテーブルに、質屋の預り証のようなものが時折置かれていたからだ。家計が苦しくて、母が自分の持ち物をお金に換えているんだとばかり思っていた。

……でも、一度、「エルメス」という文字を見つけたとき、違和感はあったのだ。

エルメス。詳しくなくとも、それが超高級ブランドであることは知っている。それをどうして母が持っていたのか？

「仮に……」

メイは、言葉を絞り出した。

「仮に、母が盗みを働いていたとして、どうして誰もそれを咎《とが》めなかったんですか？」

「咎めたところで、ああいう天性の盗人《ぬすっと》は、証拠を残しませんからね。みな、諦めていたんでしょう」

「天性の……盗人って……」

「あなたの御母堂は、正真正銘の盗みのプロ。素人がなにを言っても、聞く耳持たないのです。でも、芸能界では珍しいことではありません。時折、御母堂のような反社会的な人物が紛れ込んでくるものなんですよ」

「反社会的……」

「……今は、そんなことより、御母堂がいったいどこに行ったか？　ですよね」

大倉さんは、メイが渡したA４用紙にボールペンの先を押し付けた。

「……祝言島」

大倉さんは、また、その名前を口にした。このままだとループするばかりだ。メイは、語気を強めた。

「だから、祝言島が、どうしたんですか？」

「あなたは、『祝言島』という映画を見たといいましたね？」

「ええ、見ましたけど？」

「監督の名前は、覚えていますか？」

答えられずにいると、愚図《ぐず》な生徒に手を焼く教師のように、大倉さんは小さいため息をついた。

「嘉納明良ですよ。思い出しました？」

「えーと」思い出すもなにも、監督の名前までは記憶にとどめていなかった。

「それは、ダメですね。嘉納明良。この名前はしっかりと記憶にとどめておくように。これから先も、この名前がちょくちょく登場するはずですよ」

「……どうしてですか？　……というか、その人は、今はなにを？」

大倉さんの目が、鈍く光る。

「嘉納明良は、……確か、二十年ほど前に死んだはずです」

「え？　……亡くなっているんですか」

「そう、亡くなっています」大倉さんは、ノートをペラペラ捲りながら言った。「新宿で発生した火事に巻き込まれ――」

が、ノートをぱたりと閉じると、

「まあ、いずれにしても。僕もちょっと興味が出てきましたので、これにサインしてください」

そして、メイの膝に、ボールペンと紙を投げて寄こした。

紙には、「委任状」という文字が見える。

「これは？」

「調査するにあたり、役所などから書類を取り寄せる必要も出てきます。そのときのための、代理人委任状です。……簡単にいえば、これにサインすることで、あなたは正式に『調査依頼』をすることになります。さあ、サインしますか？　しませんか？」

サインなど、やたらめったらにするものではない。いつだったか、キャッチセールスに引っかかった私に、母はそう言って叱りつけた。ここに母がいれば、「サインなどするな」と言うに違いない。いや、そもそも、大倉さんを頼るように指示したのは、母のほうだ。なら、ここではサインをしたほうが正解なのだ。……でも。

……ああ、先程、大倉さんが言った通りだ。私は、母のリードなしでは、なにひとつ決められない。

「どうしますか？」

大倉さんの表情は相変わらず蠟人形《ろうにんぎょう》のようで、それが善意からくるものなのか、それとも悪意からくるものなのか、さっぱり分からない。

でも、確かなことがひとつだけある。

大倉さんは母を嫌っている。それでも調査の協力をしてくれるということは、……きっと何か思惑があるのだ。その思惑を利用するのもまた、手かもしれない。どっちにしろ、今の私には、この人しか頼る人はいないのだから。……不本意だが。

ボールペンを握り直すと、メイは自分の名前を記した。

九重皐月。

大倉さんは「これにて、終了」とばかりに、委任状を大学ノートに挟み込んだ。

そして、犬をしっしと追い払うように手を振り、メイを玄関先まで追いやった。が、

「そういえば」

大理石が敷き詰められた玄関で靴を履いていると、大倉さんが背後からこんなことを言った。

「一人だけ、いましたよ。あなたの御母堂を咎めた人間が」

「え？」

振り返ると、大倉さんが相変わらずの蠟人形のような表情で、大学ノートを捲っていた。

「バク転・サブローっていう芸人が、あなたの御母堂の秘密を告発しようとしたんですよ」

「ママの……秘密？」

「まあ、たぶん、盗みのことだとは思うんですが。……それとも」

「それとも？」

「いや。……いずれにしても、あの芸人も、結局は消えてしまいましたけど」

＋

電車の中で早速、その名前を検索してみた。

「バク転・サブロー」


バク転・サブロー（ばくてん　さぶろー　生年不詳―？）は、日本のピン芸人。長崎県出身。プロダクションネメシスに所属していた。「バク転しますよ？」でブレイクし、人気芸人に。しかし、２０１５年５月頃から消息を絶ち、今現在も失踪中である。

「バク転・サブローって、本当に〝消え〟ちゃったんだ。落ち目になったという意味ではなく」

確かに、ある時期から突然、名前を聞かなくなった。

「本当に〝消えて〟いたなんて」

メイは、一人、寒気を感じていた。

電車の中は暑いぐらいに暖房が効いていて、上着を脱いでいる乗客もいるぐらいだ。が、メイの指は、冷凍庫から取り出したばかりのアイスクリームのパッケージでも触っているように、じんじんと冷たかった。

『そういえば、バク転・サブローっていう芸人が、あなたの御母堂の秘密を告発しようとしたんですよ。……いずれにしても、あの芸人も、結局は消えてしまいましたけど』

大倉さんの声が耳元に蘇る。

その声は、ある種の脅迫も伴っていた。

「バク転・サブローの失踪には、あなたの〝ママ〟が関係しているんですよ」

とでも、いうような。そして、

「あなたの〝ママ〟は、大変危険な人物だ」とでも、警告するように。

指の冷たさとは裏腹に、顔がカッカッと燃えるように火照《ほて》る。

メイは、その頬を手のひらで覆った。

「違うよね、ママ。ママは関係ないよね？」

scene 4

茗荷谷《みょうがだに》の駅に到着したのは、午後三時過ぎだった。

ここから小石川の自宅マンションまで、徒歩二十分ほど。

が、その日、メイはほとんど駆け足で、自宅に舞い戻った。耳の奥では大倉さんの声がずっとリピートされ、メイの不安はすでに病的な段階までエスカレートしていた。

不安というものは、一度小さな種が蒔《ま》かれるとあっという間に黒々と茂り、ついには大きな森となる。そして森の中、むやみに動き回ってますます自分を見失う。我を忘れ、冷静さも失い、とにかく部屋に戻らなくては！　そんな焦燥感だけが、メイを虜《とりこ》にしていたのだった。


自宅に戻っても不安は消えず、それどころかますます募り、メイは玄関ドアの施錠もそこそこに、その扉の前に立った。

その部屋は、間取りの上では〝納戸〟と示されている六畳のスペースで、納戸といえども、メイの寝室よりも広い。

「窓がないので表記上は〝納戸〟ですが、もちろん〝寝室〟にも〝書斎〟にも利用できますよ」

と言ったのは、ここを紹介してくれた不動産会社の担当者で、その言葉を鵜呑《うの》みにしたわけではないのだろうが、母はここを自分の書斎として利用していた。

書斎というか、仕事部屋というべきか。母が仕事で使う品々が、ぎゅうぎゅうに押し込まれている……はずだった。というのも、メイは、そこに入ったことがない。

ここを購入するとき、母が唯一施したカスタマイズは、この部屋に錠をつける……ということだった。

「なんで？」

と訝《いぶか》しがるメイに対して、母はこう答えた。

「この部屋は、金庫のようなものだから。金庫に鍵をかけるのは、当然でしょう？」

メイはこの言葉に納得し、それからはこの部屋を〝金庫〟とみなしていた。なので、その中に入ってみたいとか覗いてみたいとか、そんなことは一度も考えたことがなかった。次第に〝金庫〟であることも忘れ、部屋そのものの存在を忘れてしまい、その扉も壁の模様の一部だ……ぐらいにしか認識していなかったのだが、今となればこの部屋こそが、唯一、母が残した手がかりのように思えた。

そうなのだ。何も、大倉などといった得体の知れない無礼な人に会いに行くこともなかったのだ、鎌倉くんだりまで。

とはいえ、このドアの鍵を、メイは持たない。どこにあるのかも知らない。何らかの方法で、こじ開けるか？と、覚悟を決めてノブを掴《つか》むと、ドアはいとも簡単に開いた。

「ロック、してなかったの？」

呆気《あっけ》にとられていると、ドアの隙間から何ともうっとりするような匂いが漂ってきた。

母の香りだ。

懐かしさで、胸が締め付けられる。涙が、下瞼《したまぶた》を震わせる。が、それをぐっと堪《こら》えた。泣いている場合ではない。感情に潰されている暇はない。今、自分が優先しなくてはならないのは、目の前に提示された現実を冷静に観察し、そして分析することだ。

「どうして、ロックが外れているんだろう？」

……ママは、ここは〝金庫〟だと言っていた。ということは、たとえ私がここに入らないと分かっていても、常時、施錠されているはずだ。

なのに、なぜ？

照明をつけてみる。

部屋はハンガーラックで埋め尽くされていた。六畳の広さに、迷路のようにハンガーラックが置かれている。そして、それにぶら下がる色とりどりの服。

母の職業は〝スタイリスト〟だ。

スタイリストとは、テレビや映画に出演するタレントや役者の衣装やアクセサリーをコーディネート、または演出するのが主な仕事……だと、ネットにはあった。

母本人の口からは、その仕事内容を詳しく聞いたことはない。ただ漠然と〝芸能界〟でファッションの仕事をしている……とだけ、聞かされている。

芸能界……といえば。いつだったか、母はこんなことを言っていた。

「芸能界は、どんなに華やかに見えても、所詮は日陰の世界よ。その実態は遊郭のそれと変わりはしない」

そして、こうも続けた。

「表の世界では生きていけないような人物も集まってくるところなのよ。誘蛾灯《ゆうがとう》のようなもの、芸能界は。メイちゃんは〝蛾〟になってはダメよ。お天道様のもとで羽ばたく、〝テントウ虫〟になってね」

テントウ虫って。それ、バカにしている?と返すと、

「テントウ虫はね、お天道様……つまり太陽に向かって飛んでいくのよ。だから、〝天道虫〟っていうの。その名の通り、悪い虫や病原菌を食べてくれる、まさに太陽

神のような益虫なんだから。……でも、中には、テントウ虫そっくりの姿形をして、植物を食い荒らす害虫もいるんだけどね」

テントウ虫を真似た姿をした、害虫？

「そう、〝テントウムシダマシ〟っていう虫よ。益虫のテントウ虫になりすまして、ナスとかの葉を食い荒らす害虫よ。……芸能界にも、そんな害虫がわんさか入り込んでいる。だから、メイちゃんは、芸能界には近づいてはダメよ」

……安心して、ママ。私は芸能界にはまったく興味はないし、そもそも芸能界で通用するような才能もない。だから、安心して。そのときは、そう答えたが。

「それにしても」

メイは、ひとりごちた。

「これ、ほとんどメンズだよね？」

そう、ハンガーラックに吊《つ》るされている服の大半は、男物だった。ブラック、チャコールグレー、インディゴブルー、スモーキィベージュ……。どれも地味な色合いだ。こんなことを言ったらあれだが、……ちょっと年寄りくさい。

そんな中、さし色のようなパープルピンクが視界に入った。

「……なに、これ。マフラー？」

そのカシミアに染み付いた香りが、メイの鼻腔《びこう》を懐かしくくすぐった。そして、そうするのが当たり前とばかりに、そのマフラーを自分の首に巻きつけてみる。

「あ！」

メイは、声を上げた。

「『戦隊ヒーロー・ニャンレンジャー』だ！」

次に視界に入ったのは、キャラクターTシャツだった。ああ、懐かしい。小さいとき、夢中だった。……あ、こっちには、いつかのクリスマスのときに着たシンデレラの衣装！……ハロウィンのときに着たゾンビのスーツも！ どれも、私がおねだりしたものだ。おねだりした割には用が済むと、すぐに忘れてしまったが。……こんなところにあったんだ。ママったら、ちゃんと大切にとっておいてくれたんだ。

……そう思ったとたん、母恋しさがピークに達した。メイの頬に、涙が滴り落ちる。

と、そのとき。

「ママ！」

ハンガーラックの奥、見覚えのある髪が見えた。金色のカーリーヘア、……ママだ！

「ママ！ 帰ってきてたんだね！ やだ、もう！ 心配したんだから！」

服をかき分け近づくと……。

「なに、これ？」

それは、カツラだった。
見ると、そこには大量のカツラが積み重なっていた。
「……なんだ」
落胆のため息を吐き出したとき。
……あれ？
今、なにか、動いた？
え？　今、動いたよね？
……やっぱり、ママだ。ママ、そこにいるんだよね？　ママ、ママなんでしょ？
が、それを確認する前に、頭に鈍い衝撃。
メイは、その場に倒れこんだ。

scene 5

何かが、鳴っている。
それは、ひどく耳障りな機械音。……インターホンだ。
ビービービービービービービー……
『ああ、本当にこの音、煩《うるさ》い。何とかならないのか』

誰？

ビービービービービービービー……

『ああ、本当に煩い！　今時、こんなバカみたいな音のインターホンなんてさ！　まったく！　このマンションときたら、宅配ボックスもないしテレビドアホンもないし、ほんと、設備がいちいち古くて、いやんなるよ！　なんだってお前は、こんなところを買ったんだろうね！』

『うるさいのは、あんたのほうよ。お黙りなさい』

……その声。ママ、やっぱり帰っていたんだね！

『黙るのは、そっちだ。今、お前の出る幕じゃないんだよ』

ビービービービービービー……

『黙らないわよ、その子をどうする気？』

ビービービービービービー……

『お前の想像通りだよ』

ビービービービービービー……

『だめよ、絶対、だめ』

ビービービービービービービー……

……ママ、いったい、誰としゃべっているの？

ビービービービービービー……

『煩い！　いいから、お前は消えろ！』

『消えるのは、あんたのほうよ！』

＋

ガクッと頭が落ちて、メイは惚《ほう》けたように目を覚ました。

が、そこは暗闇で、

ビービービービービービービー……

という音だけが、響いている。

えっと、私、どこにいるんだっけ？

と、頭を動かした途端、何かが頬に当たった。

……ああ、そうだった。ここは〝納戸〟で、服をかき分けているときに頭になにかが落ちてきて……そのあとは覚えていない。状況から察するに、軽い脳震盪《のうしんとう》でも起こしたのかもしれない。

でも、なんで暗闇？

照明はついていたはずなのに。電球が切れたのかしら？

と、体をよじったとき、メイはようやく自身が置かれた状況に気がついた。

暗闇なんかじゃない。……私、目隠しをされている？

それだけじゃない。口も開かない。両手、両足も？

ビービービービービービービービー……

音は聞こえる。そして、におい、においもする。何より、こうやって呼吸はできている。

つまり、……自由なのは聴覚と嗅覚だけで、それ以外はすべて――。

悪寒が全身に走る。

何で？　なぜ？　私、どうしたの？

メイは、可能な限りの集中力を総動員して、記憶を辿った。

部屋の奥に、ママの髪が見えた。近づいたところ、頭に鈍い痛みが駆け抜けた。

……そこまでの記憶は、ある。何かが落ちてきたのだろうか？

違う。落ちてきたんじゃない、何かが飛んできた？　そう、あの感覚は、小学生の頃にドッジボールをしていたときと同じものだった。勢いよく飛んできたボールが頭に当たったときだ。痛みとともに鼻から何かが抜けるような感覚があって、そして、視界が暗転した。

あのときと、同じだ。そのときは、飛んできたのはボールで、それを投げつけたのはクラスで一番体格がいい男子だったが、今回は、何が飛んできたというのだろう？

メイの体に、また違った悪寒が駆け巡る。

……私、玄関ドアの施錠をちゃんとしただろうか？

覚えがない。

ママに、あれほど言われたのに。

『玄関ドアは、なにがあってもちゃんとロックしてね。ドアガードもちゃんとするのよ。忘れないでね』

毎日のように、そう言われていたのに。

なのに、今日はするのを忘れた！

……ということは、誰かが玄関から部屋に侵入、そして私の頭に何かを投げつけて失神させ、そのあと目隠しと猿ぐつわをして、両手両足を拘束したってこと？

ううん、違う。

メイは、つとめて冷静に、記憶を整理した。

部屋に、もともと誰かがいたんだ。

……その人物は、ハンガーラックに吊るされた服に紛れて潜んでいた。が、私が近づいたものだから、私の頭に何かを投げつけたか、……それとも殴りつけた？

いずれにしても、今、メイは囚われの身だった。

scene 6

『消えるのは、あんたのほうよ！』

ママの声が耳元で聞こえたような気がした。と同時に、瞼《まぶた》越しに大量の光を感じた。

あれ？　私、どうしたんだっけ？

状況が、呑《の》み込めない。

深い眠りのまっただ中でたたき起こされたときのように、記憶と意識が頭の中で渦を巻いて氾濫している。

その渦巻く記憶の中から、直近のものだろうと思われるものをすくい取ってみた。

ああ、そうだ。

私、あの部屋にいるときに誰かに頭を殴りつけられたか何かを投げつけられたかして、気を失った。気がつけば、目隠し猿ぐつわ。足も手も拘束されていた。

……でも、今は。

瞼越しに、こんなに大量の光。もしかして、目隠し、はずれている？

あれ？　そういえば。

手も足も、なにか軽い。そして、唇にも、新鮮な空気を感じる。
解放された？
それとも、……あれは、全部、夢だったの？
ううん、まだ、安心しちゃだめ。
これは、なにかの罠《わな》かもしれない。だって、ほら。
ビービービービー……
ビービービービー……
ビービービービー……
あの音がまだしている。
あれ？　違う。
この音は、インターホンの音じゃない。
じゃ、なんの音？
なんの？

……ちゃん、……ちゃん。

その声に促されるように、メイは、ゆっくりと瞼に力を込めた。そして、時間をかけて少しずつ、開けてみる。

まずは、白い光の世界。何か、気配を感じる。……ぼんやりとした輪郭。

そして、オートフォーカスが光量に合わせて徐々に絞られていくように、輪郭が次第にくっきりと浮かび上がっていく。

人が、いる。
一、二、三……四人。
「……ちゃん。……メイちゃん」

「メイ」という名前に、記憶がようやく本格的に再起動した。

メイ。あ……私の名前だ。

でも、なんだろう。こうやって呼ばれると、ひどく他人事《ひとごと》のように思える。

メイ、メイちゃん、メイさん。

何千回も、何万回も、……ううん、何十万回も呼ばれた名前なのに。まるで、違う人の名前のようだ。でも、間違いなく、私の名前だ。だから、呼ばれたからには応えなくてはならない。ママにも、そう、躾けられてきた。

『どんなに機嫌が悪くても、名前を呼ばれたらちゃんと返事をしなさい。それが礼儀というものよ。いい？　あなたは、メイよ。だから、メイと呼ばれたら、必ず、返事をするのよ』

だからメイは、唇を舌先でそっと割ると、「は……い」と小さく応えた。

その声も、まるで他人のようだった。

催眠術というものをかけられたことはないが、たぶん、こんな感じなのではないだろうか。頭の中で、ふたつの意識がせめぎ合っている。ひとつは「核」となる本来の意識。もうひとつは、誰かに作られた、仮の意識。でも、本来の意識は目隠し猿ぐつわ、手足も拘束され、身動きができない。

あ、それって、まさに、さっきまでの自分だ。

……そうだ、私は、確かに、身動きができなかったはずだ。目隠し猿ぐつわ、手足も拘束されて、あの部屋に閉じこめられていた。

でも、ここは、少なくとも、あの部屋ではない。

じゃ、ここはどこ？

そして、私を見下ろすこの人たちは、誰？

「メイちゃん、よかった」

聞き覚えのある声が、耳鳴りのように鼓膜に響いた。そして、視界に広がる、その顔。

「あ、管理人さん……」

そう、四人のうち一人はマンションの管理人のおばあちゃんだった。

「どうして？」

質問しながらも、メイは徐々に自分が置かれた状況を把握しつつあった。

……救急車だ。私は、今、救急車に乗っている。

四人のうち二人は、救急隊員。そして、もう一人は……。

韮山さん？

映像学科の韮山さんだ。でも、どうして、ここに？　これ、もしかして、やっぱり、夢？　それとも、幻覚？

……どういうこと？

「ああー、よかった。意識が戻ったみたい」

韮山さんが、抱きつく勢いでせまってきた。

韮山さんの息が、唇にあたる。それは、少し、いやなにおいがした。

タバコ？　そうだ、タバコのにおいだ。韮山さん、……タバコ、吸っているんだ。

体が、反射的に韮山さんから遠ざかろうとする。が、ここはストレッチャーの上で逃げ場はない。なにより救急車の中だった。それをいいことに、韮山さんはさらに体を押しつけてきた。そして、

「私が行かなかったら、九重さん、死んでたよ？」などと、無遠慮にそんなことを言った。「私が見つけたんだよ、九重さんのこと」

それはなんとも恩着せがましい物言いで、メイの体は、ますます拒否反応を示す。が、韮山さんの息は、さらにメイの唇に吹きかけられるのだった。

「ああ、本当に、よかった」

……全然、よくない。そもそも、なんで韮山さんがここにいるのか？　彼女は、自分が私を助けた……などと言っているが、それはどういうことなのか？

「この人がね、メイちゃんのこと、見つけてくれたのよ」

管理人のおばあちゃんが、メイの疑問に答えるように言った。

「メイちゃん、部屋で気を失っていたのよ。それを見つけてくれたのが、この人」

管理人のおばあちゃんが言うには、こういうことだった。

……韮山さんが、小石川のマンションに私を訪ねてきた。が、インターホンを押しても返事はない。何度か押していると、黒っぽいスーツを着た初老の男が中から出てきてエントランスドアが開いたので、韮山さんはそれに乗じてマンション内に入った。そして、部屋の玄関ドアまで来たが、やはりインターホンには反応しない。諦めて帰ろうとしたとき、部屋の中からなにか音がしたような気がした。試しにドアノブを握ってみると施錠はされておらず、ドアガードもされておらず、ドアは簡単に開いた。部屋の中を覗き込んでみると真っ暗で、なにより、酷く空気が濁っていた。いやな予感がして声をかけながら部屋に上がると、リビングに手紙があった。「遺書」とあった。驚きながらもまずは部屋中の窓を開ける。これは、もしかして、練炭ではないだろうか？　予感は的中した。リビング横のドアを開けると、人が倒れていて……。

「それが、メイちゃんだったのよ」

管理人のおばあちゃんは、顔中を同情の色で染めて、言った。

ちょっと待って。

管理人のおばあちゃんの説明は、メイの疑問をますます増やすだけだった。

練炭？　遺書？　韮山さんたら何を言っているの？　何なの、そのデタラメは。何かのドッキリ？

いや、そもそも、なんで韮山さんが私の家を知っているのよ。なんで、韮山さんが私を訪ねてくるのよ？

「心配だったのよ」

その言葉とは裏腹に、韮山さんはなにか挑むように言った。

「九重さんのことが心配だったのよ。だから、……悪いけど、大学の事務局で九重さんの自宅の住所を聞き出したの。まあ、ちょっと大変だったけど、理由を話したら、教えてくれた」

なんで、そんなことを？　事務局も事務局だ。個人情報をそんなに易々《やすやす》と。

「だって、なんか、変だな……って思ったんだもん。青梅線沿いに住んでるなんて、嘘に決まってるって。だとしたら、なんでそんな嘘をつくんだろうって、ずっと考えてて」

そんなの、ずっと考えずともすぐに分かるでしょう？　韮山さんの嫉妬心に火をつけたくなかったからよ。韮山さん、小石川に住んでいると言ったら、絶対、なんだかんだと言ってくるでしょう？　へー、いいところに住んでんだね、うらやましい……とか言いながら、その瞳の奥を妬みの色で真っ黒に染めるのよ。

だって、韮山さん、田舎者だから。

田舎者は、そういうものだって、ママが言っていた。自分でも気がつかないうちに、コンプレックスをヘドロのようにため込んで、ぱっと見は澄んだ水のように穏やかな素振りを見せながら、なにかの拍子に心の底がかき混ぜられようものなら、たちまちのうちに真っ黒に濁ってしまうもんだって。

ママが、ことあるごとに言っていたもの。

だから、田舎者には気をつけろって。でないと、知らず知らずのうちに標的になってしまうからって。

「それでね、私、ふと、思い当たったの」

なのに、韮山さんは、コンプレックスなんて微塵《みじん》も持っていないという素振りで、説明を続けた。

「きっと、家庭になにか問題があるんだろうって。だから、わざわざ嘘までついて、家のことを隠そうとしたんじゃないかって。さらに、その家庭で最近、トラブルが発生したんじゃないかって。その証拠に、九重さん、ここんところ大学を休みがちだったでしょう？」

そんなことぐらいで、訪ねてきたの？

「だから、心配だったからよ」

韮山さんは、なにか都合の悪いことを隠すように、繰り返した。

「今日、共通科目の映画史の講義、来なかったでしょう？　今までは皆勤賞ものだったのに、どうして？って思って。なにか胸騒ぎがして、いてもたってもいられなくなって」

それで、わざわざ小石川まで来たってこと？

話だけ聞くと筋が通っているが、どうも釈然としない。出来のいい言い訳を聞かされているようだ。メイは、首をひねった。

「虫の知らせってやつかしらね？」

管理人のおばあちゃんが、言葉を差し挟んだ。

「あたしも、なんだか妙な胸騒ぎがしてね、九重さんの部屋に行ってみたのよ。そしたら、このお嬢さんが、真っ青な顔で玄関先に立っていて。……救急車、救急車って騒ぐものだから、あたし、慌てて、救急車を呼んだのよ」

そして管理人のおばあちゃんは、メイの手を握りしめた。

「メイちゃん、……なにか、つらいことでもあったの？ ……自殺だなんて」

ちょっと、待って。

私、自殺しようとなんて、していない。遺書だって、書いてない。

私は、誰かに何かを投げつけられたか殴られたかして、そして気を失ったの。気がつけば、目隠しをされて口を塞がれて、手と足も拘束されていたのよ！

「彼女、ここんところ、ずいぶん、思いつめていたから」

韮山さんは、メイの代弁でもするかのように、管理人のおばあちゃんと救急隊員に向かって言った。

「大学にいても、今にも自殺しそうな雰囲気だった。様子もおかしかった。だから、私、学科は違ったけれど、彼女のことをずっと観察していたんです」

嘘よ、嘘よ、韮山さんの言っていることは、全部嘘だから！

メイは、激しく頭を振った。

それが何か異変のサインだと取られてしまったのか、救急隊員が「大丈夫ですか？」と言いながら、メイの頭を押さえつける。

管理人のおばあちゃんが、赤ん坊をあやすように、メイの頬を撫でた。

「……お母さんに連絡したほうがいいと思うんだけど。……お母さんはどこ？」

それは、こっちが訊きたい。メイは、小さく頭を振った。

「あら、そうなの？　おかしいわね。だって、私、お母さんのこと見かけたような気がするのよ……」

ママを見かけた？　どこで？　いつ？

管理人さん、何か、知っているの？　ママのこと、何か知っているの？

……が、言葉にする前に、強い眠気がやってきて、メイの視界は暗転した。

＋

これらの出来事は、すべて夢だったのだろうか？

今となっては、救急車に乗ったことすら、実体のない幻のように思える。でも、今は、病院にいるのだ。夢ではなく現実に起きた出来事だと信じるしかない。

が、救急車で同行していたはずの、韮山さんと管理人のおばあちゃんの姿はない。

次に目が覚めたとき、メイは、病院の寝台の上にいた。腕には、点滴の管。

こうなると、どこからどこまでが夢で、どこからどこまでが現実なのか、よく分からない。

自分が「九重皐月」であることも、今となっては、ちょっと自信がない。

いわゆる、離人症性障害というやつなのかもしれない。いつだったか、読んだ小説に出てきた。今いる世界に現実感がなく、何をとっても他人事で、〝自分〟ですら遠い存在に感じるんだそうだ。まさに、今の私。

はぁ。

メイは、ため息をついた。

ため息とは、極度のストレスを緩和するためのものだと、……これも、小説で読んだことがある。

はぁ。

ため息が止まらない。

が、そのため息ですら、今となってはただの擬音にしか思えない。自分は、一体、どうなってしまったのか。どうして、こんなことになってしまったのか。

原因は、明らかだった。

「ママが、……いなくなった」

メイは、それを声にしてみた。何かのセリフにしか聞こえない。

でも、心のどこかが疼《うず》いている。

「ママが、いなくなった」

もう一度呟くと、今度は目尻から耳に向かって生温かいものが流れていった。

それはまぎれもない「不安」と「母恋しさ」の感情だ。これだけは実感がある。涙が出てしまうほどに。

……つまり、私にとってのリアルはママだけってこと？　ママがいなければ、私なんて、ただの虚像？　スクリーンに映し出された、幻にすぎないってこと？

メイの瞼の裏に、過日、講義で鑑賞した映画が再現された。

『祝言島』というタイトルの、ドキュメンタリーだ。

印象的なシーンがあった。

男に追いかけられる、半裸の子供。子供は必死で逃げまわるがあっけなく捕まり、そのあと、ひどい折檻を受ける。

……なんか、まるで、私のよう。

そんなことを思ったとき、枕元に気配を感じた。

ドタバタと走り寄る音。

「メイちゃん！」

母だった。

……ママ、ママ、帰ってきたのね。……でも、なんでだろう、いつもと何かが違う。なんだろう？　いつものママじゃない。

「メイちゃん、なんだってこんなことに」

……私も、よく分からない。そんなことより、どこに行ってたの？　どこに！

「……どこにって。仕事よ。担当している女優さんに呼び出されて、ロケ地まで行っていたのよ。そしたら、連絡があって、メイちゃんが救急車で運ばれたって。だから、大急ぎで戻ってきたのよ。……いったい、何があったの？」

いったい、何があったというんだろう？　……私にもよく分からない。

scene 7

そして、その二日後。メイは退院した。

結局、メイが体験した恐怖は〝夢〟または〝幻覚〟ということで片付けられ、「意識混濁」というのがメイに与えられた診断だった。とても納得のできるものではなかったが、下手に抵抗したら面倒なことになる……と判断したメイは、その診断を素直に受け入れた。

でも、自殺なんて。練炭？　遺書？　そんなの、知らない。私は誰かに殴られ、拘束されたんだ。きっと、その誰かが、〝自殺〟にみせかけようと工作したに違いない。……誰かが。

でも、「それは夢だ、幻だ」と大勢の人に言われたら、それを受け入れなくてはいけない。だって、世の中の真実は多数決で決定するものだから。……世の中って、そういうものだから。それに、ママにもこう釘《くぎ》をさされた。

「メイちゃんの将来のために、今回のことは黙っておきましょうね。警察？　大丈夫。警察沙汰にはしないように、ママがなんとかしておいたから。だから、メイちゃんも、今回のことはすっかり忘れるのよ。それが、あなたのためなんだから」

ママにこう言われたら、……従うしかない。

さらに三日が経《た》った。体調は戻ったが、大学には行っていない。

だって、きっと噂になっている。菫山さんが、黙っているはずがない。

それに、……なんだか、自信がなくなっていた。世の中のすべてに、そして、自分自身に。……もしかしたら、私、本当に自殺しようとしたのかもしれない。知らないうちに私の中に死神が棲《す》み着き、そして死の誘惑にのってしまったのかもしれない。

そう思うと、自分自身が恐ろしい。また、いつ、死の誘惑に手招きされるかと思うと、恐ろしくて外にも出られない。

「メイちゃん、冬休みは、どうするの？」

自分の部屋でぼんやりと窓の外を眺めていると、母がドアの隙間から顔をのぞかせた。

「え？」

「だから、冬休みよ。明日から、冬休みじゃない」

ああ、そうだった。明日から、冬休み。でも、特に予定なんかない。

「いいアルバイトがあるんだけど、やらない？」

「バイト？」

「そう。知り合いがね、バイトを探しているのよ。時給もいいんだって」

その時給を聞いて、メイはかえって警戒した。去年の夏休み、やはり時給のいいバイトにとびついて、痛い目にあったからだ。エキストラとして赴いたその現場はなんとAVの撮影現場で、服を脱がされそうになったところで、警察の手入れがはいり、メイは半裸で警察に事情を聴かれるハメとなった。

「今度は大丈夫よ。ちゃんとしたところだから。ベドラムクリエイティブっていうところなんだけど。名前、聞いたことない？」

「ベドラムクリエイティブ……？」

「ドキュメンタリー制作では、業界でも屈指の制作会社よ。『ある女優の回顧録』とか『人々はなぜ、沈黙したか』とか『Aアパートの女帝』とか。……それと、『祝言島』」

「『祝言島』？」

「知らない？」

「ううん。知ってる。……前に講義で見た」

「じゃ、決まりね」

「え、でも」

「メイちゃんには外の刺激が必要なのよ。部屋に閉じこもっていたら、ますます体に障るわ」

「でも」

「おやりなさいよ。家からも近いし」

「……どこ？」

「赤坂。赤坂見附駅から徒歩で五分ぐらい。永田町駅からだったら、八分ぐらいかな」

赤坂なら、確かにそう遠くはない。後楽園駅から南北線に乗って永田町で降りて……。

「はい、これ、地図」言いながら、母が、紙切れをメイの前に差し出した。「シノノメ美容外科の隣にあるビルだから。……明日から行ける？」

「明日？」

「そう、明日の午後一時」

「でも、そんな急に」

「行きなさい。明日、午後の一時に。……必ず、ここに行きなさい」

……なんだか、いつものママじゃない。いつものママなら、こんなふうに強引に物事を押し付けない。

でも、まあ、いいか。ママの言う通り、このまま部屋に閉じこもっていたら窒息しそうだ。

「分かった。行ってみる」

呟くと、メイは母の手から地図を受け取った。

「あ、それと。ここにサインしてくれる？」

「サイン？」

「雇用契約書みたいなもの」

「雇用契約書？」

「そう。……形式的なものだから」

「じゃ、あとで、書いておく」

「だめ。今、ここで書いて。今すぐに」

母の顔が、にじり寄ってくる。

……こうやって見ると、シワだらけだ。……ママ、なんだか、ここんところ、一気に老けた。でも、これを刻ませているのは、自分に他ならない。だって、ママは、いっつも言っている。

——私は、あなたのために働いているの。……あなたのために、生きているのよ。あなただけのために。

「うん、分かった。……サイン、する」

メイは、ペンを握りしめた。

scene 8

そしてその翌日、メイは「ベドラムクリエイティブ」のドアを開けた。

が、今は、大いに後悔している。

……なにか、とんでもない悪事の片棒を担がされている気がしてならない。

「大袈裟ね。こんなこと、映像の世界なら当たり前のことだよ」

隣のデスクでそんなことを言ったのは、イガラシさんだった。年季の入ったアルバイトで、中年の女性だ。いっつもガムをくちゃくちゃ噛んでいる。アルバイトは、もう一人いる。部屋の隅っこで背中を丸めて座っている中年の男性でムツダさん。が、この人とは、まだ一度もしゃべったことがない。

メイたちの仕事は、簡単にいえばテープチェックだ。撮影済みのビデオテープをただ、チェックする。はじめは簡単だと思った。事実、それほど難しい作業ではない。が、一週間もこの仕事をしていると、そのインチキさに嫌気がさしてくる。

「安心しな。あと一週間も経てば、それも麻痺《まひ》してくるから」

そんなことを言うイガラシさんは、この会社に二十五年以上、お世話になっているという。

「でも、イガラシさん。……虚《むな》しくなりませんか？」

「なにが？」

「だって、ベドラムクリエイティブといえば、昔は良質なドキュメンタリー作品を多く制作していた会社なのに、今では、テレビ局の下請けばっかりじゃないですか。しかも、〝やらせ〟番組の下請け」

「昔は良質なドキュメンタリーを作ってた？」

「ええ、そうですよ。『ある女優の回顧録』とか『人々はなぜ、沈黙したか』とか『Aアパートの女帝』とか。……それと、『祝言島』もそうですよね？」

「『祝言島』？　知ってるの？」

「はい。大学のドキュメンタリー映画の授業で、見たことがあります」

「ドキュメンタリー？　……あれ、ドキュメンタリーかな……？」

イガラシさんの横顔が、うっすら笑っている。そして、

「ちなみに。シュウゲンジマじゃないから」

「え？」

「シュウゲンジマは、俗称。正式にはホカイシマ」

「ホカイ？」

「そう。〝祝言〟と書いて、〝ホカイ〟って読む。これが、正解」

「初めて聞きます。〝ホカイ〟って、本当に読むんですか？」

「そんなに疑うんなら、自分で調べてみな」

そしてイガラシさんは、裏紙で作ったメモ用紙にガムを吐き出すと、「これ以上、話しかけるな」とばかりに、積まれていたテープで壁を作った。

これをやられたら、こちらも引き下がるしかない。メイも、次のビデオテープを手にした。

パッケージのラベルには、『再現ドラマ』とある。

「再現ドラマまで、請け負っているんだ」と思いながら、ラベルをさらに見てみると、

『テレビ人生劇場　～殺人者は隣にいる～　未解決事件スペシャル！』

とある。

……ああ、「テレビ人生劇場」か。ママが好きなやつだ。

「テレビ人生劇場」。実際に起きた事件を、再現ドラマとゲストコメンテーターの毒舌でおもしろおかしく紹介する番組だ。視聴率はかなりよいと記憶している。が、低俗番組とＰＴＡあたりからは不評で、何度も「放送倫理審議会」の俎上《そじょう》に載せられている。それでも打ち切りにならないのは、それだけ人気があるからだ。

「……特に、再現ドラマがおもしろいんだよね」

メイの唇が、自然とニヤつく。メイもまた、密かなファンだった。

……前言撤回。なんだかんだいって、このバイトをしてよかった。

……ママに、自慢しよう。

そんなことを思いながら、メイは、興奮気味にテープをデッキにセットすると再生ボタンを押した。

Sequence 2　珠里／ジュリ

scene 9

そーれそれそれ　そーれそれそれ
人のもの　うっちゃるやちゃ
こども　ひまご　そのまたこども
うらみ　うらまれ　ねだやし　ころり
ねじって　つぶして　きざんじゃる
そーれそれそれ　そーれそれそれ

えっと。……ここはどこだったろう？
いつでもそうだ。

眠りの淵《ふち》から這い上がるとき、自分自身の存在《アイデンティティ》がよく分からなくなる。

頭の芯が痺《しび》れていて、あやふやで、曖昧で。まるで、出来の悪い映像のちらつき《フリッカー》を延々と見せられたあとの、むかつきのよう。でも、靄《もや》の向こうには、確かに、なにかがある。フリッカーの合間に、なにかが見える。

あ、ここは。

二十平米にも満たない白い部屋。周りをビルで囲まれた半地下の部屋。せっかくの南向きなのに、陽《ひ》はほとんど差さない。

「電気つけてないと、ここはまるで洞窟だね」

鏡越しに、誰かが笑う。

「誰？」

呼んでみるが、返事はない。

「誰なの？」

もう一度訊くと、その誰かがにやりと笑った。

ねじって　つぶして　きざんじゃる――

そんなことを呟きながら、シルエットがこちらに近づいてくる。その手には、アイスピック。

「痛い、痛い、痛い！　誰か、助けて！」

scene 10

（二〇〇六年十一月）


「痛い、痛い、痛い！　誰か、助けて！」

自分の声に驚いた形で、おもむろに頭を上げる。

えっと。……私は誰だったろう？

鏡越し、誰かが、にやりと笑った。


……ああ、そうだった。私は、珠里。

国崎珠里。

そして、ここは、東京は赤坂の、高層マンションの一室。

南東の窓からは、陽がさんさんと差し込んでいる。

申し分のない部屋だ。なのに、夢を見た。昔住んでいた部屋の夢を。初めて自分の力で借りた部屋の夢を。

なんで今更？　やっぱり、私、心の底ではここが気に入ってないんだろうか。

そうだ、気に入ってないのだ。

この部屋には、五年前、新築のときに入居した。家賃は二十万円だと聞いている。

……マネージャーの三ツ矢《みつや》がそう教えてくれた。

「今度の部屋は、家賃二十万円だぞ。しかも、赤坂だぞ。事務所が、それだけお前に期待を寄せている……ってことだ。おまえも、ちょっとは出世したな」

三ツ矢は、こうも言った。

「でも、ここで終わりじゃないぞ。次は家賃三十万円以上の部屋。そこまで行って、ようやくいっぱしの芸能人だ」

彼のおしゃべりは止まらない。

「もちろん、それで終わりじゃない。六本木または麻布の家賃五十万円以上の高級マンションを経て、最終的には、松濤《しょうとう》、または大山町あたりの高級住宅地に家を買う。これで、ようやく上がりだ」

彼が熱弁する「芸能界すごろく」は、少々、時代遅れだと思った。高級住宅地に家を買う？　なにやら、昭和の成金のようで、全然クールだとは思えない。

だが、芸能界というのは、前時代的な価値観でいまだ動いているところがある。というか、時代が止まっているのだ。その最たるものが、縦社会という現実だ。……いや、そんなのはどうってことはない。縦社会には慣れているし、小さい頃から、目上の人には可愛《かわい》がられてきた。だから、マネージャーに連れられて、いろんなお偉いさんに挨拶しにいくことは、全然苦ではない。

でも、自分の意思や選択がすべて封印されるのには、少々、納得がいかない。

例えば、この部屋。

……私、こんな部屋、本当は全然気に入ってない。

それまで、麻布十番駅から徒歩十分の、家賃九万円のマンションに住んでいた。日当たりゼロの部屋だったが、あちらのほうが断然好きだった。なにしろ、自分自身が選んだ部屋。自分自身が買ったインテリア。が、あるとき、部屋に帰るともぬけの殻だった。

……三ツ矢が勝手に引っ越しを決行したのだ。なんの承諾もなしに。

空っぽの部屋には、一枚のメモ書き。新しい部屋の住所とそこに行くまでの経路。

そのそばには、鍵。

「なに、これ。……信じられない。勝手にこんなことして！」

昔の自分なら、そう抗《あらが》っていただろうが、その頃には、「抵抗」という感情は消えつつあった。

「結局、この世界、素直な子だけが残るんだよ」

繰り返し繰り返し三ツ矢にそう言われ続け、「従順」であることが美徳……正義であると、強く信じるようになっていた。

従順？　いや、そんな簡単な言葉では間に合わない。「服従」だ。

太陽が西から昇ると言われてもそれに反論することなく、月の周りを地球が回っていると教えられれば、そうなのだと信じる。

でも、間違いだらけの世界にいると、それはそれで居心地がいいものだ。なぜなら、考えたり、反抗したり、疑ったり、そんな面倒臭いことをしなくて済む。

「はい、その通りです」

と、しおらしく頷《うなず》いていれば、周囲はみな、親切にしてくれる。

でも、時折、腹の底から何かがせり上がってくる。

ヘドロのような、真っ黒な、酷い悪臭を伴った、何かが。

そんなとき、無性に欲しくなる。

……そう、炭水化物が。

居てもたってもいられず、出かける準備をする。でも、テレビの天気予報では、「寒波、寒波」とうるさい。高層階のこの部屋は春のように暖かいのに、下界ではこの秋一番の寒さだという。

「大事なときだ。風邪だけは引くな」

三ッ矢の言葉が、耳元で再生される。

「特に、喉には気をつけろ。女優にとっては、声は商売道具だ」

ああ、本当に、口うるさいマネージャーだ。でも、彼の言葉は、大概正しい。

マフラー。そういえば、クローゼットの奥にマフラーがあったはず。

scene 11

とにかく、炭水化物が欲しい。

「欲しくなる」などといった簡単な表現では間に合わない。見知らぬ女子高生が頬張るおにぎりを奪い取ってしまいたくなるほどの〝激情〟、そして〝渇き〟だ。

つい五分ほど前、そんな抑えがたい衝動が突然わき起こり、危うく女子高生に襲いかかりそうになったが既《すん》のところでどうにか抑えつけ、さながら禁断症状に苦しむ中毒患者のように息も絶え絶えに飛び込んだのは、Tホテルのダイニングだった。

あれ？　ここ、前に来たことがあるような。……そうだ。いつだったか、テレビ局のプロデューサーとここで食事をしたことがある。そのときは三ツ矢の教えを守り、サラダとスープだけを頼んだが、プロデューサーが注文したパーコー麺がやたらとおいしそうだった。自分が注文したサラダとスープが、悪い冗談に思えるほどに。

国崎珠里は、席につくなり、「パーコー麺」と声を上げた。

黒スーツに白タイの男性給仕が、一瞬、きょとんと目を丸くする。しかし、すぐにポーカーフェイスに戻り、

「セットにいたしますか、それとも――」

などと、いかにももったいを付けるものだから、珠里は、せっぱ詰まった様子で繰り返した。

「パーコー麺」

まさに、禁断症状ね。

珠里は、せっぱ詰まりながらも、頭の隅で自嘲した。

――こんなところ、マネージャーに見られたら、……半日は説教を食らうわ。

それは間違いなかった。今、珠里は、みっつのタブーを犯している。ひとつは、変装していないこと。ひとつは、無断で単独行動をしていること。ひとつは、炭水化物を食べようとしていること。このみっつは、どれも、三ツ矢からきつく禁じられている。

それでも、この衝動だけはどうにもならない。三ツ矢に叱られようと、全人類から非難されようと、これを食べることで大きな悲劇を呼び寄せることになろうと、……

炭水化物が欲しい!

そして、テーブルにそれが届けられると、珠里は我を忘れて、荒々しく箸を割った。

食べ終わる頃、珠里はようやく我に返った。と、同時に、激しい危機感にも襲われる。慌ててあたりを見回してみた。

幸い、自分に気がついている者はいなそうだ。それでも念のため、三ツ矢の教えに従い、バッグから伊達《だて》メガネとマスクを取り出すとそれらを手際よく装着する。

鏡面仕上げのテーブルに、変装した自身の姿が映り込む。……こっちのほうが、かえって、目立つと思うんだけど。

そんなことを思っていると、隣のテーブルから軽快な笑い声が上がった。

ぎょっとしてそちらを見ると、幸いにも、自分のことを話題にしているわけではなかった。

ああ、よかった。……とほっとしたのも束《つか》の間《ま》、場違いなチャイムがバッグの中から鳴り響いた。着信音だ。

慌てて携帯電話を取り出すと、三ツ矢からメールが届いていた。

相変わらずだ。あの人は、まるでこちらの行動をすべて監視しているかのごとく、こういうタイミングで連絡を入れてくる。

もしかしたら、あの人、本当にテレパシーがあるのかも。

メールには、

『ＢＣＡテレビ局前のカフェで待っている』

嘘でしょう。今日は、オフなのに。

パーコー麺が、ひとくち分残っている。

喉がごくりと鳴ったが、珠里はそれを振り切り、勢いをつけて席を立った。

scene 12

「珠里……？」

マネージャーの三ツ矢が、怪訝《けげん》そうな表情で顔を覗き込んでくる。「……珠里か？」

あたりまえじゃない。私は珠里。が、口には出さず、しおらしく頭《こうべ》を垂れていると、
三ツ矢がしつこく顔を覗き込む。

「どこか、寄ってた？」

まるで警察犬並みの嗅覚だ。歯を磨き、口臭消しのスプレーもたっぷりとかけたと
いうのに、それでもこの男の嗅覚はごまかせない。

「ちょっと、……ランチを食べていたんです」

「ランチ？　なにを？」

「えっと。……シーザーサラダとトマトのスープ」

もちろん、真っ赤な嘘。

「それだけ？」

三ツ矢の目がぎろりと光る。

珠里は、伏し目がちにゆっくりと頷いた。が、瞼の痙攣《けいれん》だけは止められなかった。

「糖質はとってない？」

「……はい」

「本当に？」

「……はい」

三ツ矢は、これ見よがしに肩を竦めると吐き捨てた。

「分かってる？　おまえはさ、デブなんだからさ。あと五キロ痩せなきゃ、仕事、なくなるよ？　それでなくても、もう三十三なんだよ？　若さでは売れなくなってきてんだよ？　だから、せめて、痩せろよ」

「……はい」

「あ、その顔。デブなんかじゃないって抗議している顔だ」

「……いえ、抗議なんかしてません。おっしゃる通り、私はデブですから」

「そう、おまえは、デブ。三十過ぎの田舎者のデブなんて、なんの売りにもならないぜ？　それとも、むしろもっと太って、デブキャラで売り出すか？　ああ、いいかもしれないな。デブキャラ。ここ最近は、結構ニーズあるんだよ」

「デブキャラ……」

「ああ、でも、おまえじゃだめだ。デブキャラにも特別な何かがないと。おまえは、なんの特徴も特技もない、ただの田舎者だからな。誰も使ってくれないよ」

「……はい」

「おまえはさ、俺がこうやって寝ずに売り込んでやっているから、なんとか仕事にありつけているんだぜ？」

「……はい」

「ちょっと人気が出たからって、いい気になってんじゃないよ」

「……いい気になんて」

「おまえみたいな田舎者が一番、勘違いすんだよな。……そうだろう？」

「はい」

「じゃ、言ってみろ。おまえはどんな田舎者だ？」

「……地元じゃ、美人美人ともてはやされて、運良くファッション誌の読モになって……」

「そ。ちゃんと理解しているじゃないか。……そんな田舎者が気をつけることは？」

「天狗《てんぐ》にならないこと」

「正解。……そう、天狗にならないこと。でないと、鼻をへし折られて、あっという間に転落。そういうバカをさ、俺はたくさん見てきたわけ」

「……転落？」

「そう。裸だよ。ハダカ。もっといえばＡＶ」

「ＡＶ……」

「俺はさ、おまえには転落してほしくないからさ、いろいろとやっているんだよ。寝る間も惜しんで、おまえを売り込んでいるわけ」

「……はい」

「だから、まずは痩せろ。プロフィールには、百六十八センチ四十六キロって載せてんだからさ、まずはそれを実現させろ」

「……はい」

「っていうかさ、四十六キロだって重いんだからさ。あと二キロ……いや、あと三キロ痩せろ」

「……はい」

ＢＣＡテレビ局近くのカフェ。珠里は、青臭い味しかしないスムージーをちゅるちゅる吸い込みながら、マネージャーの三ツ矢の言葉に、いちいち従順に応えた。

なのに、三ツ矢は、いつにも増して苛《いら》ついている。

彼がぐびぐびと飲んでいるバナナオレは、あんなに美味《おい》しそうなのに。なんの不満があるというのだろう。

「まあ、それはそれとして」

三ツ矢はバナナオレを飲み干すと、自慢のクロコダイル革のカバンから、書類の束を取り出した。

どうやら、企画書のようだ。

「昨日もメールで説明したけど。もちろん、受けるよね？」

言いながら、三ツ矢は、書類を珠里の前に叩きつけるように置いた。

『ファミリー・ポートレイト』

ＢＣＡテレビの看板番組のひとつで、十五年続く長寿番組でもある。

タレントや役者、または有名人の家族の歴史を繙《ひもと》き、ドキュメンタリータッチで紹介する番組だ。

「もちろん、受けるんだよね？」

三ツ矢は、威圧感たっぷりに、繰り返した。

というのも、『考えさせてください』と、昨日返信したからだ。

「考えさせてください」というのは、いうまでもなく、「断り」を含ませた社交辞令で、珠里が、三ツ矢にこのような返事をしたのは今回が初めてだった。

三ツ矢が、苛々と足を揺する。

今日の彼がこれほどまでに苛ついているのは、たぶん、「考えさせてください」という返事が理由だろう。

「で、考えた結果、……受けるんだよね？」

三ツ矢は、書類をとんとんと指で叩いた。

「そもそも、『考えさせてください』なんて台詞《せりふ》は、十年早いよ。ちょっと人気が出てくると、これだからさ、まったく」

三ツ矢は、まるでドラムでも叩くかのように指で書類を叩き、足をがくがくと揺すった。そして、いきなりこんなことを言い出した。

「そこそこ人気があったのに、消えた芸能人って、多いじゃん。消えた芸能人の共通点ってさ、分かる？」

「……勘違いですか？」

珠里は、小さく応えた。三ツ矢が一日に何度も口にする「勘違いするな」。だから、正しい解答のはずなのだが、だからなのか、三ツ矢の苛々はついに沸点に達してしまったようだ。

「分かってんなら、手を焼かせるなよ！」

三ツ矢は、場所もわきまえず、怒声を上げた。

珠里は、思わず、顔を両腕で覆った。

三ツ矢の顔が、鬼のように険しくなる。

「はぁ？　なに、それ。まるで、俺が暴力男みたいじゃんかよ。こういうときだけは、名演技だよな、肝心の芝居のときは大根役者のくせしてさ！」

……前は、こんなんじゃなかったのに。

珠里は、そろそろと腕を下ろしながら思った。

出会った頃は、優しい顔をしていたのに。その物言いだって柔らかく、穏やかでほっこりとした人だった。

なのに。

「おまえのせいだよ、おまえが、俺をこんなふうに苛立たせるんだ！」

昨日、一ノ瀬マサカズに言われた言葉だ。マサカズは、こうも言った。

「おまえのような女が、男を駄目にすんだよ！」

そして、殴られた。

幸い、その拳の痕は顔には残らなかった。あの人も、同じ業界に生きる身だ、その点はちゃんと心得ているらしく、人目に触れる場所には、その痕を残すことはない。

「また、あの男に殴られやがって」

三ツ矢が、珠里の腕に残るその痕を、めざとく見つけた。

「おまえ、あの男とまだ切れてなかったのかよ」

三ツ矢が、汚物でも見るような視線を送る。その表情の醜さ。……でも、そんな表情をさせているのは、自分なのだ。もっと言えば、彼をここまで苛立たせて性格をここまで捻《ね》じ曲げてしまったのも、自分なのだ。そう思うと、申し訳なさで涙が出てくる。

「だからさ、なんで、泣くんだよ、面倒くさい女だな、まったく」

「……すみません」

「それは、なんに対しての『すみません』なんだよ。あの男と切れてないこと？　それとも——」

「やります」

珠里は、この空気に耐えられず、つい、そんなことを口にした。「この企画、やります」

やりますから、もう、私を責めないでください。そんな怖い顔で、いつまでも私を見ないでください。……私、やりますから。

そして、珠里は、テーブルの上の書類を引き寄せた。

scene 13

「このたびは、このような素敵な企画にお呼びくださり、ありがとうございました」

ＢＣＡテレビ局、第五応接室。

珠里は、客室乗務員さながらに腰を四十五度に曲げると、深々と頭を下げた。

そして、ゆっくりと頭を上げると、目力はそのままに唇だけ力を抜いた。

いつか、三ツ矢から教わったお辞儀だ。これを身につければ大きな敵を作ることはない、むしろ敵も味方になってくれる。挨拶こそが、この業界の要。挨拶ができないばかりに、才能がありながらこの世界を追われた者も多い。逆を言えば、それほど才能がない者でも、挨拶さえ完璧にこなせばなんとか生き残ることができる……という教えだ。

つまりそれは、おまえには才能はないのだから愛嬌《あいきょう》だけで生き残れ……という意味だ。

珠里も、それはよく分かっていた。自分には、タレントとしても役者としても特出した才能や個性はない。無難に色々とこなすことはできるがいわゆる器用貧乏というやつで、その場では重宝されるが、用が済んだらお払い箱。その証拠に、いまだ、「主役」は回ってこない。この十年、数本の映画とドラマに出演したが、どれも、二番手、三番手だ。それでも出演依頼が続いているのだから、この運に感謝しなければならない。しかし、運も、そろそろ打ち止めの頃だろう。事実、今年の初めに占い師に言われた。

「来年から、運気が下がります。冬の時代に入ります。今までの運の代償を払うことになるでしょう」と。

　だから、三ツ矢は、この仕事を持ってきたのだろう。

　この番組で取り上げられたら、活路を開けるかもしれないと。なのに、自分はそれを断ろうとした。彼が苛立つのも無理はない。

　でも。

「本当ですか？　本当にありがたいって思ってます？」

　髪をオールバックにした男が、ぼそりと呟いた。珠里の唇が、こわばる。それを見逃さなかった三ツ矢が、間髪を容《い》れずに言った。

「もちろんですよ。心から、ありがたいと思っていますよ。……この仕事のことを話したら、こいつ、子供のように飛び跳ねて、そりゃ、大喜びだったんですから」

「どうも、そういう風には見えないな。いやいやここに連れてこられたような顔をしている」

「まさか、そんな！　思い過ごしですって」

「前にもお話ししましたが、この企画は、本人にその気がないと、困るんですよね」

「やる気なら、満々ですよ。な、そうだろう？」

　三ツ矢が、珠里の背中を強く叩いた。その痛さに、一瞬、顔が歪む。が、珠里はと

っさに笑みを作った。そして、

「はい、やる気満々です！」

と、可愛くガッツポーズまでしてみせた。これも、マネージャーに教えられた。空気が張り詰めたときは、ぶりっ子で急場をしのげ……と。

「へー、そう」

男は、右手で口元を覆うと、先ほど三ツ矢が提出したレジュメをパラパラとめくる。そこには、珠里の簡単なプロフィールが書かれている。

しばらくの静寂。

珠里は、シクシクと痛み出した胃を慰めるように、鳩尾《みぞおち》に手を添えた。そして、男の顔を改めて見てみた。

男の名前は、大倉悟志といった。『ファミリー・ポートレイト』のプロデューサーの一人だ。

新進気鋭のフリープロデューサーで、今、最も注目されている人物だ。『ファミリー・ポートレイト』も、彼がプロデューサーに加わったことで視聴率が跳ね上がったという。人気長寿番組とはいえ、ここ数年は視聴率が停滞し、ときには十パーセントを切ることもあったらしいが、大倉悟志のテコ入れで、今では平均視聴率二十パーセントに届く勢いだ。

が、リスクの高い番組でもあった。隠しておきたい過去や家族の事情を暴かれるからだ。大倉悟志が手掛けるようになってからは、その暴きかたはさらに容赦のないものになっている。だからこそ、視聴率も上がったのだろうが。

「この番組、タレントの間ではなんて言われているか、知ってる？」

大倉悟志の問いに、

「さあ、……存じません」

と、珠里は答えたが、それは嘘だった。

――恐怖の興信所。

いつだったか、バラエティ番組で共演したタレントが、そんなことをぼやいていた。彼女は三歳ほどサバを読んでいたのだが、それを『ファミリー・ポートレイト』で見事に暴かれてしまったのだ。ある芸人に至っては、隠し子がいたことを暴かれてしまった。そのせいで、芸能界を干された。

とはいえ、メリットも大きい。この番組をきっかけにブレイクした者もいるからだ。有名なところでは、バク転・サブロー。それまでは無名の芸人だったが、この番組で過去を暴露されたことで大化けしたのだ。まさに、飛ぶ鳥を落とす勢い。それまでは腰の低い礼儀正しい人だったが、今ではその天狗ぶりが話題だ。珠里も、先日とあるワイドショーで共演して、しつこく口説かれた。

いずれにしても。まさに、一《いち》か八《ばち》か。暴露が、吉と出るか凶と出るか。

珠里の体に、自然と力が入る。汗も、先ほどから止まらない。

「ハンカチで額の汗をぬぐっていると、

「ハンカチ、最近持っていない子が多いけど。……君はちゃんと持っているんだ」

大倉悟志の表情が、少し和らいだ。

「しかも、タオルハンカチじゃなくて、綿のハンカチ。……綿のハンカチって、アイロンしなくちゃいけないから最近はあまり売れないって、聞いたことあるけど」

「……アイロンがけ、私は好きです」

「へー。うちのお袋も、アイロンがけ、好きだったな。ぐちゃぐちゃの布がピーンと伸びていくのが、たまらなく快感だって」

「はい、私もそうです。爽快感があります」

「なるほど。それが、君の本当の笑顔か」

珠里の顔が、自然とほころぶ。

「え?」

「今回、君に出演依頼するにあたり、君の今までの出演作を全部視聴してみたんだ。バラエティ番組も、モデル時代のファッション誌も、全部チェックした」

「全部?」

「丸三日かかったかな。でも、大したことじゃない。少ないほうだ。この前のベテラン女優なんか、それこそ丸一ヵ月かかったよ。芸歴五十年ともなると、さすがに大変だった」

「芸歴五十年分……全部ですか？」

「もちろん、今では手に入らないものもあるからね、全部とは言えないが。入手できるかぎりのものは、すべてチェックした」

「毎回、全部、チェックされるんですか？」

「もちろんだ。その人物の歴史を繙かないことには、はじまらない」

「……そうなんですか」

「で、君の笑顔についてだ。僕がチェックした限り、君の笑顔はすべて偽物だった。バラエティに出ているときですら」

「……偽物？」

「作り笑いを見分ける方法、知ってる？」

「……いいえ」

「目と口が同時に笑顔になったときは、ほぼ作り笑い。自然な笑顔の場合は、口が先に笑顔になって、それに続くように目が笑顔になる」

「……そうなんですか」

「そして、もうひとつ。それは、笑顔が左右対称ではない場合。……君はこのケースにあてはまる。右側でどんなに笑っていても、左側はいつでもひきつっている。……というか、怒っている」

「………」

「それで君にますます興味がわいたというわけだ。君の本当の笑顔を見てみたいと。まさか、こんなに早く、その目的が達成されるとは思っていなかったけれど」

「………」

「でも、その笑顔、……どこかで見たような気もするんだよな。誰かに似ている」

「誰かに似ている？」

「君のご家族で、芸能関係の人は？　または、かつて、芸能界にいた人は？」

「いません。芸能界に入ったのは、家族では私だけです」

「なるほど。ところで、出身は……福岡県だっけ？」

「はい」

「訛《なま》りはないんだね」

「なおしました」

「でも、時々は出ない？　例えば……」大倉悟志は、三ツ矢が提出したレジュメを指さすと、「あ、三ツ矢さん、このレジュメ、なおしておいて」

突然話を振られて、三ッ矢の体が大きく跳ねる。そして、

「なおす？　どこかおかしいところがありましたでしょうか？　どこを修正すれば……」

と、おどおどとした調子で応えた。

「ね、僕は出ちゃうんだよ、こうやって、自然と方言が」

「は？」

きょとんとする三ッ矢に、

「なおすっていうのは、仕舞うっていう意味なんだよ。……ね？」

と、大倉悟志が、珠里に同意を求める。

「……大倉さんも、九州出身なんですか？」

珠里が質問すると、

「いや、僕は違う。僕は東京生まれの東京育ち。……でも、母が九州の人で、ずっと方言が抜けなくてさ。だから、自然と、標準語と九州弁のバイリンガルになったというわけ」

大倉悟志は、ここで一旦、紙コップのコーヒーを口に含んだ。

珠里と三ッ矢も、それに倣うようにテーブルの上から紙コップを取り上げる。

コーヒーはすっかり冷めて、苦い味しかしない。砂糖でも入れて誤魔化そうと、ス

ティックシュガーに手を伸ばしたそのとき、

「ところで。これって、なんて読むか知ってる？」

と、大倉悟志は手帳にペンを走らせると、それを珠里に見せた。

『祝言島』

とある。

「ホカイシマ……ですか？」

珠里は答えた。

大倉悟志が、意地悪く、唇の右端を釣り上げた。「なるほど。やっぱりね」

……私、なにか間違った？　珠里の腋《わき》から、汗が大量に吹き出す。

三ツ矢が、鼻息荒く口を挟む。

「シュウゲンジマですか？」

大倉悟志の意地悪な笑いが、満面の笑みへと変わる。そして、言った。

「合格です。ぜひ、『ファミリー・ポートレイト』にご出演ください」

scene 14

「ファミリー・ポートレイト？」

ご自慢のパープルピンクのカシミアマフラーの端を弄びながら、ルビィが言った。

「へー、珠里、『ファミリー・ポートレイト』に出るんだ」

そして、その肉厚な唇にスプーンをくわえ込んだ。

ルビィ。芸名ではなくて本名なのだという。〝紅玉〟と書いて、〝ルビィ〟と読む。

「変な名前でしょう？」

いい、あのとき、ルビィは言った。

＋

「紅玉って。リンゴじゃないんだから。この名前のせいで、小学校、中学校の頃は、〝りんご〟って呼ばれていたんだ」

りんご。あだ名にしては、いいほうじゃない。ううん、むしろ、素敵なあだ名だ。

私なんて――。

「フーゾク嬢」

言い当てられたのかと、心臓が大きく跳ねた。珠里は慌てて、ハンカチを握りしめた。

「高校生の頃なんて、フーゾク嬢って呼ばれていた。キャバ嬢とか、……ＡＶ嬢とかね」

珠里の頬が、赤とも青ともつかない複雑な色に染まる。

「うそ、あなたももしかして、そんな風に呼ばれていたの？」

その質問にどう応えていいか言い淀《よど》んでいると、

「あなたも、そんな雰囲気あるもんね」

「……雰囲気？」

珠里はようやく視線をルビィに合わせた。無視してもよかったが、こんな小さな部屋に二人だけで閉じ込められているのだ、そうそう無視なんてできない。珠里は、ハンカチを額に当てた。緊張のせいか、それとも嫌悪のせいか、汗が止まらない。……ルビィも、珠里を真似しているのかそれともおちょくっているのか、額にハンカチを当てる。

「そう、雰囲気。なんか、どことなくエロい雰囲気」

「エロい――」

「あ、ごめん。悪い意味で言っているんじゃないよ。エロいっていうのは、褒め言葉だよ。だって、この世界で生きていくには、エロは重要なアイテムだと思うんだ」

「……そうでしょうか？」

「だって、〝営業〟には欠かせないもの」

「営業？」

「そう、営業」

シノノメ美容外科の待合室。

珠里がルビィに声をかけられたのは、一九九六年の夏のことだった。

珠里は覚えていなかったが、その三ヵ月前、あるCMのオーディションですでに会っていると、ルビィは言った。だから、正確には「再会」なのだという。……どのオーディション？　オーディションには毎日のように行っている。多いときは一日三回。だから、その内容も誰と会ったかも、記憶から滑り落ちることが多い。よほど印象的な事柄や人物でない限り。……要するに、珠里にとってルビィという女は、印象どころか記憶にも残らないモブキャラに過ぎなかったのだが、そんな扱いは許さないとばかりに、ルビィは息がかかるほどの至近距離で、さらに身を乗り出すのだった。

「こんなことを言ったらアレかもしれないけど」ルビィは、唇をアヒルのように尖《とが》らせると言った。「あなたって、なんか、やばい香りがする」

「は？」

なんてこと言うの？

珠里は顔をしかめて体をよじったが、ルビィは言葉を吐き続けた。

「うまく言えないけど、なんていうか、あなたには生まれ持ったエロを感じる。しかも淫靡《いんび》でじめじめした、暗いエロ。男を骨抜きにして、ダメにするような――」

いくらなんでもひどい。珠里は、眉間にあからさまな深い皺《しわ》を刻んだが、ルビィはそれには気がつかない。いや、たぶん気がついているのだ。その視線は珠里の表情の隅々を追っていて、そして楽しんでもいる。こういう性格の人なのかもしれない。人が嫌がっている様を見るのが何より好きな人。

「あなた、男運ないでしょう?」ルビィは無遠慮に言い放った。

「は?」

「でも、男運がないっていうのは、ある意味、自業自得だからね」

「は?」

「男運がない女っていうのはね、ダメ男にばかり当たるんじゃなくて、男をダメにする女ってことなのよ」

「だから、そんなことはありません! 私、ダメ男になんて——」

「ううん、ダメ男にばかりひっかかってきたって感じ。どうせ、田舎から上京してきたのも、男がらみでしょう?」

「田舎から上京って……」

なんで、知っているんだろう?

「私、そういうの、分かっちゃうんだよね」ルビィは、霊能者か占い師か……という眼差しで囁《ささや》いた。

珠里の心臓が、再び跳ね上がる。

「ほらね、やっぱり。図星だったでしょう？」

ルビィの得意満面な顔が近づいてくる。

「私、そういうの分かるんだ。母親譲りの直感ってやつ」

「直感？」

「霊感といってもいいかも。……家系なの」

「家系……？」

「祝言島《ほかいしま》って知ってる？」

＋

あれから十年。

ルビィとは、なんだかよく分からない関係でずるずると続いている。

友人？　親友？　ソウルメイト？

ルビィはいろんな言葉でこの関係を表現するが、どれも正解ではない気がしている。

腐れ縁。これが一番近い気がするが、もちろん、それをルビィに言ったことはない。

正直、この関係には少々、疲れを感じている。十年前、あの美容外科の待合室で出会ったときはどちらもまだスタートラインに立ったばかりだった。でも、今は違う。

もちろんこれも口にしたことはないが、今は、明らかに自分のほうが先を行っている。

それを意識したのはマネージャー三ツ矢の言葉だった。戦隊ヒーローものの出演が決まったときだった。

「自覚しろ。自分が妬まれる立場になったことを」

三ツ矢は、こんなことも言った。

「この業界で友人なんか作るな。友人すなわち、足をひっぱる輩《やから》だと思え。近寄ってくるやつはすべて敵だと思え。そもそも、この業界では友情など育めない。恋愛も友情も、それはすべてトラップだ」

確かに、この業界はまさに修羅だ。絶え間ない諍《いさか》い。尽きぬ憎しみと怒り。日々増幅する妬みと嫉《そね》み。そして、あちこちに張り巡らされた罠。

とはいえ、自分の身に降りかかってくることはないだろう……とたかを括《くく》っていた。嫉妬することはあっても、自分がその対象になるなんて。

が、ここ最近、ルビィの視線そして言葉に、冷たい棘《とげ》を感じる。

いや、それはそもそもの彼女の性格のせいかもしれない。彼女は、初めて会ったときから馴れ馴れしく、無遠慮で、そして辛辣《しんらつ》だった。

それとも、自分のほうが意識しすぎているのかもしれない。彼女より先を行ってしまっていることへの後ろめたさ。仕事が忙しくて彼女の誘いに乗れないたびに、罪悪感で胸が痛い。その穴埋めに、長文のメールを送ってしまうほどに。

こんな歪な関係、本音を言えば終わりにしたい。でも、まさか、先を行っている自分からは切れない。

……ルビィのほうから切ってくれないかしら。

……私が彼女なら、自分から離れていくのに。

珠里は、事あるごとにそんなことを思う。自分より先を行く友人を見るのは辛《つら》いはずだ。なのになぜルビィは離れず、むしろ「友人」としてときには優しい言葉もかけてくれるのか。

やはり、「罠」なのだろうか？　友人という素振りで、その手には毒を忍ばせているのかもしれない。あるいは、いつでも足を引っ張れるように縄を隠し持っているのかもしれない。

ああ、いやだ、いやだ！

そんなことを考える自分が、心底いやになる！

ルビィといると、自分がどんどんいやな女になる。

だから、終わりにしたい、この友情を！

なのに、それができないのは、なぜ？

とらや赤坂本店の、虎屋菓寮《とらやかりょう》。

ここを指定したのはルビィだったが、呼び出したのは珠里のほうだった。

一時間ほど前、BCAテレビ局での打ち合わせが終わり、そのあと無性に誰かにこの話をしたくなり、真っ先に思い浮かんだのがルビィの顔で、そして連絡を入れた。

「BCAテレビなら、赤坂の虎屋菓寮が近いね。……じゃ、三十分ぐらいで行くから、待ってて。え？　分からない？　……青山通りはさすがに分かるよね？　ほら、一度行ったことあるでしょう？　豊川稲荷の前にある——」

こうやっていまだに田舎者扱いするところはムカつくが、でも、どんなときでもこちらの都合に合わせてくれるところは、大好きだ。

……そうだ。だから、私、ルビィと離れられないのかもしれない。

だって、……都合がいい。

「『ファミリー・ポートレイト』っていったら——」

ルビィは、パープルピンク色のマフラーの端をいじりながら言った。シャネルのブランドタグが、まるでなにかの広告塔のようにひらひらと舞う。

「『ファミリー・ポートレイト』っていったら、スターへの登竜門じゃない」

ルビィは、そのアヒルロをますます尖《とが》らせながら言った。その様は、どこかフリークだ。それはさながら水風船で、ちょっと突っついただけで破裂しそうだ。

……また、あの美容外科に行ったのだろうか。そして、ヒアルロン酸をたっぷりと注入したのだろうか？

唇だけじゃない。鼻筋も、以前会ったときよりすっと通っている。ここにもヒアルロン酸を入れたようだ。一方、顎が細くなっている。ボトックス注射をしたか？

そんなことをあれこれ推測する珠里も、一週間前、あの美容外科に行ってきたばかりだった。

いつものプラセンタ注射と、そしてふくらはぎにボツリヌス・トキシンを注入してきた。日本では未認可の最新施術らしいが、「特別だよ」と、院長が直々に注入してくれる。効果は抜群で、今のところはK－POPスターのような美脚だ。それまでのししゃも脚が嘘のようだ。

とはいっても一時的なもので、この細さを維持するには半年後にまた同じ施術を行わなくてはならない。一回の施術で、約二十万円。すでに四回ほど施術しているから、八十万円が消えている。しかも、これから先も半年ごとに繰り返さなくてはならないのだから、いったい、いくらかかるのか。

それだけではない。肩から背中にかけてもボツリヌス・トキシンを注入している。背中が大きく開いたウェディングドレスを着る役のオーディションがあったときに三ッ矢に勧められたのだが、背中の整形まであるとは知らなかった。一回きりだと思っていたが、「背中は大切だ」と三ッ矢に言われ、これも続けている。一回十五万円、これも半年に一度施術が必要で、今までに五回、七十五万円がかかっている。まだある。二の腕も、痩身用のレーザーを脂肪に照射して細くした。こちらが両腕で四十万円ほど。

この時点で、二百万円近くがかかっている計算だ。いや、それだけでは済まない。デビューするときに歯をインプラント治療し、これが結構な値段だった。六百万円以上はしたと、いつか三ッ矢が言っていた。

「そうだ。お前には、すでに一千万円近く投資しているんだよ」

つまり、それらの金はすべて事務所から出ているのだが、裏を返せば、珠里自身の借金ともいえる。

かつての花柳界や遊郭では、莫大《ばくだい》な金をかけて見習いを飾り立て、見世《みせ》出しさせていたと聞く。無論、旦那がいれば旦那に払わせるのだろうが、大概は見習い本人の借金となり、つまり、華美な装いの裏では女を働かせるための仕掛けが巧妙に張り巡らされている……というわけだ。

その仕掛けは、今の芸能界でも受け継がれている。デビューさせる前に最低限でも歯をなおし、そしてエステに通わせ、それでも間に合わないときは、美容外科に送り込む。

無論、そんなことをしなくても「素」の状態でデビューする子もいる。いわゆる「金の卵」で、数百人に一人いるかいないかの、生まれながらのスターだ。そういう子は、何もオーディションなどを受けなくても、自動的に主役か主要な役が向こうからやってくる。まさに、エリートスター。

一方、私は……。

うん？

なんだか、さっきから視線がちらちらと煩い。その方向を見ると。

あれ？ あの人。奥のテーブルに座っている女が、ずっとこちらを見ている。

「リナだよ」

ルビィが言った。

「私の同期。デビューした頃は、結構いい線いってたんだけど、今はさっぱり。だから、珠里のことが、羨ましくて仕方ないんだよ。……ほら、気にしない気にしない。落ち目がうつるよ。……そんなことより、もちろん、受けるんだよね？『ファミリー・ポートレイト』に」

ルビィの言葉に、珠里は視線を戻した。

が、ルビィの視線が顎に注がれているような気がして、ハンカチでそっと隠す。

かつては、自慢の顎だったのに。今では、すっかりコンプレックスのひとつだ。

「最近、二重顎になってきた。見苦しい」と、三ツ矢に言われたからだ。

「顎にも痩身用のレーザーを照射しろ」とも言われているが、……顔に何かをするのは躊躇《ためら》われた。

二の腕、肩、ふくらはぎとイジっているくせして何を言うか……と三ツ矢は言ったが、同じ整形でも、脚や腕や肩にするのと顔にするのとではまったく違う。

脚や腕や肩の場合は、言ってみればダイエットのショートカットだ。本来の自分の体を改造したり変化させたりするのではなく、「施術」という手段で手っ取り早くダイエット結果を手に入れるようなものだ。もっといえば、パーマやカラーリングと同じなのだ。でも、顔は……。

珠里は、あんみつをスプーンでかき混ぜながら、ルビィの顔を盗み見た。

……この人は、体はもちろんのこと、顔もまるっきり変えてしまっている。ここまでくると、もはや「インチキ」行為だ。どんなに美しくても、それは所詮、作り物。私は、絶対、こうはなりたくない。

そこまで考えたとき、珠里はスプーンを動かす手を止めた。

私、やっぱり、ルビィのことを下に見ている。自費でこんなに整形しているのに、さっぱり仕事にありつけないなんて、可哀想……って。

が、珠里は薄々気がついている。ルビィもまた、自分のことを一段……どころか二段も三段も下に見ていることに。

田舎者って。

そうだ。これだけはどうしても覆せない〝事実〟だ。ルビィは東京都港区で生まれて、そしてそこで育った。一方自分は……。

ルビィは、都会育ちであることをことあるごとに見せつけて、珠里はそのたびに劣等感に苛《さいな》まれる。

都会育ちと田舎者。この〝事実〟がある限り、自分は一生ルビィには勝てないのではないか？　という不安が常につきまとっている。どんなに彼女の先を行っていたとしても、この〝事実〟がある限り、いつでも彼女はひとっ飛びで私を追い越してしまうのでは？

……こんな不安も、多分、ルビィと離れられない腐れ縁の要素のひとつだ。都合のいい友人と下に見ながらも、インチキ整形女とこっそり蔑んでいながらも、その都会的な立ち居振る舞いにどこかで憧れているのだ。

「実は、迷っているんだ、『ファミリー・ポートレイト』」

珠里は、抹茶をすすると言った。

「え？　なんで？」ルビィも抹茶をすする。その自慢のアヒルロが緑色に染まる。まるで抹茶のわらび餅。

「だって。……色々と調べられるんだよ？　家のこととか」珠里は、ハンカチで唇をそっと拭いながら言った。

ルビィも、その緑色に染まった唇にハンカチを当てた。

「まあ、確かに。『ファミリー・ポートレイト』は、結構掘り下げるよね、出自を」

「でしょう？」

「それでも、私だったら絶対に出るな」

「怖くない？」

「怖い？　なんで？」

「だって、自分の知らない過去とかが出てきたら……」

「それがいいんじゃん、面白いんじゃん！」

「面白い？」

「だって、自分のルーツって興味ない？　自分はどこから来て、どこに行くのか」

「……私はあんまり……」

「私は、めちゃ興味ある。……ね、前にテレビで見たんだけど。ミトコンドリアって知ってる？　ミトコンドリアDNAって母親からだけ遺伝するらしくて、それを辿ればば先祖がどこから来たのか分かるってわけ」

「母方のルーツが分かるってこと？」

珠里は、いつの間にかスプーンを置いてルビィの話に身を乗り出していた。いつでもそうだ。なんだかんだと複雑な思いを抱きながらも結局はこうやって、ルビィの話に引きずり込まれてしまう。……ルビィの話はいつだって面白い。これもまた、彼女から離れられない要因のひとつかもしれない。

「そう。ルーツを辿っていくと、日本人の場合、九人の母に辿り着くんだってさ」

「へー、九人の」

「なんか、ワクワクしない？　自分のルーツは、その九人の母のうち誰なんだろう……って。ロマンあるじゃん！」

「まあ、確かに」

「でしょう？　自分のルーツが紐かれるって、面白いじゃん！　だから、『ファミリー・ポートレイト』、出なよ！」

「それは、また別の話」

「どうして迷っているの？」

「だって……」

「そんなに嫌なら、私が代わってやろうか？」

「は？」

変な冗談言わないで。あなたなんかに、私の代わりが務まるはずもない。なのに、ルビィは続けた。

「私は、あんたと違って、波瀾万丈だからさ」

波瀾万丈？　確かに、そうね。全身整形しまくって。それに……。

「私の瞼に、痣《あざ》があるんだけどさ」

言いながら、ルビィは瞼に指を当てた。アイシャドーで真っ青に塗られたそこに、痣は確認できない。が、目を凝らすと、確かに、血しぶきのような痣を確認できる。

「突然、できた痣なんだ。これが、すごく嫌で。私が、整形にハマったのは、この痣を消したかったから。……でも、全然消えないんだよね。母親にも同じところに痣があって。……なんかの呪いかな？　だとしたら、なんの呪い？　……そこんところを、『ファミリー・ポートレイト』で探ってくれたら、面白いものになると思うんだよね」

「ただの遺伝なんじゃないのかしら。きっと、あなたの子供にも、同じところに痣ができるわよ」

ルビィの顔色が変わる。

ああ、そうだった。ルビィは、堕胎をしていたんだった。確か、二十三歳のとき。相手は、当時のマネージャー。

「それは、違う。私、堕《おろ》してないよ」

ルビィの視線が、鈍く光る。

「私、ちゃんと産んだから。……知ってるくせに」

なんて応えたらいいのか。珠里は、無闇に抹茶をすすった。

「……そんなことよりさ」

子供の話はもうするなとばかりに、ルビィは強引に話を変えた。

「一ノ瀬マサカズって……知ってる？」

意外な名前が出てきて、珠里の心臓にひんやりとしたものが流れた。

「な、なに？　いきなり」

そして、とっさに右腕を左手で隠した。

「最近、話題じゃない？『演劇界の若きカリスマ』って」

「あ、……ああ、そうなんだ。ごめん、私、演劇には詳しくなくて」

「なんだ。……じゃ、知らないの？」

「うん、ごめん。……ああ、もうこんな時間」そして、大根役者が棒読みするように、これ見よがしに腕時計を見ながら言った。

「夕方から、『マリエンヌ』の撮影があるの。ごめんね、こっちから呼び出しておいて。……ああ、今日は奢《おご》らせて。話を聞いてもらったんだから、そのお礼」

そして、珠里は逃げるように席を立った。

scene 15

嘘は苦手だ。どうしても、顔に出てしまう。

「どうしました？」

鏡越しに、金色のカーリーヘアが声をかけてきた。スタイリストだ。

轟《とどろき》 書房《しょぼう》別館、ファッション誌「マリエンヌ」撮影室。

「何か、悩み事でも？」

そう繰り返し訊いてくるスタイリストは、初めて見る顔だった。仮に悩み事があったとしても、初対面の人にそう易々と話せるはずもない。それに、

「メイクやスタイリストには気をつけろ。スキャンダルがメディアに流出するときは、大概、あいつらが絡んでいる。あいつらは秘密を嗅ぎつけてはあの手この手で聞き出そうとする。だから、迂闊《うかつ》に話をするな」

……と、三ツ矢にもきつく言われている。

「もしかして、ダイエットがうまくいっていないんですか？」

スタイリストが、出し抜けにそんな失礼なことを訊いてくる。

「え？」

と、まじまじとスタイリストの顔を見てみると、……オネエ？

パッと見は一応、女だ。が、その独特の雰囲気はどうしても隠せない。珠里は、その額を凝視した。

いつだったか、共演した芸人に聞いたことがある。

オネエか本物の女か見分ける方法がある。それは、額。女性の額は垂直かまたは丸みを帯びているが、男性の額は斜めに後退していて眉間のあたりが飛び出している。これは男女の脳の構造の違いからくるもので、個体差はあるものの、普遍的な違いだ。もっとも、額にヒアルロン酸を入れて女性の額に近づけていればこの限りではないが、それでも、人工的に形を変えれば「違和感」が出てくる……と。

その言葉が正しいのならば、今、目の前にいる人物は、明らかに男だった。オネエのスタイリストなど珍しくもない。今までも、何人ものオネエスタイリストに会ってきた。

が、この人には、普通のオネエとは違う、違和感があった。

なんだろう？　この違和感の原因は。

間違い探しをするように視線を注ぐ珠里に、彼は言った。

「一ノ瀬マサカズさんって、ご存じですか？」

唐突な質問に、

「一ノ瀬……マサカズ？」

珠里は、とりあえず惚《とぼ》けてみせた。

「ええ、そうですよ、一ノ瀬マサカズ」

鏡越しの彼が、意味ありげに笑う。「今、話題じゃないですか、『演劇界の若きカリスマ』って」

「……ああ、そういえば、聞いたことあるかも」

さすがに惚け続けるわけにもいかず、いかにもな小芝居で応えるも、我ながらとんだ大根役者だ。鏡の中の自分の顔が、みっともないほどに引きつっている。それを誤魔化すため、珠里は、ポーチから携帯電話を取り出した。が、慌ててポーチに戻す。待ち受け画面が、まさにその「一ノ瀬マサカズ」だった。

「気をつけたほうがいいですよ」

と、鏡越しの彼の顔が、こちらににょろりと近づいてきた。珠里は、ポーチを隠すように握りしめた。そして、相変わらず惚けてみせる。

「……気をつけろって？」

「一ノ瀬マサカズって、とんだ〝クズ〟ですからね」

「クズ？」

「そうです。自分が売れるためならなんでもする男ですから。あの男に泣かされた人は多いんですよ。だから、あなたも気をつけてくださいな。あなたぐらいのキャリアの子が、一番、狙われるんですからね」

「……私ぐらいのキャリア？」

「そうです。デビューして十年くらいの、そこそこ顔は売れているけれどまだこれといった代表作もキャリアもない、バラエティ番組ではゲストではなくてひな壇の後ろのほうに芸人に紛れて座らされているような人ですよ」

なんていう言い草。オネエって、だから苦手なんだ。毒舌が特権だと思い込んでいる。いや、毒舌ですらない、ただの悪口じゃないか。珠里は抗議の眼差しで鏡の中の彼を睨みつけたが、その悪口は止まらない。

「あら？　あたしの言っていること、分からないって顔をしていますね。だったら、単刀直入に言いますね。……女優ともいえず、タレントともいえず、モデルともいえず、……つまり、都合のいい何でも屋。そういう人が、一ノ瀬マサカズのターゲットなんですよ。だから、あなた、気をつけてくださいね」

悪口とはいえ、彼の言葉はいちいち的を射ていた。自分でも常々感じていたことだ。だからこそ、怒りが腹の底からぞわぞわと這い上がってくる。しかし、こんな無礼は何も初めてではない。一日に一回は、親切心を装った悪意に出会う。いや、一日一回では済まない。ひどいときは、一時間ごとに悪意の毒が塗られた矢が飛んでくる。デビュー当時はいちいち反論もしたし傷つきもしたが、「そういうときは、深呼吸してやり過ごせ」というマネージャー三ツ矢の言葉を思い出すことにしている。深呼吸。これが、案外、効くのだ。

珠里は、ひとつ深呼吸すると、

「そもそも、一ノ瀬マサカズなんて人はよく知らないし」

「なら、これから先も、接触しないことですよ」

そこでこの話題は終わりにすればよかったのだが、なんとなく釈然としない珠里は、つい、口を滑らせた。

「……そんなことより、嘉納明良って、知ってますか？」

彼の瞳孔が、一回り大きくなった気がした。そして、それまでの勢いが嘘のように、

「ああ、なんか聞いたことあるようなないような。……ああ、もうこんな時間じゃない。さあ、おしゃべりはおしまいですよ」

そして、彼はようやく、本来の自分の仕事に戻っていった。

scene 16

「今まで黙ってたけどさ、俺の父親、結構有名な映画人だったんだぜ」

深夜一時過ぎ。一ノ瀬マサカズが、突然、そんなことを言い出した。

中目黒から代官山方面に向かって駒沢通りを歩いているときだった。

低血糖にでもなったのか、汗が、拭いても拭いても体中から吹き出してくる。その上、虫にでも刺されたのか、ふくらはぎが先ほどからチリチリと痒《かゆ》くて仕方ない。それでも珠里は、一ノ瀬マサカズの言葉に従順に耳を傾けた。

「有名な……映画人？」

「うん。かのうあきよし……っていうんだけど」

「かのうあきよし？」

珠里は、初めて聞いたというように、声を弾ませた。

実は、今回で四度目だった、この話は。

一度目は初めて出会ったとき。二度目は初めてのデートのとき。三度目は初めて体を重ねたとき。……いずれも、彼は酔っていた。どうやら、お酒が入ると飛び出す、お約束のトークのようだった。酔っ払いの戯言《たわごと》だ、本来なら適当に聞き流すのが常套《じょうとう》なのだろう。実際、二度目のとき「うん、それ、前に聞いたよ」と応えたのだが、そのあと平手が飛んできた。だから三度目のときは「へー、そうなんだ」と応えたが、やはり平手打ち。打たれながら、どう応えればよかったのだろう？　と、さながら模試に失敗した受験生のように傾向と対策に思いを巡らすも正しい答えは得られないまま、そして、今回。

恐る恐る、「嘉納明良っていったら、めちゃ有名だよね」と言ってみる。

マサカズのきつい視線が、飛んできた。

叩かれる？　珠里は身構えたが、

「あ、知ってる？」と、マサカズは相好《そうごう》を崩した。

「……うん、だって、有名だもん」

言ってはみたが、どう有名なのか、実はよく分かっていない。もちろん、すでに調べてはいた。その話が初めて出たその日、家に戻ると早速パソコンの前に座り、検索サイトで「嘉納明良」と入力し検索してみたが、有意義な情報を得ることはできなかった。ただ、古い映画のデータベースがヒットして、「嘉納明良」という名前を見つけたが、それだけだった。

マネージャーの三ツ矢にも訊いてみた。

「嘉納明良って知ってます？」

「え？」

三ツ矢のギョロ目が一瞬、鈍く輝いた。そして「聞いたことがあるような……」と数秒視線を泳がせていたが、「いや、やっぱり知らない」と、話題をそこで遮断した。

それからは、会う人ごとに、「嘉納明良って知ってますか？」と質問してみるのだが、いまだ参考になるような回答は得ていない。

ただ、その質問をすると、皆、三ツ矢と同じような反応を見せる。

「聞いたことがあるような」という反応だ。

あの、スタイリストの彼もそうだった。

ということは、今はもう忘れられたかもしれないが、かつてはある程度、その名を知られていたことは間違いないのだろう。

芸能界というのはそういう世界だ。どれほどのムーブメントを作った人物であったとしても、それが過ぎればないも同然に扱われ、記憶も上書きされてしまう。

それでも、一ノ瀬マサカズにとってはかけがえのない存在なのだろう。こうやって、毎度毎度、話題に出すのだから。が、その話題が出るたびに、珠里の体は冷や汗に塗《まみ》れる。……だって、どう応えればいいのか分からない。そもそも、嘉納明良って誰？でも、知っている振りをしないと平手が飛んでくる。知っている振りをしているからには何かしら話題に乗らなくちゃいけないのに、それができない。

「マサカズさんのお父さん……嘉納明良って、どんな人なの？」

珠里は、一か八かで自分から質問してみた。

「え？」

マサカズの視線が、ぎらりと光る。

珠里は構えた。やっぱり、この質問は間違い？

しかし、酔いのせいか、マサカズは視線を弱々しく揺らしながら、うつむいた。

「実はさ、俺もよく知らないんだよね」

「……そうなの？」

「そもそも、会ったこともないし」

「……そうなの？」

「でも、間違いないんだ、俺の父であることは」

「……そうなの？」

「信じてないんだ？」

「ううん、違う。そうじゃなくて」

「たぶん、お袋が不倫したんじゃないかって、思っている」

「……そう……なの？」

「一緒に暮らしてた父親とは全然似てないから、変だなとは思っていたんだ」

「…………」

「あるとき、お袋の鏡台の引き出しから写真を見つけたんだ。俺にそっくりだった。その写真には〝嘉納明良〟とあった」

「…………」

「ったくさ！」

マサカズが、いきなり声を上げた。

「なんだって、俺は、こんなにペラペラと！　お前なんかにさ！　ああ、もういいから、お前は帰れ、タクシー、つかまえてやるからよ」

と、腕を強くひっぱられたそのとき。……ふくらはぎに、違和感が走る。

そして、激痛。

「痛い！」叫ぶと、

「何？」

マサカズが、酔いも吹き飛んだとばかりに身を翻す。

「お前、なんだよ、どうしたんだよ、その脚」そして、マサカズがさらに体を後退させながら、珠里の足元を指差した。

scene 17

「まったく、信じられないよ」

マサカズは、氷水で冷やしたタオルを絞りながら呆《あき》れたように呟いた。

「こんなところまで、整形すんのかよ」

あと二分ほどで自宅マンション……というところで、珠里が尻もちをつくようにくずおれた。

いきなりのことに驚いたマサカズは救急車を呼ぼうとしたが、それだけはやめてと珠里がマサカズの足にすがりついた。必死の懇願に折れる形で、マサカズはその細い腕で珠里を抱きかかえると、何度もよろめきながらようやく自宅に辿り着いた。

マサカズにしてみれば、なんとも不本意なことだった。本当なら、マンションの前で別れるつもりだった。もっといえば、ホテルで別れるはずだった。なのに、この女はなんだかんだと理由をつけて、マンション近くまでついて来てしまった。

体《てい》よく追い払おうと、例の話も振ってみた。「嘉納明良」の話だ。前にこの話題を出してみたところ、珠里はひどく混乱したようだった。そのとんちんかんぶりが痛々しく、つい、平手打ちしてしまった。いや、漫才のツッコミがやるような軽い平手打ちだ。なのに、珠里は大袈裟に痛がった。それがあまりにわざとらしくて、二発目の平手を見舞った。このときは、多少、力を込めた。それが何かのトリガーになってしまったのか、珠里は「嘉納明良」の名前を出すと、条件反射のように身構えるようになった。今日なんて、本当は知らないくせして知ったか振りまでしてみせた。

そういうところが、この女の悪いところだ。相手の怒りポイントを、無邪気に押してしまう。今日だって、何度、手が出そうになったことか。

だが、今日は、手を出さずに追い返そうとしたのだ。こちらはツッコミ程度の平手だったとしても、相手はそれを「暴力」とすり替えてしまう。しかも、珠里のような女は「暴力」を「愛」の表現だとさらにすり替えてしまうのだ。もっと言えば、「暴力」に怯《おび》える可哀想な自分に酔うのだ。

面倒な女だ。それは初めから分かっていた。だから、深入りしないように気をつけていたが、遅かった。目が合った瞬間、マサカズは珠里の得体の知れない糸に搦《から》め捕られてしまった。

逃げようともがけばもがくほど、糸は甘美な快感を伴って食い込んでくる。

そう、マサカズは、「暴力」の快感に目覚めてしまった。それを開拓し調教したのは、他でもない、この珠里という女だ。このままでは取り返しのつかないことになってしまう。犯罪者となって、牢獄《ろうごく》に繋がれるという惨めな結末だ。

だから、結界は残していた。自宅だ。自宅にだけは上げまいと、今日の今日まで頑張ってきた。自宅にまで「暴力」を持ち込んだら、自分の生活……いや人生までもがこの女に乗っ取られるような気がしたからだ。

なのに、珠里はあの手この手で、結界を破ろうとした。今日のように、なんだかんだといってはついて来ようとする。

だから、あの話を振ったのだ。「嘉納明良」の話を出して、混乱したところで、タクシーに押し込もうと。

「空車」が点灯したタクシーをようやく見つけたときだった。珠里が突然叫んだ。

いよいよ強硬手段に出たか？　マサカズは身を翻した。

女はいつでもそうだ。何をしても手に入れられないと分かった時点で、とんでもない転調を見せる。「死んでやる」と言って手首を切った女もいた。逆に「死ね」と包丁を振り回した女もいた。もちろん、どれも狂言だ。

が、今回は違った。

タクシーのヘッドライトに照らされた珠里の右ふくらはぎは、象のそれのように腫れ上がっている。

「まったく、信じられないよ」

マサカズは、先ほど言った言葉をそのまま繰り返した。酔っているせいではない。酔いなど、とっくの昔に吹っ飛んでいる。

本当に、信じられない。どうして俺はこの女を部屋に上げてしまったのか。どうして、この女を看病しなくてはいけないのか。

信じられない、信じられない。

呟きながら、マサカズは、珠里の右ふくらはぎに、冷たいタオルを当てた。

一番信じられないのは、このふくらはぎだ。膝から下が青黒く膨張している。刻一刻とその膨張は増していき、血管がミミズのようにウネウネとうねり、今にも飛び出しそうな勢いで浮き上がっている。

「ボツリヌス・トキシンを注入したの」

珠里は言った。

「ボツリヌス？　……整形のときに使う？」

「うん」

「なんで？」

「細くなるっていうから」

ボツリヌス・トキシン……ボトックス注射。芸能界ではよく聞く名称だ。頭痛薬や整腸剤を使うような気軽さで、それを自身の体に注入する人物が数多《あまた》いるとは聞いていたが。ふくらはぎ？　まさか、そんなところにまで。

マサカズは、驚きよりも嫌悪感丸出しで、眉をひそめた。

「ふくらはぎぐらい、自分の力で細くしろよ。筋トレとかさ」

「うん。……でも、時間がなかったから……。マネージャーの勧めもあったし」

「だからって、こんなになっちゃったら、元も子もないじゃん」マサカズは、その醜く腫れ上がった患部に、そっと手を添えた。「これって、……副作用？」

「副作用はほとんどないって、お医者さんは言ってたけど」

「じゃ、何なんだよ、これ」マサカズは指先に力を込めてみた。腐りかけた肉のようにブニョブニョで、ズボッと指がめり込む。「……これ、もはや人間の脚じゃないよ。木だよ、腐った木」

「一時的に腫れることもあるって言ってたから、すぐに元に戻ると思うんだけど」

珠里は、目の前の深刻な状況から目を背けようというのか、それとも本当に気にしていないのか、軽快に笑い飛ばした。

「本当に、もう、大丈夫だよ」

「さっきは、あんなに痛がってたじゃん」

「うん、今もちょっと痛いけど、……大丈夫だよ！」

「馬鹿か」

罵りながらもマサカズは、その腐った木の脚に指を這わせた。

「こういうの、見たことがあるよ」

「え？」

「古い映画。タイトルも思い出せないぐらいの駄作だったけどさ。印象的なシーンがあったんだ。女が殺されるシーンなんだけどさ。いったいなにをしたのか、女の脚がみるみる腐っていくんだよ。それを男がナイフで削っていくんだ、ドネルケバブのようにさ」

「ドネルケバブ……って。トルコ料理の？」

「そう。肉の塊をナイフで削り落とすやつ」

「じゃ、まさか、その脚、食べられちゃうの？」

「そう。めちゃ、美味しそうだったぜ？」

それは冗談ではなく、マサカズは喉を鳴らした。

……自覚している。自分は〝ヘンタイ〟だ。整ったものには心動かされないが……むしろ嫌悪の対象だが、崩れた過剰な「醜」には、無性に反応してしまう。それが美しいとすら思ってしまう。いったい、何がきっかけでこんな性癖に陥ってしまったのか。


そう、あの映画だ。

タイトルも思い出せないぐらいの、駄作だった。が、瞬《まばた》きも忘れて一気に見てしまうほどのインパクトがあった。

年齢もあったかもしれない。そのとき、中学生になったばかりだった。

それは、母親の鏡台の引き出しの中にあった。カセットビデオテープ。ダビングしたものなのか、手書きで「嘉納明良」とだけ書かれていた。そして、一枚の写真が添えられていた。

ピンときた。「嘉納明良」は、自分の本当の父親だと。

戸籍上の父親はちゃんといたが、それが実父でないことは薄々感じていた。子供はある点においては、大人以上に敏感だ。犬の嗅覚で秘密を嗅ぎ取ってしまう。だからこのときも、瓦礫《がれき》の奥深くに埋もれた死体を嗅ぎ分ける犬さながらに、そのテープを探し当てたのだ。

が、そのテープは、ベータマックスだと知る。マサカズが日常的に目にするのはVHSテープで、だから家にあるビデオデッキもVHS方式のものだ。

そんなものが、どうして、母親の鏡台に？

それでなくても好奇心旺盛な年頃だ、自分の父親かもしれない人物の名前が記された未知のビデオテープ、しかも再生ができないとなると、どんなことをしても見てみたい。そういえば、学校の視聴覚室に古いビデオデッキが眠っているという噂を聞いたことがある。卒業生の誰かが寄贈したものらしいが、しかし使用できるテープがなく放置されているという。もしかして、それこそがベータマックス方式のビデオデッキではないのか？　ある夜、マサカズは熱に浮かされた変質者のように学校に忍び込んだ。一度目は警備員に見つかり失敗。適当な理由をつけてその日は無罪放免となったが、二度目も失敗。このときはさすがに親が呼ばれた。それでもマサカズは諦めなかった。自分でも驚いた。まるで、一方的な恋愛に焦がれるストーカーのようだとも思った。

あのとき、あっさりとテープを見ることができたら、また違った展開になったのかもしれない。

「なんだ、ただの気持ち悪い映画か」

と一蹴し、それまで没頭していた子供らしい遊戯に舞い戻っていたかもしれない。カード収集にプラモデル作り、そんな子供の時間を取り戻すことができたのかもしれない。が、人間、焦《じ》らされると思いもよらない執着が芽生えるものだ。それとも、そもそも自分にはそういう素質があったのか。

三度目の侵入で、マサカズはようやくビデオデッキを発掘することに成功した。

〝Beta〟というロゴが見える。これがベータ？

案の定だった。持参した例のテープを挿入してみると、するすると呑み込まれていった。

あのときの興奮は、今も忘れない。マサカズはまさに性的興奮を覚えていた。初めての体験は？と質問されたら、この場面を咄嗟《とっさ》に思い描く。多分、あれが、自分にとっての初体験なのだ。

学校に忍び込んでいるという背徳感とスリルも手伝っていたのかもしれない。マサカズの興奮は限界を超えてどこまでも上り詰め、ケーブルでテレビとデッキをつなげている途中、射精をしていた。ついで、再生ボタンを押した途端、また射精。そして再生している途中で二度も射精した。

これほどの快感は初めてだった。自分は病気になってしまったのかという恐怖すらあった。そして知った。快感とはすなわち、恐怖なのだと。

「そのテープに録画されていたものは、……創作だと思っていたんだけど、現実だったんだよ」

珠里の腫れ上がったふくらはぎを爪の先で引っかきながら、マサカズは呟いた。

「ドキュメンタリー？」

「そう。ラスト、『本作品は、すべて〝真実〟である』というテロップが流れるんだ。……あれは一種のスナッフ映画だろうな」

「スナッフ――」

スナッフ映画を見たことがあるのか、珠里の顔が一瞬、醜く歪んだ。が、

「それ、見てみたい」

などと、ぬかした。

しかも、腐った木の脚をバタつかせて、もっと冷やせと催促までしてくる。

女というのは、これだから。

部屋に上がった時点で、まるで男のすべてを攻略したかのように振る舞う。

攻略？　いや、決してそんなことはない。今日は特別なのだ。あと数時間もしたら、追い出してやる。

……と思いながらも、マサカズの指は、珠里のふくらはぎから離れずにいる。……その醜く腫れ上がった、腐った木の脚から。しかも、それに欲情もしている。

「ね、そのスナッフ映画、ないの？　あるなら、見てみたい」

珠里がますます調子に乗る。

「ね、見せて」

今度は、命令かよ。ちょっと甘い顔をすると、すぐにこれだ。これ以上増長しないように、顔面でも殴りつけておくか。いや、そんなことをしたら、あの頭のおかしいマネージャーが黙ってはいない。三ツ矢とかいったか。あのイカれた男には、一度釘を刺されたことがある。

「珠里に何かあったら、お前もただじゃすまない」

別れろとも再三脅された。ああ、別れたいさ。だから、いろんな無理難題を突きつけてもきたさ。暴力もそのひとつだ。大概の女はそれで愛想をつかす。でも、珠里は離れるどころか、暴力のスイッチをどんどん押してきた。そのせいで、俺はとんだDV野郎に成り下がってしまった。それならばと、珠里が調達できそうもない高額な金も無心してみた。今度こそ離れてくれると期待していたところ、珠里は札束を俺の目の前に並べてみせた。……なんて女だ。三ッ矢というマネージャーは別れろ別れろとうるさいが、珠里のほうが、靴底に貼り付くガムのようになかなか離れてくれないのだ。それどころか、突きはなそうとすればするほど、その粘着度は増す。

どうにかして欲しいのはこちらのほうだ。

そもそもだ。珠里は俺の好みではない。むしろ苦手なタイプだ。

では、なぜ接触したか。……珠里の友人であるルビィに近づくためだ。

初めてルビィを見たのは、十年ほど前だったか。知り合いが主宰する劇団のワークショップだった。一瞬で目を奪われた。

ルビィは、もしかして「嘉納明良」の娘ではないのか？

理由は簡単だ。自分とルビィは、ひどく似ている。

それを確かめたいとも思ったが、あのワークショップ以来、ルビィに会うことはなかった。

きっと、消えてしまったのだろう。芸能界ではよくあることだ。

だから、ずっと忘れていた、ルビィのことは。

この国崎珠里に出会うまでは。

一目で分かった。……珠里は、ルビィと深い関係にある女だということを。

scene 18

ＢＣＡテレビ、第三会議室。フリープロデューサーの大倉悟志は、国崎珠里のマネージャーの三ツ矢と対峙《たいじ》していた。

三ツ矢が、苦い薬を飲んだ子供のように、顔を歪めた。

「今回の『ファミリー・ポートレイト』は、うちの国崎珠里で決まりなんですよね？」

大倉が黙っていると、

「……今回の『ファミリー・ポートレイト』は、うちの国崎珠里で決まりなんですよね？」と、三ツ矢は、強い口調で、繰り返した。

「ええ、決まりですよ、何かご不満でも？」

だから、大倉も、少々強い調子で返した。

「いえ、……決まっているんなら、それで結構です」

三ツ矢は、ここでようやくおとなしくなった。が、その顔はいまだ不安の色で塗りたくられている。

大倉は、そんな三ツ矢の不安をかきたてるように、言った。

「僕の親戚に〝イボやん〟というあだ名の女がいたんですけどね」

「……イボやん？」

不意をつかれた三ッ矢が、きょとんと目を丸くする。

「耳たぶに、イヤリングをしたようなイボがありましてね。それで、そう呼ばれていたらしいんですけれど。本名は、やしろかつこ……というんですがね。そう、八代亜紀の〝八代〟に、勝負の〝勝〟で、〝八代勝子〟。いわゆる〝フーテン〟で、親戚の中でもつまはじきものだった。僕が三歳とか四歳とか、そんな小さい頃、一度だけ会ったことがあるんです。親なんかは、近寄るな……って言うんですけれど、ひどく魅力的な女でしてね。だって、その話の面白いこと！　僕は、その話の続きを知りたくて、寝るのも惜しんで、彼女に話をねだった。でも、イボやんは、翌日にはもういなくなってしまった。それきり、会うこともなかった。根っからのフーテンですからね。どこか旅に出たのだろう……と小さい私は、イボやんのこともすぐに忘れてしまったのですが、でも、イボやんがした話だけは強烈に記憶に刻まれました。……その続きを知りたいと」

「はぁ……」

怪訝な顔をしながらも、三ッ矢のその体は少しずつ、紙芝居を見る子供のように大倉のほうに傾いている。

「でも、その続きを知る機会はなくなりました。僕が小学校に上がる頃、親戚が集まる機会があったのですが、〝イボやん〟の話になりました。イボやんは、結局、誰に殺されたんだーって」

「……殺された？」三ツ矢の体が、いよいよ大倉のほうに大きく傾いた。

「そうなんですよ。イボやんは、殺されたんですよ。しかも、かなり残虐な方法で。暴力の限りを受け、体中の肉を削《そ》がれ、そして東京湾に捨てられたんです」

大倉は、小学生を驚かす紙芝居師さながら、殊更大袈裟に両手を大きく振り上げた。

三ツ矢が、困惑と好奇心が入り交じった顔で、大倉を見つめている。

「犯人はいまだに分からない。未解決事件というやつです。でも、僕は、こう睨んでいる。イボやんは、〝祝言島〟の関係者に殺害されたんじゃないかって」

祝言島。その名を聞いて、三ツ矢の顔にさらに不安の色が塗られていく。

こういう表情を前にすると、どんどん不安の色を広げたくなる。大倉は、瀕死のセミをいじめる子供の顔で、

「……なぜ僕がそう思ったのか。イボやんが、祝言島の話をしてくれたことを思い出したからです。イボやんは一枚のハガキを見せてくれました。それは、祝言島に渡ったイボやんの仲間からでした。……ご覧になります？」

「は？」

「だから、そのハガキをご覧になりますか？」

「……お持ちなんですか？」

「もちろん。肌身離さず、持っています」

「そ、そうなんですか。……なんでまた？」

「なんででしょうね？ ……僕にとっちゃ、お守りみたいな存在になっているのかもしれませんね」

言いながら大倉は、懐から一枚のハガキを取り出すと机に置いた。すると、三ツ矢が、お化け屋敷の入り口で佇《たたず》む子供のような顔で、それを覗き込んだ。


ほかい島は、とても素晴らしいところです。

楽園です。

明日、お祭りがあります。わたしのかんげい会なんですって。

とても楽しみ。

かっちゃんも、早くくればいいのに。

本当に、素晴らしいところなんですから。

お待ちしています。


「〝ほかい島〟とは、祝言島のことです。島では、〝ほかいしま〟と呼ぶんだそうです。

確かに、〝祝言〟は〝ほかい〟とも読む。……まあ、ちょっとした隠語でしょうね。島の関係者とそうでない人を区別するための」

「は……」

「そして、〝かっちゃん〟とは、イボやんのことです」

「は……」

三ツ矢の顔が混沌《こんとん》を極めている。「で、そのハガキが、なにか？」

「このハガキは、一見、祝言島のことを褒め称《たた》えた内容になっている。楽園とすら。……これ、どこかの話と似てませんか？」

「え？」

「ですから、かつて〝地上の楽園〟と呼ばれていたかの国ですよ。かの国に送られた人々は、日本の友人や家族に手紙を書くとき、ある方法を使って真実を伝えていたと聞きます。そのニュースを見たとき、ピンときたんです。……このハガキもまた、その方法が使われているのかもしれないと」

「どんな方法です？」

「切手ですよ。切手の裏に、真実を書くんです」

言いながら大倉は、ハガキの左上に貼られた切手をそっと剝がした。

「あ」

三ッ矢の顔が、驚きと好奇の表情に変わる。

きっと自分も、はじめてこれを見つけたときこんな顔をしていたのだろう。が、その文面を読んで、それは一瞬にして恐怖に変わったのだろう。

目の前の三ッ矢のように。

くるな　キケン　ぜったい　くるな

「……が、イボやんは、それほど頭の回転はよくなかったようで、切手のからくりには気がつくことなく、祝言島に渡ってしまったのです」

三ッ矢が、どんぐり眼《まなこ》をさらに大きく見開いて、切手の裏を見つめている。

「子供ながらに僕は確信しました。イボやんは、〝祝言島〟関係者に殺されたんだって。それで一時期は、〝祝言島〟に関するものならなんでも収集したものです。蝶《ちょう》をとってきては標本にするようにね」

が、三ッ矢の耳には、こちらの話は入っていないようだ。切手に釘付けだ。そんな三ッ矢を宥《なだ》めるように、大倉は言った。

「……それにしても、〝祝言島〟はまるで呪いのようじゃありませんか。一度でもその名前を聞いたら最後、脳みその奥の奥にまで〝祝言島〟という言葉が埋め込まれてしまう。……まるで脳を食らう寄生虫のように」

大倉は、ニヤニヤと唇を蠢《うごめ》かしながら、陽気に頭を右手でポンポンと叩いてみせた。

「それでも、しばらくは忘れていたのです、祝言島のことは。ところが、嫌でも思い出すきっかけがやってきた。それが、七鬼紅玉……ルビィというわけです」

「ルビィ……」

三ツ矢の関心が、ようやくこちらに向いた。

「そう、ルビィ」

「ルビィのことは、どこで？」

「彼女の母親がやっているブログを偶然、見つけましてね」

「……あの母親が？」

「ご存じないんですか？　あの母親、あけすけに書いてますよ？　祝言島のこと、そしてルビィの父親のこと」

「すみません、迂闊でした、帰ったら、早速――」

「そうです。一刻も早い手立てが必要でしょうね。でないと、国崎珠里は……ルビィに飲み込まれますよ？　そうなったら、もう彼女もおしまいだ」

「ああ、ルビィのことは。……あの女のことは、なんとかします。だから、どうか、それを珠里のペナルティにしないでください！」

借金取りと対峙する多重債務者のごとく、三ッ矢は頭を机にすりつけた。

それでも大倉が無表情を装っていると、泣き落としでもしようというのか、三ッ矢はいきなり懇願するように大倉の手を取った。

「……お願いしますよ。珠里も可哀想な女なんですよ。なんとか、チャンスを作ってくださいよ。……どんな形でもいいですから」

「随分と国崎珠里に思い入れがあるんですね」

「そりゃ、あの子を担当していますから」

「それだけですか？」

「あの子をこの世界に引き入れてしまった責任があるんですよ。……ここだけの話、うちの社長は次の契約更新はないと言っている。もちろん、そのことは珠里は知りません。むしろ期待されていると思っている。いや、私がそう思い込ませているんです。だから、家賃の高い部屋に住まわせてもいる。……でも、実情は違うんです。このままでは、珠里は、アダルト専門のプロダクションに払い下げられてしまう。それはあまりに可哀想だ。……大倉さんだって、よくよくご存じでしょう？　ＡＶにいったら最後、もう二度と、こちらの世界には戻れないことを」

「……まあ、使いづらくはなりますね」

「ですからどうか、珠里を助けてやってください……！」

三ツ矢が、我を忘れて何度も頭を下げる。それは、仮に演技だったとしても、ひどく心を打つ光景だった。

「……分かりました」大倉は、言った。「その代わりに、ルビィのことにも触れていいですか？」

「は？」

「そもそも、今回の企画を立ち上げたのは、ルビィに興味があったからです。もっといえば、国崎珠里はおまけでしかない」

「おまけ……」

「だから、ルビィありきで、番組は制作するつもりです」

「いえ、でも、あの」

「そもそも、『ファミリー・ポートレイト』が、そういう番組であることは百も承知ですよね？その人物の隠されたルーツを容赦なく暴く。だから、ルビィなしでは、今回の企画は成り立たないんですよ」

「……いえ、でも、その」

「それとも、あなた、国崎珠里にとって都合のいいストーリーをでっち上げようとしてました？」

「…………」

「そんなプロモーションみたいな企画、僕がやるわけないじゃないですか。いくら、おたくのプロダクションが力があるからといって。僕は、そんな力には屈しませんよ？」

「………………」

「でも、安心してください。悪いようにはしません。これをきっかけに、国崎珠里は大きく飛躍するでしょう。バク転・サブローのように。いいえ、彼なんかより大きな成功を収めること、間違いない。国崎珠里の過去には、それだけの価値がある」

「……本当でしょうか？」

「ええ、約束しますよ。……だから、腹をくくりましょう！　すべて、曝《さら》け出しましょう！」

「それで珠里が成功するならば――」

「よし、じゃ、決まりですね。この企画に、全面的に協力してくれますか？」

「……はい、分かりました」

「では、早速、こちらをご覧下さい」

それから大倉は、一本の業務用ビデオテープをカバンから取り出した。

そしてそれを、部屋に備え付けられているビデオデッキにセットする。

しばらくすると、モニターに激しいフリッカーが現れた。

三ツ矢の顔に、再び、不安の色がぶちまけられる。

なんなんですか、これ？

三ツ矢が、無言のうちに、そんな疑問を大倉に投げてきた。

その答えはこれだ……とばかりに、大倉は、顎だけでモニターを指す。

そして、フリッカーの中に、「祝言島」という文字が浮かび上がってきた。

scene 19

ＢＣＡテレビを出ると、三ツ矢勉《つとむ》は、赤坂見附駅を目指して呆然と一ツ木通りを歩いた。

なんとか、国崎珠里の番組出演が決まった。これで、薄皮一枚でどうにか繋がっていたあの子の首も辛うじて落ちずにすんだ。

が、心から喜べない。

「そもそも、祝言島ってなんなんだ？」

もう十一月も終わるというのに、太陽の光がじりじりと痛い。三ツ矢は、逃げ込むように喫茶室に飛び込んだ。

メタボ気味の男がはぁはぁ言いながら入ってきたものだから、ウェイトレスがぎょっとして身構えた。が、すぐに営業用スマイルを作ると、「お好きな席にどうぞ」と奥にいざなう。三ッ矢は、人の視線が気にならない席を瞬時に見つけると、そこに体を収めた。

「コーヒー」と注文するや否や、ノートパソコンをカバンから引きずり出す。そして、「祝言島」と入力。検索ボタンをクリックすると、「祝言島」に関する情報が、ずらずらと表示された。

が、その大半に「嘘」とか「フェイク」という言葉が付加されている。

三ッ矢は、適当なリンクをクリックした。表示されたのは、ネット百科事典のウェブペディアだった。

祝言島（しゅうげんじま）は、小笠原諸島の南端にあったとされる島にまつわる都市伝説。

「都市伝説？」思わず声が出て、三ッ矢は、ハッと体を小さく縮めた。

いつの間にか、コーヒーが届いている。それを一口飲むと、三ッ矢は再び、ディスプレイに視線を落とした。

祝言島（しゅうげんじま）は、小笠原諸島の南端にあったとされる島にまつわる都市伝説。

昭和39年、東京オリンピックが開催される年に島の火山が噴火したとされているが、そんな記録は残されておらず、そもそも、「祝言島」という島も存在しない。確かに、「祝言島噴火」という記事が一部の新聞に掲載されたが、掲載されたのは4月1日。つまり、エイプリルフールのフェイク記事だった。

が、一部では、それが実在するかのように語られている。

その原因の一つに、１９７３年に制作された『祝言島』というドキュメンタリー映画がある。ドキュメンタリー映画なのだから、「祝言島」も真実なのだろう……と信じた観客が数多くいたことが、「祝言島」伝説の発端となる。

が、正確には、「ドキュメンタリー」ではない。

確かに、その作り方はドキュメンタリータッチで、また配給側も「スナッフフィルム」であると誤解させるように宣伝したため、観客が〝真実〟と信じ込むのも無理はなかった。

なお、「スナッフフィルム」とは実際の殺人を撮影したフィルムのことで、その名が一般に知られるようになったのは、１９７１年に出版されたマンソンファミリーに関する書籍がきっかけだった。その書籍には「マンソンファミリーが殺人の様子を撮影したビデオ（スナッフフィルム）がある」という記述があり、それ以降、「実際の殺人を記録した娯楽フィルムが存在し、それはブルーフィルム（ポルノ）のように裏世界でこっそりと楽しまれている」という噂が、日本でも広まった。

まことしやかに囁かれはじめた〝スナッフフィルム〟伝説を巧妙に利用して宣伝したのが、『祝言島』である。

このような架空のものをあたかも実際のドキュメンタリーのように表現して見せる手法をフェイク・ドキュメンタリーまたはモキュメンタリーと呼び、『人間蒸発』や『食人族』、『ブレア・ウィッチ・プロジェクト』などが有名。

＋

「どうしたんですか？　顔色が良くありませんね」

馴染《なじ》みのスタイリスト、サラ・ノナに声をかけられた。

三ツ矢は、轟書房の撮影室の前に来ていた。珠里を迎えに来たのだ。

「珠里は？　うちの珠里はどうしました？」

「あら、もう撮影は終わって、帰ったわよ」

「帰った……」

「なんでも、人と会う約束があるからって」

「ちっ」三ツ矢は、あからさまに舌打ちした。「また、あの男か」

三ツ矢の近頃の懸念は、一ノ瀬マサカズという男だ。珠里が熱を上げている。しかし、一ノ瀬マサカズにはいい噂はない。潰された女優も多い。

サラ・ノナも心配していた。いつだったか、「おたくの珠里ちゃん、とんだ男にひっかかったものね。ヤバ過ぎる。あたしの顧客のモデルも、何人か毒牙にかかったわ」と、三ツ矢に耳打ちしてきた。そして、「なんなら、あたし、それとなく警告しておこうか？　珠里ちゃんに」と、一肌脱ぐことを申し出てきた。

「でも、ダメだったみたい」サラ・ノナは肩を竦めた。「先日、珠里ちゃんに警告してみたんだけど、暖簾《のれん》に腕押し。恋に夢中な女っていうのは、ほんと、手に負えない」

「『ファミリー・ポートレイト』への出演が決まったんだ、珠里」

三ツ矢は、念仏を唱えるように言った。

「『ファミリー・ポートレイト』っていえば、高視聴率番組じゃない！　えー、ほんと！　すごい！　……だったら、なおさら、一ノ瀬マサカズとは縁を切らないとね。……あんな男がいたんじゃ、珠里ちゃん、足を引っ張られるわよ」

「ああ。なんとかする。……撮影は、来月からだ。それまでには……」

「ほんと、一刻も早く、切っておかないと。でないと、手遅れになるわよ」

「……手遅れ？」

サラ・ノナは声の調子を落とすと、三ツ矢の腕を引っ張り物陰へと誘導した。

「そう、だって――」

「……一ノ瀬マサカズは、女とのハメ撮りを次々とマスコミに売っているっていうじゃない。それを自分の劇団の資金にしている。あたしの顧客も、それで何人か潰されたのよ」

それは、知っている。だから、あの男から珠里を引き離さなくてはと、日々、気を揉《も》んでいる。

「ああ、そういえば」サラ・ノナは、ふと、視線を上げた。「かのうあきよし――」

「かのうあきよし？」三ツ矢は身構えた。

「そう。珠里ちゃんに訊かれたのよ。〝かのうあきよし〟って知っている？って」

「ああ、俺も訊かれたことがある。……でも、誰だったかな？　聞いたことがあるような気はするんだけど」

「だから、この人よ」言いながら、サラ・ノナは、携帯電話のボタンに指を滑らせた。

そして、「ほら、この人」

サラ・ノナが差し出した携帯電話の画面には、映画データベースのサイトが表示されていた。

　嘉納明良。

　そして、さらによく見てみると、「祝言島」という文字も見える。

　ここでもまた、『祝言島』。三ッ矢の背筋に冷たいものが走る。

「『祝言島』。酷い映画だったわ」

　サラ・ノナの顔も、心なしか青ざめている。そして、

「聞いた話だけどね。嘉納明良は、『祝言島』という映画を作って、そして姿を消した。……いろいろあってね」

「いろいろって？」

　サラ・ノナが、きょろきょろと周囲を見回した。そして、その唇を三ッ矢の顔に近づけた。なにを食べたのか、その息はひどく生臭い。

「殺人」

「殺人？」

　しっ。サラ・ノナの指が、三ッ矢の唇を押さえこむ。

「『祝言島』という映画はね、ドキュメンタリーという衣をかぶった、フィクションなんだけど――」

「ああ、モキュメンタリーなんだろう？」サラ・ノナの指を払いながら、三ッ矢。

「そう。モキュメンタリー、または、フェイク・ドキュメンタリー。いずれにしても悪趣味な映画よ。観客を騙《だま》してさ。詐欺よ、詐欺。……もっとも、そんなこと言い出したら、映画なんて全部が詐欺だけどね」

サラ・ノナの唇が、さらに近づいてきた。腸内の悪臭がそのまま遡ってきたようなその臭《にお》いにたえられず、三ツ矢は身をよじった。が、サラ・ノナは容赦なく距離を縮めてくる。

「そう、『祝言島』は、嘘っぱちよ。ただの、作り物。……でもね、真実も描かれているんだそうよ」

「真実？」

「そう。……『祝言島』の中では女が死ぬわ。それは、本物なんだって。……つまり、『スナッフフィルム』なんですって」

「スナッフフィルム……」

「聞いたことあるでしょう？ 本物の殺人を記録したフィルムってことよ」

「殺人を記録……」

「嘉納明良っていう男は、そういう趣味があったのよ。人が死ぬのを見るのが好きで好きでしかたなかった。だから、映画の中で、実際に人を殺したそうよ。『祝言島』を見てごらんなさいよ。本物の死体がごろごろしているから」

「本物の死体……」

「なーんてね」

サラ・ノナが、ぺろりと舌を出した。

「『祝言島』にまつわる都市伝説のひとつよ。信じるか、信じないかは、あなた次第」

「俺は、そういうの信じないよ」

「いずれにしても、『祝言島』は、今で言えばカルト映画。一部の熱狂的なファン以外にはほとんど知られていない幻の映画よ。その映画を監督した嘉納明良だって
――」

「その嘉納明良のことを、どうしてうちの珠里が気にしているんだろう？」

「あたしもそれが気になって。……たぶん、情報源は、一ノ瀬マサカズだとは思うんだけど」

また、一ノ瀬マサカズか！

「そうだ、問題は、一ノ瀬マサカズだ。あいつをなんとかしないと」

「珠里ちゃんと別れさせる？」

「そう。そして――」

「そして？」

「いや、なんでもない」

「もしかして、……ルビィのこと？」

「え？」三ツ矢の胃がきゅっと縮む。「……なんで、ルビィのことを？」

「……そりゃ、だって。……有名な話だもの。……噂になっているわよ」

「……有名か」

そうか。もう、あの女のことは、すでに秘めごとでもなんでもないんだ。

ああ。七鬼紅玉《ルビィ》。

あの女の出現で、なにもかもが狂いだした。

あの女が現れなければ、珠里は今頃、いっぱしの女優として成功していたはずだ。

珠里には、それだけの資質も才能もある。

なのに、あの女が、全部台無しにしようとしている。

珠里を、あの女の手から取り戻さなければ。

「ならば、いい手があるわよ」

サラ・ノナが、細い眉毛を上下に蠢かしながら言った。

「え？」

「一ノ瀬マサカズを使って、ルビィを消すのよ」

「……え？」

「それとも、ルビィを使って、一ノ瀬マサカズを消すか」

「………」

「いずれにしても、あの二人がくっつけば、何かが起こる。うまく事が運べば、二人とも消すことができる。……どう？　なんなら、あたし、手伝ってもいいわよ？」

確かに、あの二人がいっぺんにいなくなれば。

「でも、今回の『ファミリー・ポートレイト』は、ルビィありきの企画なんだ」

三ツ矢は、苦々しく吐き出した。

「あら、そうなの？」

「だから、ルビィに消えてもらっては困る」

「……『ファミリー・ポートレイト』のプロデューサーって、確か、大倉悟志？」

「そうだ。噂通りの、容赦ない男だよ」

「まあ、あの男なら、徹底的にやるでしょうね。珠里ちゃんも覚悟しておかないと」

「でも、あの男の目的は、ルビィなんだ。……珠里はおまけだとさ」

「おまけ？　……なるほどね。だとしたら、なおさら、ルビィには消えてもらわないと」

「え？」

「そう思っているんでしょう？」

「………」

「でないと、珠里が飲み込まれてしまう。手塩にかけて創り上げた珠里をなんとしてもあの女から守らなければ。……それが、あなたの本音でしょう？　違う？」

「………」

「だったら、やっぱり、消しちゃいましょうよ。一ノ瀬マサカズを使って」

「そんなに、うまくいくかな？　……ちゃんと消えてくれるかな？」

「まあ、一か八かね。あとは、成り行き」

「成り行きか……」

「ルビィと一ノ瀬マサカズを引き合わせたら、間違いなく、なにかが起こると思うわ。そのどさくさで、二人とも消えてもらうのよ」

「消せなかったら？」

「そのときに、また考えましょう。いずれにしても、なにか行動を起こさないと。珠里ちゃん、ますます窮地に立たされるよ？」

「ああ、そうだな。手をこまねいていても仕方ない。なにか手を打たなければ。……よし、分かった。タイミングを見て、ルビィにうまいこと言って、一ノ瀬マサカズのワークショップに参加させてみるよ」

「うまくいくと、いいわね」

「でも、なぜ、君はそこまで？」

「だって、あたし、珠里ちゃんのこと応援しているから。あの子には、女優として成功してほしいのよ。だって、娘がファンなの。ほら、珠里ちゃん、『戦隊ヒーロー・ニャンレンジャー』に出てたでしょう？ だから、応援してるのよ」

と、サラ・ノナが『戦隊ヒーロー・ニャンレンジャー』の決めポーズを真似したところで、着信音。

「あら、やだ。娘からだわ」

サラ・ノナが相好を崩す。

「もう、あの子ったら、今日の夕飯は、ハンバーグがいい……だって。いつまで経っても、子供なんだから」

「……娘さんは、元気？」

「ええ、元気よ」

「ずいぶん、大きくなったんだろうね」

「ええ、小学四年生になったわ。……さあさあ、そんなことより、珠里ちゃんに早く連絡してやりなさいよ。『ファミリー・ポートレイト』が決まったって」

それもそうだ。三ツ矢は、携帯電話を懐から取り出した。

（「珠里／ジュリ編」end）

(ベドラムクリエイティブ編集室)

「あ。カラーバーになっちゃった。ここで終わりってこと?」メイは、お預けをくらった子供のごとく表情を歪めた。「……っていうか、サラ・ノナって……」

「どうしたの?」

隣に座るイガラシさんが、ちらりとこちらを見る。

「いえ。……なんか、仕事を忘れて、没頭しちゃって」

「へー。それ、そんなに面白かった?」

イガラシさんが、テープのパッケージを顎で指した。パッケージのラベルには、『珠里/ジュリ編(再現ドラマ)』と書き込まれている。

「面白いっていうか。……国崎珠里って、戦隊ヒーローものの『ニャンレンジャー』のミケ役をやっていた人ですよね? 小さい頃、好きだったもんで」

「国崎珠里? ……ああ、……例の事件の」

「はい。……例の事件の――」

「十一年前の事件だっけ? 酷い事件だったよね」

「はい。……あの事件が起きたとき、ショックで眠れませんでした」

「……確か、未解決だったよね？」

「三人も殺されて、未解決だなんて。……怖い話ですよね」

「で、その国崎珠里がどうしたって？」

「今、チェックしていたテープに国崎珠里が出ていて——。もっとも、本人ではないですけどね。再現ドラマですから」

「再現ドラマ？ ……なるほど、例の事件を追った再現ドラマってことか」

「はい。でも、途中で終わってしまって」

「もしかして、続きはこれじゃないかな？」

イガラシさんは、手にしていたビデオテープをメイのほうに向けると、

「今、まさにこれを再生しようとしていたところなんだけど」

そして、意味ありげにニヤリと笑った。

「……仕事、譲ろうか？」

「え？」

「このテープの中身、見たくない？」

そう言われ、メイは、イガラシさんが手にしているビデオテープのパッケージラベルをまじまじと見つめた。

『紅玉／ルビィ編（再現ドラマ）』とある。

ルビィといえば、ママが閲覧していたサイトも、〝ルビィ〟に関する記事だった。
腹の底から、なんともいえない好奇心がせり上がってくる。
メイは、考えるより先に、そのビデオテープに手を伸ばした。

Sequence 3　紅玉／ルビィ

scene 20

（二〇〇六年十一月）

そーれそれそれ　そーれそれそれ
人のもの　いじるやちゃ
こども　ひまご　そのまたこども
うらみ　うらまれ　ねだやし　ころり
ねじって　つぶして　きざんじゃる
そーれそれそれ　そーれそれそれ

ねじって　つぶして　きざんじゃる
上半身をベッドから起こそうとしたとき、男の裸体が、背中にぴったりと貼り付いた。

「……ルビィ？　……ルビィちゃんなのか？」

起きてたの？

涎《よだれ》をたらしながら、寝ていたんじゃないの？

その寝息が生ゴミの臭いのようで、今、逃げ出そうとしていたところなのに。

「ルビィちゃん？」

男が、しつこく確認してくる。

そうよ、私はルビィ。今日のあんたの相手。

七鬼紅玉は、大きくため息をついた。

……っていうかさ、あんた、こうやって、毎回いちいち確認するわけ？　……ああ、なるほど。あまりに多くの女と寝ているせいで、誰かと間違えそうになったんでしょう？　ほんと、下半身がゆるい男はこれだから。

「ああ。ルビィちゃん――」

男が、さらに体を擦り付けてくる。肩甲骨辺りに、ちくりと、何かがあたる。

「ね、ルビィちゃん、今、なにか、歌ってたでしょう？　そーれそれそれ……とかなんとか」

うるさい。

「その歌ってさ、もしかして……」

ああ、しつこい。

「ねえ？」

「乳首の毛の歌」

場当たり的に応えてみる。

「乳首に長い毛が生えていると、その毛をつたって地獄の鬼が這い上がってくるから気をつけろ……という歌」

言いながら、男の乳首に生えている、針金のような剛毛を視線だけで指した。

もちろん、出鱈目だ。しかし、男は慌てふためきながら、初夜を迎えた新妻のように両腕で自身の乳首を覆った。その拍子に、自慢の前髪がみっともなくうねる。

へー。この男でも、こんな間の抜けた表情をするんだ。

演劇界の若きカリスマ。

もちろん、そんなふうに自らの口からは言わないが、他者《ひと》にそう言わせようと、どうしたらそう言ってくれるかと、毎分毎秒、そのことばかりを考えているような男。

面倒くさいやつ。

男の体を布団のように剝がすと、サイドテーブルからバッグを引き寄せ、携帯電話を探す。

二十二時十二分。

あの子、……珠里は今頃、どうしているかしら？

男のほうを見ると、いったいどこに隠していたのか、その膝にはいつのまにかノートパソコンが置かれていた。

その乳首には、もう毛はない。……ううん、首筋に貼り付いている。抜いたはいいが、そこら辺に飛ばしたのだろう。そして、結局は、自身の体に戻ってきてしまったのだ。……相変わらず、詰めの甘い男だ。一事が万事、悪事も秘め事も隠しきれず、こうやって証拠を残す。

「あれ？」

男が、ノートパソコンをこちらに向けた。画面には、見慣れた表示。世界最大のネット百科事典……ウェブペディアだ。

「ねぇ、ウェブペディアに君のページ、ないの？」

まったく、こいつは答えにくい質問しかしない。

「……そこまで、有名じゃないし」

「じゃ、作ってやろうか？」

余計なお世話。

「ほら、完成」

「え？」

「確認してみろよ」

携帯電話で自身の名前を検索すると……あ、本当だ。ウェブペディアに『ルビィ』のページができている。

男を見ると、これみよがしの得意顔。

なに、それ。

「実は、昨日、作っておいてあげたんだよ」

「俺、ワークショップに来る役者は、必ず、ウェブペディアでチェックして予習しておくんだよね。けど、君のページがなかったからさ」

ウェブペディアの情報だけで、すべて調べきったと勘違いするズボラがここにも一人。

……いや、ズボラな割には、彼が作ったという『ルビィ』に関するそのページは、正確なものだった。

生年月日、出身地、本名、その名前の由来、学歴、出演作品にいたるまで正確だ。

高校生の頃、ファッション誌の読者モデルをやっていたことも。鳥肌が立つ。……なんで？

珠里の上目遣いの顔が、浮かぶ。

なるほど。情報源はあの子か。まったく、プライバシー侵害もいいところ。

「ルビィってさ……」

男にそう呼ばれて、両腕にさらに鳥肌が立った。

「ルビィって名前、てっきり芸名だと思ったら、本名なんだね。〝紅玉〟って書いて、ルビィか。……カッコいいよね」

どこが。恥ずかしいだけじゃない。親のエゴまるだしだ。この名前のせいで、どれだけ難儀な思いをしてきたことか。小・中学生のときのあだ名は、りんご。高校生のときはフーゾク嬢。この名前がようやく役に立ったのは、読者モデルのオーディションに行ったときだ。「ルビィ？　可愛い名前じゃない。それ、そのまま芸名にしちゃおうよ」。名前のおかげで、プロダクションのマネージャーの目に留まった。「でも、この名前では、あまり成功はしませんよ」。そんなことを言ったのは、豊川稲荷の占い師。仕事に行き詰まり、ふと立ち寄ってみたのだが、散々な言われようだった。「今のままでは、いいことはひとつもありません。改名をおすすめします」。あれから、十年。あの占い師の言う通りだ。「ルビィ」という名前では、いいことなんて、まるでない。それどころか、悪いことばかりだ。

「東京都港区か……」

男の関心は、いつの間にか、名前から出身地に移っていた。

「港区生まれの港区育ちっていうのも、カッコいいよね」

「そう？」

「港区なんて、テレビ局と芸能人のイメージしかないよ。……すごいね、そんなところで生まれ育ったなんて」

港区だって、ただの〝町〟だよ。だから、そこに住んでいる人も、普通と変わらない。そう返したが、

「ううん、違う。全然、違う。地方の〝町〟とは、絶望的に違う。……ルビィちゃんには、地方組の苦労とコンプレックスなんて全然分かんないんだろうな」

……ええ、分かりませんよ、そんなコンプレックス。というか、そんな訳の分からないコンプレックスを持ち出して、まるで東京出身者が諸悪の根源だとばかりに一方的に攻撃するのはやめてほしい。八つ当たりもいいところだ。こちらから言わせれば、地方組のほうが圧倒的に脅威だ。そのコンプレックスとやらを踏み台にして、ギラギラとした野心を剝《む》き出しに、あれよあれよというまに、欲しいものを手に入れる。

……珠里だって、そうだ。だから、厭味を込めて言ってやったことがある。「すっか

り、有名人の仲間入りじゃない」。なのに、「そんなこと、ないよ。だって、私、もう、三十三歳だよ？　この歳《とし》でまだ主役がとれないようじゃ、この先は難しいよ」と、珠里はその白い顔を曇らせた。それ、私に言う？　私だって三十三歳だというのに、いまだに小劇団のワークショップを渡り歩いて、小さな役を拾い集めている。

「ルビィちゃんは、なんというか、もっとガツガツしたほうがいいと思うんだよね」

男が、ルビィの脚に頬ずりしながら言った。

やめて、そこは、触らないで。

ルビィは男の顔に蹴りを入れたが、男はそれをものともせずに、ルビィの脚を抱え込んだ。

「だって、こんなにいい雰囲気を持っているんだし。その気になれば、珠里なんかより、もっともっと上にいけるよ」

言いながら、男が脚にしゃぶりつく。「そうだよ、俺に言わせれば、珠里なんて、全然だよ。断然、ルビィちゃんのほうがいい。だからさ、もっと自信をもって、自分をアピールするんだよ。珠里よりも私のほうが上だって」

「そんなこと――」できるはずないじゃない。だって、プロダクションは、私なんかより、珠里を推している。それに、十年前に言われたんだ。「これからは、〝ルビィ〟じゃなくて、〝珠里〟でいく。いいか、よく覚えておけ。〝ルビィ〟はもう終わったんだ」って。

だから、私――。

「だめだよ、そんな弱気じゃ。……なんで、もっとがっつかないの？」

これでも、がっついているんですけど？　がっついているから、あんたのような男とも、こうやって不毛な一夜を過ごしているんですけど？　そう。これは、枕営業ってやつなんですけど？

まさか、私が、あんたに惚《ほ》れているとでも？　だから、誘いに易々《やすやす》とのったとでも？

馬鹿みたい。

男に軽蔑の一瞥《いちべつ》をくれると、ルビィは自身の携帯電話に男の名前を打ち込んだ。

一ノ瀬マサカズ。

真っ先に表示されたのは、彼のブログだった。いつのまにか、クリスマス仕様のデザインに変更されている。つい先日までは、ハロウィン一色だったのに。……とことん、俗物だ。街のクリスマスイルミネーションを見て、「ありきたりだね」なんて言っていたのは、ほんの三時間前なのに。

それにしてもだ。こいつのプロフィールは長い。どうでもいいような仕事まで、まるで地球を救うための重要任務だとばかりに大袈裟に書き込んでいる。さらには、好きな作家、芸術家を次々と並べ、そして、「僕のことを演劇界の若きカリスマ……と呼ぶ人もいます。そんなこと、全然ないのに（笑）」と結ばれている。ああ、自分のことのように恥ずかしい。

プロフィールがやたらと長いやつは、たぶん、自分に自信がないのだ。コンプレックスまみれなのだ。そのくせ、ナルシスト。一番、たちの悪い組み合わせだ。ナルシストだけれど、自分にいまひとつ自信が持てない、だから、歴史上の偉人だの著名人だのの名前を次々と羅列して、自分が彼らの一員になった気になる。なにより痛々しいのは、いまだ、年齢を二十九歳と紹介しているところだ。四年前からだ。そう、この男はもうとっくに三十を過ぎてしまっている。が、男にとっては二十代であることが大切で、二十代でなにか大きな仕事をやり遂げることに人生の重きを置いている。確かに、演劇界では、二十代でなにかしらの功績を積まないものは、落伍者として扱われる。つまりこの男は、自身は落伍者だということを、こうやって宣伝しているようなものなのだ。……目がしみるほど、痛々しい。

プロフィールだけじゃない。その書き込みの内容も痛々しい。六本木、麻布、青山、表参道、……大昔のムード歌謡曲にでてきそうな地名のオンパレードだ。

まったく。この男は、俗物である以上に、どうしようもなく田舎者なのだ。都会で流行りのファッションや現象をバカにしながらもそれを模倣しないではいられない、田舎で生まれて田舎で育った、じりじりと心が病むほどに東京に焦がれている、田舎者。……田舎者！

ルビィは、軽蔑の言葉を飴玉《あめだま》のように口の中で転がしながら、一ノ瀬マサカズのブログをスクロールしていった。

『オーディションを兼ねたワークショップ、無事終了。今回は、まあまあの収穫。次の舞台も期待してください。このあと、六本木にて、仕事の打ち合わせ』

これは、ここに来る前に書き込んだものだろう。六本木？　ここは西新宿じゃない。収穫？　私のこと？　そうですか、まあまあでしたか。

ルビィは、その書き込みにコメントを投稿した。

『マサカズ様。ワークショップ、お疲れさまでした。そして、美味しいディナーもありがとうございました！　しかも、こんな素敵なお部屋に泊まれるなんて！　夢のようです！　夜景も素晴らしいこと！』

そして、この部屋に入ったときに撮っておいた夜景の画像も続けて投稿した。窓に、ルビィと男の姿がしっかり映り込んでいる。

たぶん、これは珠里も見るだろう。いや、すでに見ているだろう。あの子は、この田舎男のブログをトイレの中にいてもチェックしているぐらいだ。

あの子は今頃、どんな表情だろうか。あの大きな目をさらに見開いて、怒りに震えているだろうか。それとも、すでに涙の洪水が頬をびしょびしょに濡《ぬ》らしているだろうか。たぶん、その両方だろう。

男の携帯に着信音が鳴る。……たぶん、珠里からだ。

男のニキビだらけの背中が、びくっと跳ねる。

はい、修羅場スタート。

ルビィは、ベッドから身を引き剝がすと、携帯電話だけを持ってバスルームに向かった。その距離、五歩。まるで留置場のようなコンパクトさだ。それでも、一泊五万円はするんだと、男が言ったのは十二時間前。どうしてそんな話になったのかはよく覚えていないが、男が「五万円、五万円」と連呼していたのはよく覚えている。たぶん、あれも男なりの伏線だったのだろう、だから、このホテルのレストランに自分を誘ったのだろう。もちろん、その後に、一夜をともにするという意味を込めて。

この男は、今までに、何人の女をそういう手口で誘ってきたのか。

こんな、ちっぽけな監獄のような部屋に。たかが五万円ぽっちの部屋に。

その五万円だって、どうせ珠里から出ているんでしょう？　だって、この男の稼ぎなんてたかが知れている。〝演劇界の若きカリスマ〟だかなんだか知らないけれど、所詮は、小劇団の座長に過ぎない。たった百枚のチケットを売るのに、毎回ひぃひぃ言っているような、そんな小さな規模の〝カリスマ〟。そんな彼の赤字を毎回補塡しているのが珠里で、しかも小遣いまで与えているというのだから、もう立派な〝ヒモ〟だ。

ルビィは、便座に静かに尻を落とすと、ドア向こうの修羅場に聞き耳を立てた。男の必死な言い訳が聞こえる。

「だから、これは仕事だって」「たまたまなんだって」「いいか？　これは仕事なんだよ」

はぁ？　仕事？

だとしたら、私、この男に仕事でつっこまれたっていうの？

ふと、笑いが漏れる。あちらが仕事だというなら、私、お金を払わなくちゃいけないかしら？　いくらぐらい？　あのサイズだったら、五千円ぐらいが妥当かしら。思いながら、ルビィは、男のそれの余韻がいまだうずく自身の性器に手を添えた。生臭い湿り気が、粘菌のように指にまとわりつく。

「いい加減にしろよ！」

男の怒鳴り声。……形勢逆転か？

「俺を信じられないなら、別れるしかないな」

え、嘘。もう、とどめをさしちゃうの？

ルビィは、ドア向こうの声にさらに聞き耳を立てた。

「ああ、うるさい、別れる、もう、おまえみたいな女はうんざりだ」

それまでの劣勢が嘘のように、男はまくし立てる。

「別れる、別れる、もう、別れる」

男の声を聞きながら、ルビィは落胆のため息を漏らす。楽しみにしていたボクシングの試合が、一分ともたずに終了したときのように。

だって、珠里があの男と別れられるはずがない。「別れる」なんて言葉を出されたら、「ごめん」と、珠里のほうが謝る側になる。いつもの、パターン。それで、何度、この男の嘘に振り回されてきたの？ それで何度、私の前で涙を見せてきたの？

ね、珠里。もう、いい加減、見限りなさいよ、この男のことなんか。

だって、今日の相手は、私だよ？ あなたが親友だと思っている私が、浮気の相手なんだよ？ この男は、私が珠里の親友だと百も承知で、ホテルに誘ったんだよ？ そして、立て続けに三回もファックしたんだよ？ 三回目なんて、アナルだよ？ とんだ変態だよ、この男。

だから、今日こそは言ってやりなよ、「こんなろくでなしとは、もうつきあってられない、こちらから別れてやる」って。普通はそうするよ。だって、自分の親友とセックスするような男なんて、キモいだけじゃん。信用ならないじゃん。最低じゃん。

だから、今日こそは、言ってやりなよ。「こっちから別れてやる。この田舎者が」って、あなたのほうから。

しかし、あの子は、男の「別れる」攻撃に、やはり、白旗を上げたようだった。男は、「分かってくれればいいんだよ、また、連絡する」と、勝利を宣言するように、声高らかに言い放った。

ああ。試合終了。

となると、今度はこちらが戦闘準備に入らなければならない。

ルビィは、携帯電話を握り直すと、便座の上で姿勢を正した。……あの子が次に戦わなければならない相手は、たぶん私だろうから。私という裏切り者だろうから。その恨みと憎しみは、もはや計り知れない。私はどうやってそれと戦おうか。

着信音が鳴る。

全身の産毛が逆立つ。

が、ディスプレイに表示されたのは、珠里の名前ではなかった。

ママからだった。

出ると、

「私、死ぬから」と、聞き慣れた声が、囁いた。

「もう、ダメ。ママ、もう、ダメだから。……死ぬから」

そして、電話は切れた。

scene 21

ルビィがホテルの部屋を出たのは、二十三時を少し過ぎた頃だった。男はまだシャワーを浴びている頃だろう。シャワールームを出て、自分がいないことに気づいたとき、あの男はどんな間の抜けた声を出すだろうか。そんなことを考えながら、エントランスに出ると、今か今かと待ちかまえていたかのようなタクシーが、ここぞとばかりにすぅとルビィの前に止まった。地下鉄で帰るつもりだったが、……まあ、いいだろう、タクシーでも。なにしろ、一分一秒を争う緊急事態なのだから。

ママが、死のうとしている。

でも、分かっている。それは、「なにしているの？　今、どこ？」といった、日常語に他ならないことに。

分かっているのに、もしかしたら、今度こそ本当かもしれないと、毎回、血の気が引く。

そして、こうして急いで帰路に就くのだ。もう、これで、何度目だろうか？　たぶん、千回は優に超えている。

運転手が、ちらちらとこちらを窺っている。「どちらまで？」

「青山……」そう言い掛けたところで、ルビィはいったん、言葉を呑み込んだ。

「とりあえず、国立新美術館」

「国立新美術館？ ……ああ、この六月に竣工した？ でも、開館はまだですよね？ で、国立新美術館のどの辺でしょうか？」

車が、ゆっくりと走り出す。ルビィは、おもむろに、シートベルトを体にかけながら言った。

「国立新美術館手前の……、東側にある……トンネル」

「トンネル？」

タクシーの運転手の視線が、バックミラー越しに、ふと、険しくなった気がした。

「いいえ、トンネルの前で大丈夫ですので。抜けなくて、いいです」

「抜けなくて、いいんですね？」

運転手が、バックミラー越しに、確認する。

「はい。トンネルの手前で――」

こんなやりとりにも、もう飽きた。だから、タクシーは面倒なのだ。ルビィは、これ見よがしにため息をつくと、顔をしかめた。その様子をバックミラー越しに見ていたのか、運転手は気難しそうな若い女性客を和ませようと話を続けた。

「今日は、冷えますね。底冷えです。雪が、降るかもしれませんね。降ると思います？」

「さぁ」

「寒くはないですか？」

言われて、気がついた。……マフラー、どこかに忘れてきた。ルビィは、ダウンジャケットの襟を胸元でたぐり寄せた。

「でも、あのトンネル、こんな夜だと怖くないですか？」

「え？」

「だから、ご指定のトンネルですよ。あの辺にお住まいで？」

「いいえ」

「そうですか。……なら、もっと明るいところで降ろしましょうか？　あのトンネル付近は、今頃の時間は、真っ暗ですよ。都心には珍しく、ほとんど街灯がない地域ですからね。女性の一人歩きは危険だ」

「大丈夫です」

「そうですか？　……あのトンネル、幽霊トンネルと言われているらしいですよ。うちの娘がね、言ってました」

「…………」

「日本でも、有数の心霊スポットなんですって」

和ませようとしているのか、怖がらせようとしているのか。いずれにしても、鈍感な人種であることには間違いない。

「なんでも、しゅうげんじまで亡くなった人たちの霊が、さまよっていると」

「え？」

「しゅうげんじま、ご存じですか？」

「……いえ」

「ああ、そうですよね。お客さんぐらいのお歳だと、知りませんよね。だって、大昔の話ですから。……でも、さすがに、東京オリンピックのことはご存じでしょう？」

知らないと答えるのはさすがに嘘くさい。

「……ええ、まあ。昭和三十九年に行われたやつですよね？」

「そう。そうです！」

運転手の口調が上がった。失敗した。今までの経験だと、タクシーの運転手の語りがはじまるサインだ。これがはじまると、もう、手に負えない。ルビィは、降参とばかりに、シートの背もたれに深く体を沈めた。

はい、タクシードライバーの独演会、スタート。

「昭和三十九年。その年は、新幹線が開通して、東京モノレールが完成して、そして、東京オリンピック。日本中がひっくり返るぐらいの大騒ぎでしたね。ワタシは、当時はまだ中学生で、田舎に住んでいたんですけどね、地方にいてもあの熱狂は伝わってくるわけですよ。とにかくすごかったですよ。日本人がみな、同じ方向を見て〝えいえいおー〟とかけ声をかけながら前進しているという感じでしょうか。

そんな年の春。……そう、四月だった。東京オリンピックを間近に控えた四月のある日、小笠原諸島の南端にある小さな島が噴火しまして、そして、島そのものが沈没してしまったんですよ。

まあ、オリンピックを控えてましたから、そんなに報道されなかったんですが。でも、島がまるごとなくなるって、すごいことじゃないですか? これって、大きな事件ですよ。大惨事ですよ。でも、大きなニュースにはできない事情もあったんでしょうね。なにしろ、その島は、東京都ですからね。

知ってます? 小笠原諸島も伊豆諸島も、東京都なんですよ。もっとも、当時は小笠原諸島はアメリカに占領されていましたがね。でも、その島だけは伊豆諸島とともに占領を免れた。だから、その島は東京都だったんです。

東京オリンピックを控えている都としては、そんな大惨事が同じ都内で起きたなどということは、なるべく広めたくなかったんでしょうね。で、命辛々《からがら》生き残った被災者を、とりあえずは都心に避難させて、住居を提供したらしいんです。公務員宿舎として建てられたはいいけど放置されていた五階建ての建物をね、まるまる、被災者の仮の住宅にしたらしいんですよ。仮ですから、ゆくゆくは被災者には出て行ってもらう心づもりだったんでしょうけれど、結局、被災者たちはそこに住み続けて。まあ、そのあとも、ずるずると。

結局、その建物は、正式な住所も名称もつけられないまま、今も、あやふやな状態で放置されているというわけです。一応は、港区青山東一丁目、青山東アパートという俗称がついてますけどね。

そのアパートが例の幽霊トンネルの向こう側にあるんですよ」

車のスピードがゆっくりと落ちる。車窓の外は、深海にも似た闇に包まれている。クラゲのようにぼんやりと光るのは、道路標識。トンネル前に着いたようだ。

「本当に、こちらでよろしいんですか？　もっと、明るいところまで、行きましょうか？」

運転手が、ゆっくりと、こちらを振り返った。

「いえ、ここで」

料金表示に従い、千円札を二枚と、百円玉四枚をトレーに置く。

「おつりは、結構です」と言うと、たかが二十円のチップにどう感謝の意を表せばいいのか？　という顔で、「あ、どうも、ありがとうございます」と、運転手がぎこちなく、応えた。

そして、ドアが慌ただしく開いた。

タクシーの姿が見えなくなったのを確認すると、ルビィはトンネルに向かって歩き出した。

母が住む部屋は、このトンネル向こうにある。青山東アパート。タクシーの運転手が言う通り俗称だ。これから先も正式名称がつけられることはないだろう。なにしろ、あの建物は、来年には取り壊される予定だ。

そして、青山東アパートと現実《リアル》を隔てるこのトンネルも、消える運命だ。

そう、このトンネルから先は、正式名称も正式住所も与えられないまま、〝仮〟という名目で、何十年も放置された幻の場所なのだ。地図を見れば一目瞭然だ。この辺一帯は空白で「国有無番地」という表示があるだけだ。

……どう？　一ノ瀬マサカズ。これが、あなたが身をよじって羨ましがった、私の出身地の正体よ。東京都港区の中にありながら、地図にも載っていない、ましてや港区という住所も与えられていない、まやかしの場所なの。信じられないと言うなら、今度、私の戸籍を見せてあげてもいいわよ。私の本籍は、「東京都祝言島村」。そう。あの運転手は、「島がまるごとなくなった」と言っていたけれど、それは正確ではない。今も島そのものは実在する。が、噴火以来、島ごと国の管理下に置かれ、人が住むのは禁じられてしまった。そういう意味では、「なくなった」と言えるかもしれない。つまり、あの島にはもう帰れないのだ。なのにママは、この本籍に拘《こだわ》り続けて、それを変更しようとしない。そして、しがみつくようにあの部屋に住み続けている。

そんな母の姿が痛々しくてたまらなかった。だから、ルビィは、芸能界デビューをきっかけに、あの部屋を出たのだった。

「捨てるの？　あんたは、親と故郷を捨てるの？」

一人暮らしの部屋を見つけてあの部屋を出るとき、母は何時間も恨み節を吐いた。

「いいわよ、どこにでも行きなさいよ。どうせどこに行っても、あんたも、私も、呪いからは逃げられないんだから。あんたも私も、あの男の執念から逃げられないんだから。……そう、あんたの父親であるあの男からね！」

私が逃げられないのは、ママ、あなたの呪縛からよ。

……ママがあんまり言うから、私、いまだに住民票を移せないでいるんだからね。マネージャーから、新しいマンションに住民票を移せとしつこく言われているのに、いまだに、それができないでいる。……それは、ママ、あなたのせいよ。ママが私を引き止めて、ここに縛り付けているから。そうしてこうやって、どこにいても電話一本で、私を呼びつける。私も私で、こうやって、このトンネルに戻ってきてしまう。

……もう、これで、何度目？

これで、もう、何度目⁉

トンネルを抜けると、プランクトンの淡い光のような灯りが、ぽつりぽつりと見える。

俗称、青山東アパート。

前に来たときよりも、窓の灯りが減っている。たぶん、役所の勧告に従って、また何人かが出て行ったのだろう。こうなると、廃墟《はいきょ》一歩手前だ。

ルビィは視線を上げると、最上階の五階、北側角部屋の灯りを探した。四十二年間、母が住んでいる部屋だ。

電気はついている。

ルビィは、ほぉぉっと息を吐き出した。

たぶん、今回も大丈夫。そうよ、だって。……いつものことじゃない。ママの「死ぬ、死ぬ」は。

……そう、思えば、物心ついた頃からだ。ママの「死ぬ」という脅しは。なにか事あるごとに、「死ぬ、ママ、死ぬから」と、私を脅し続けてきた。それは、「そんな悪いことをしたら、鬼に取り殺されちゃうよ」というような教訓めいた脅しと同じで、違うのは、死ぬのは私本人ではなくてママだという点だ。が、これが私にとって一番の制裁であることを、ママはよくよく知っている。自分が死ぬのはどうってことはないが、ママがいなくなるのはなにより恐ろしい。母親に対する愛情からではない。親がいなくては生きていけないという、自分自身を防御する本能からくる恐怖だ。

「だって、私にはママしかいないんだから」

ルビィは、今までも何度も呟いてきたその言葉を、改めて口にしてみた。

……だって、私には父親がいない。だから、ママがたった一本の命綱。母という保護者がいなくなれば、自分は間違いなく、どこかの施設に放り込まれるだろう。あるいは、施設に入れられたほうがマシな生活を送れたのかもしれない。が、子供心にも理解していた。そこには、自由がないことを。

そう、ルビィが一番恐れていたのは、「自由」を封印されることだった。

好きなときにテレビを見るとか、お風呂に入りながらアイスを食べるとか、その程度の「自由」だったが、ルビィにとっては、かけがえのないことだった。

ろくなご飯も食べさせてもらえず、部屋は散らかり放題、そんな環境を作り出すしか能がない母親だけれど、それでも、ルビィにとっては、大切な存在だったのだ。「自由」を与えてくれるという点で。

成人した今でも、母親はルビィにとっては命綱だ。アルバイトをするにも部屋を借りるにも、「保証人」あるいは「連絡人」の存在は不可欠だ。それがないとなれば、まともな部屋は借りられないし、アルバイトだって、堅気なものにはありつけない。

それではクレジットカードだって作れない。

そう。今の世の中、なにをするのでも、なにかしらの血縁または縁者の後ろ盾を求められる。それがいないとなれば、世間は冷たい。

……そう。ママがいなければ、私はたちまち無縁者なのだ。天涯孤独。人はそれを安易に口にするけれど、それが持つ意味はとてつもなく重い。社会は、天涯孤独の者がいることを前提には作られていないからだ。

ルビィは、静かに頭を横にふると、その窓から漏れる灯りを今一度、確認した。

もう、何千回、こうやって見上げただろうか。あんな母親だけれど、あんな汚くて小さな部屋だけれど、でも、灯りがついていると、穏やかな安堵《あんど》感にたちまち包まれる。温《ぬく》もりなんかひとつもない場所のはずなのに、心にふと、暖が灯《とも》る。ここしか戻る場所がないのだと、誰かが背中を押す。

そして今回も、ルビィはその小さな灯りを目指して、ブーツを進めた。

scene 22

この古い建物にも、エレベーターらしきものはある。

きっと完成当時は、最新のシステムと最先端のおしゃれを取り入れたものだったに違いない。アールデコを模したような意匠が、扉のすみっこに少しだけ残っている。黴《かび》のように見える青色は、当時の塗料の名残《なごり》だ。灰色の素材が剝き出しになり、その上には、お決まりの卑猥《ひわい》な落書き。

それでも、エレベーターの籠が到着すると、「ちん」と健気《けなげ》に鳴く。このエレベーターは、人類が滅亡したあとでも、こんなふうに「ちん」と鳴きながら、自分の務めをせっせとこなしていくんだろうか……そんなバカバカしいことを思いながら、いつものように左足から先に籠に乗り、そして、左人差し指で「5」のボタンを、引き続き「閉」のボタンを押す。

ぎっ。ぎぃぃぃぃ、ぎぃっぎぃっ……。

扉が、老いた貴婦人の身支度のように、もったいをつけながらゆっくりと閉まっていく。

はっ。相変わらず、優雅だこと。でも、今は急いでいるの！　ルビィは、もう一度、「閉」ボタンを押した。

ぎぃぃぃぃぃ。

扉がようやく本来のスピードを思い出し、勢いをつけて閉まっていく。が、それが完全に閉まりきろうとしたとき、にょきっと、隙間から指先が飛び出してきた。

「いたっ」

扉の向こうから、そんな声もする。

バカ？　このエレベーターは、指が挟まれようと、足が引っかかろうと、それを振り切って作動する荒くれ者なのよ。今時のエレベーターのように、なにかが挟まる気配がするだけで開くような、紳士的なしろものじゃない。膝から下を挟んだままスタートし、そのせいで足が切断された……なんていう事故が昔にはあったぐらいだ。でも。そんな事故が今起きたら、面倒だ。ママのことで手一杯なのに、これ以上の面倒は、勘弁。

ルビィは、慌てて、「開」ボタンを押した。

扉が一瞬「ぎっ」と鳴き、引き続き、閉まるときとは正反対の機敏さで、一気に開く。

現れたのは、仰々しい毛皮のコートを羽織った大柄の女だった。その頭は金色のカーリーヘア。

咄嗟《とっさ》に、身構える。

誰？

見たことのない顔。

もっとも、このアパートに住んでいる人の顔をすべて把握しているわけではないが。

……でも、たぶん、このアパートの住人ではない。そういう〝におい〟がしない。

「いったー」

金髪カーリーヘアは、これ見よがしに、挟まれた指を大袈裟に振った。まるで、指がちぎれたとばかりに。

「いったー」

金髪カーリーヘアは、なおも続ける。

なによ。私が悪いとでも言いたいの？　あんたが、勝手に、指を突っ込んできたんでしょう？　放っておいたら、それこそ本当に指を引きちぎられていたかもしれないところを、私の咄嗟の判断で助かったんでしょう？　むしろ、お礼を言ってほしいぐらいだ。ルビィは、恩着せがましく、金髪カーリーヘアを見た。

「まじ、いったー」

しかし、金髪カーリーヘアの恨み節は、止まらない。

本当は、こんなことはひとつも言いたくなかったが、ルビィは言った。

「大丈夫でしたか？」

「ああ、……まあ」

金髪カーリーヘアは、ようやく非を認めた罪人を見るように、顎をしゃくり気味に、視線をこちらに飛ばしてきた。

だから、なによ。私はひとつも悪くないんですけど？

だからといって、ここで喧嘩をしたところで、得することはひとつもない。

「……乗りますか？」

そんなことを気遣う義理もないのだが、ルビィは言った。

というのも、「開」ボタンを押し続けている左人差し指が、もうそろそろ限界だった。なにしろ、このボタンは力いっぱい押していないと、言うことをきかない。

「じゃ、五階で」

金髪カーリーヘアは、エレベーターガールにでも言うように、ぶっきらぼうに吐き捨てた。

は？　何様？

思ったが、ルビィは黙したまま、ボタンから手を離した。

金髪カーリーヘアは、「え？　シカト？」と言いたげに、一瞬、顔をしかめた。が、「5」のボタンがすでに点灯していることに気がつくと、ばつが悪そうに、両頰をリスのように膨らませた。

ずっどん……と、いかにも恐ろしげな音をたてながら、エレベーターが上昇をはじめる。

金髪カーリーヘアは、頰を膨らませたまま、最大限の距離をとりつつルビィの隣に立つ。

が、狭い籠だ。壁ぎりぎりにすり寄ったところで、その距離はお互いの息が届くほど、近い。金髪カーリーヘアは自身の口臭を気にしてか、体をくるりと、横に向けた。

年齢不詳の女だ。中年にも見えるが、老婆にも見える。

五十半ばか？　それとも、もっと上か。肩から重々しくぶら下がっている黒いバッグは、なにか専門的な職業に就いている者が使用している、おなじみのバッグだ。

……そう。業界人。たとえば、スタイリスト。あるいはヘアメイク？

気づかれないように、肩の凝りをほぐす素振りで、ルビィは隣の金髪カーリーヘアを改めて観察した。

大柄な女だった。

……百八十センチぐらいか？

金髪カーリーヘアは、好奇心に駆られた小学生のような不躾な眼差しで、籠の壁に描かれた落書きと、その間を縫って貼られているありとあらゆる政党のポスターに熱心に見入っている。

硬軟入り交じったその光景は、確かにカオスだ。

が、ルビィにとっては、なじみの光景だった。いや、ルビィだけではなく、ここの住人ならば当たり前の日常で、我が家の壁の模様にいちいち興味を奪われないのと同じで、まず気にしない。それが、どれほど奇っ怪で、クレイジーな有様だとしても。

……やっぱり、この人、ここの人じゃない。じゃ、誰？　五階に用事があるようだけど。……でも今は、五階に住んでいるのは、たぶんうちのママだけだ。以前はあと三人住んでいたけれど、今日は電気がついていなかった。となれば、もう出て行ってしまったに違いない。それとも、亡くなったか？　三人とも、八十をとうに超えた高齢者だった。

事実、この三年で、七人の高齢者が孤独死で見つかっている。

このアパートが年々過疎化しているのは、なにも、転居だけが理由ではない。老人の孤独死が一番の理由なのだ。

孤独死？

ルビィは、今の自分の立場を、改めて思い起こした。年齢不詳の金髪カーリーヘアのことなど、詮索している場合ではなかった。自分は、ママの安否を確認しに、〝営業〟をそっちのけで、駆けつけたんだった。

そう思い出したとたん、鼓動が痛いほどに速くなる。

大丈夫。大丈夫だから。

ルビィは、おまじないのように、口の中だけで呟いた。

そう。今回も大丈夫だから。ママは、死んでなんかいない。

でも、今度こそ、本当に死んでしまったら？

心臓が、一瞬、止まりそうになる。

ルビィは、ゆっくりと目を閉じると、心臓あたりを軽く叩き、自分に言い聞かせた。冷静に、冷静に。……冷静に考えるのよ。ママが死んだら死んだで、いいじゃない。私はもう、一人ではなにもできない未成年ではなく、三十三歳の立派な大人なんだから。部屋を借りるときやローンを組むときに、なにかと不自由することもあるかもしれないけれど、今は幸い、そんな局面にはない。だから、ママがいなくなったとしても、恐れることはなにもないのよ。むしろ、すっきりするじゃない。

……そう、深夜にかかってくる電話にいちいち「ママになにかあった？」と震えることもなくなれば、ふいに、「今頃、ママ、どうしている？」などと衝動的な不安に駆られることもなくなる。そういえば、誰かが、私のこんな症状を見て、揶揄《からか》い気味に言っていた。

「マザーコンプレックス？　マザー依存症？　ううん、もはや、マザー強迫症だね。それとも、マザーパニック症候群だ。興味深いね」

誰のセリフだったかしら。

そうだ、数年前、〝営業〟の一環で一週間だけつきあった、小説家の男だ。

マザー強迫症？　マザーパニック？　うまいことを言うものだ。まさに、そうだ。

私は、ママがいなくなる恐怖を、小さい頃から徹底的に刷り込まれてきたんだ。

大嫌いなのに。世界で一番、嫌いなのに。

だから、いっそ、死んでくれたほうが楽になる。強迫症からもパニックからも解放される。

そう、ママなんかいないほうが、私は救われるんだ。

……そこまで考えたところで、心臓の痛みがようやく治まった。

そして、

「ちん」

と、エレベーターが、瀕死の獣のように弱々しく鳴いた。

五階に到着したようだ。

隣の金髪カーリーヘアが、スタートラインにつくアスリートのごとく、体を扉のほうに向ける。

が、ルビィは、そんな彼女の士気を挫《くじ》くように、フライング気味で、扉が開くと同時に外に飛び出した。

金髪カーリーヘアも負けじと、後を追う。

しばらくは、抜きつ抜かれつの、小競り合いが続く。

……私も自他ともに認める負けず嫌いだが、この女も相当なものだわ。というか、この人、いったい、どこまで行くの？　灯りがついているのは、一番奥の、ママの部屋だけだ。もしかして、この女、変質者？　私を狙って、エレベーターに乗り込んだとか？　……そういえば、前にも、こんなことがあったっけ。そう。私が小学生の頃。エレベーターに一緒に乗り込んだ男がいて、五階につくまでに……散々、体を触られた。ようやく五階に到着しても男は私を解放せず、それどころか、口を塞いで、非常階段の暗がりに連れ込もうとした。そして……。

助けて、ママ！

ふいに声が飛び出した。

金髪カーリーヘアが、ぎょっとして、立ち止まる。そして、勢いをつけて後ろに飛び退《の》き、大きく頭を左右に振る。

「違います、違いますって」

金髪カーリーヘアは、必死の形相で言った。

「あたしは、五〇七号室の七鬼さんに用事があって、来たんです。怪しいものではありません！」

「五〇七号室？　七鬼？　それ、うちですけど」

「………」金髪カーリーヘアは、退《ひ》いた体を、一歩、前進させた。「あなた、……ルビィさん？」

「ええ。……そうですけど？」

なんで？　なんで、私の名前を？

今度は、ルビィのほうが、後ろに体を退いた。

「いやだ、だから、怪しいものじゃないですって」

金髪カーリーヘアは、今度はお笑い芸人のように、砕けた笑みを浮かべると、大袈裟に頭をかいた。

「まいっちゃうな……」

そして、バッグの中に手を突っ込むと、なにやら白い紙を引っ張り出し、それをルビィの目の前に差し出した。

それは、名刺だった。

『スタイリスト　サラ・ノナ』

誰？

名刺を見つめながら立ち尽くすルビィに、サラ・ノナは言った。

「あなたのお友達の、珠里ちゃんを担当したことがあるんですよ」

「珠里を？」

「珠里ちゃんのマネージャー、三ツ矢さんとも懇意にさせてもらってます」

「三ツ矢さんと……」

「三ツ矢さんから、あなたのことは聞いてますよ」

「……どんなことを？」

どうせ、いい話じゃないんだろう。あの男は、私のことを「悪い虫」ぐらいにしか思っていない。珠里にとりつく、悪い虫と。でも、私から言わせれば、とりついているのは珠里のほうだ。珠里が、私から離れていかないんだ。

「……で、あなたは、なんで、ここに？」

ルビィが訊くと、

「リリィさんが心配で、来たんです」

と、サラ・ノナは、意外な名前を出した。リリィ。ルビィの母親の名前だ。

〝百合〟と書いて、リリィ。

まるで昭和のストリッパーのような名前だが、これもまた、本名だ。本人も密かに気にしているようで、普段は「ゆり」と名乗っている。が、あるところだけでは、「リリィ」という名前を使っている。

ネットだ。母は数年前からブログを毎日熱心に更新している。そのブログのタイトルが「思い出のリリィ」と言い、ハンドルネームも「リリィ」だ。ハンドルネームというか、本名なのだが。

このブログが、なかなか人気がある。一万人を超える読者がいるようだ。

自身の不幸自慢と愚痴とルサンチマンと悪口だらけのブログなのに。読んでいて、幸せな気分になれるような要素はひとつもないのに。

でも、世の中には、他者の不幸を餌にして生きている輩も多い。

「自分も不幸だが、もっと不幸な人がいる」

「この人が不幸なのは、自業自得だ」

「自業自得でどんどん不幸になっていく人の末路を見届けたい」

そんな野次馬根性の読者もいれば、

「ああ、イライラする。この痛い女にがつんと言ってやりたい」

などと、批判と嫌悪を抱きながらの読者もいる。

もしかしたら、後者のほうが多いかもしれない。その証拠に、ブログはよく炎上する。匿名掲示板にも何度も晒《さら》された。だから、一部のネット住民の間では有名人なのだ。「電波おばさんリリィ」として。あるいは「ゴミ部屋のリリィ」として。

というのも、母は、自身の部屋の画像を、毎日のようにアップしていた。そのゴミの山は尋常ではなく、テレビで取り上げられるようなゴミ屋敷を軽く凌駕《りょうが》する。その惨状を聞きつけて、今までにも何度か、マスコミが取材を申しこんできた。いつだったろうか。一度、その取材を受け入れたことがある。そのときは清掃業者が入り、いったんは、きれいに片付いた。

一方、ルビィは、部屋を出た。いつもの家出ではない。今度こそ、母とあの部屋と縁を切るために、部屋を借りたのだ。

だって、冗談じゃない。私は、一応、女優なのだ。女優の実家がゴミ部屋だなんて。

ママにもきつく言い聞かせた。

「分かっていると思うけど、私のことをテレビで言ったら、ママも殺して私も死ぬから」

その脅しは、よくきいた。母は、ルビィのことには一切触れず、それどころか「本当に子供はいない」とまで言い切った。

ブログでもそうだ。ブログをはじめたとき、私のことを一言でも話題にしたらただじゃすまないと泣きながら訴えた。母はその脅しにいまだに屈していて、ブログでも、天涯孤独の寂しいおばさんで通している。

「あなた、リリィさんの娘さんですよね？」

金髪カーリーヘアが、出し抜けにそんなことを言う。

だから、なんで？

なんで、私のことを知っているの？

ルビィは、サラ・ノナの顔を改めて、見た。

「だって、あなた、有名ですから」

有名？　……まさか、ママが、私のことをブログで話題にしているの？　最近、読んでなかったけれど、知らない間に、私のことを？

首から上がかぁっと熱くなる。

それまでの不安と恐怖はどこへやら、母への怒りで、頭が一気に膨れ上がる。今すぐに、文句のひとつも言ってやりたいと思ったが、それには、障害がある。この金髪カーリーヘアだ。

「それで、あなたは、なにしにここに？」

「いえ、実は、リリィさんから気になるメールが届いたので、心配で、来てみたんです」

「メール？」

ブログではなくて？

「リリィさんのことを知ったのは、確かにブログなんですが。とても興味深い方なので、一度、お話をちゃんと聞いてみたいと思いまして、メールを差し上げたことがあるんです。それを機に、メールをやり取りするようになりまして。……まあ、リリィさんとは、メル友みたいなものですかね」

「メル友？」

「メールをやり取りしているうちに、リリィさんに娘さんがいることも分かってきまして」

「じゃ、メールで、私の名前を？」

「はい、そうです」

それを聞いて、ひとまず、安心する。それでも、怒りはくすぶっていた。なんで、私のことを話題にするの？　メールだとしても、不愉快だ。ママは、私のことをなんて言っているのかしら？　きっと、悪口ね。

……言うことをきかない、我が儘《わがまま》娘。女優になるんだと家を飛び出したくせに、いっこうに芽が出ない、落ちこぼれ。昔からそうだった。勉強もスポーツも、最初は良いところを見せても、結局中途半端に終わってしまう。あの子には何度期待し、そして裏切られたか。女優だって、どうせ長続きしないだろう。いいように使われて、最終的にはいかがわしい作品に出て、使い捨てにされるだけ。所詮、あの子の人生なんてそんなもの。期待するだけ、無駄。

「自慢の娘だと言っています」

しかし、サラ・ノナは意外なことを言った。

「メールでは、あなたの自慢ばかり。リリィさんは、あなたのことしか話題にしません」

顔が、先程までとは違う感情で、熱くなる。

「やだ、嘘でしょう」

さらに顔が熱くなる。

ママに褒められたことなんて今まで一度もない。だから、そんなことを嘘でも言われると、感情のコントロールができなくなる。

「リリィさんは、あなたの自慢と、そして心配ばかりです。……愛されていますね」

愛？　ここまで言われると、さすがに警戒する。

愛なんて。ママにもそして私にも、最も遠く、馴染みのない言葉だ。

「あなたのお母さんは、本当にいいお母さんですよね。まさに、母の鑑《かがみ》」

「冗談はよしてください。ただの、痛い人ですよ。目立ちたがり屋で自己顕示欲が強くて」

「ええ、確かにそうですね。でも、それは性《さが》ですよ。だって――」サラ・ノナは、両頬を膨らませた。そして、言った。「リリィさんは、曲がりなりにも、〝女優〟なんですから」

「それ、誰から？」

「ブログに、そう書いてありました」

ママったら、そんなことまで書いているんだ。……恥ずかしさで、ルビィの顔はますます火照る。

「リリィさんは今でこそ引退状態ですが、かつては、〝十年に一度の逸材〟とまで言われた女優ですよね？　デビュー作でいきなり助演女優賞にも輝いた」

「もう、三十年以上も昔のことですよ。私が生まれるずっとずっと前のこと。私が生まれた頃には、ママはすでに、今のママでした」

だから、母が女優をしていたなんてまったく知らなかったし、そんな想像もしたことがない。ルビィがそれを知ったのは、中学生の頃。母が出演していた古い映画がたまたま深夜放送で流れ、クラスで話題になったのだ。「すごいじゃん、ルビィのお母さん、女優だったんだね」級友はそう囃《はや》し立てたが、ルビィはとても自慢する気にはなれなかった。「なんで？　母親が女優なんて、かっこいいじゃん」級友はそんなことを言ったが、それでもまったく自慢にはならなかった。

だって、ママは女優は女優でも――。

「あたし、リリィさんの映画、何本か見ましたよ。雰囲気のある、個性派女優さんでした」

雰囲気のある？　個性派？　つまり、それって、容姿的には取るに足らないってことでしょう？

「違いますよ。男っていうのはね、結局のところ女の〝雰囲気〟にやられちゃうものなのよ。その点リリィさんはすごかった。ほんと、いい女優さんでしたよ」

金髪カーリーヘアが、ゆっくりと目を閉じた。

「特に、デビュー作の『黒こげお七』はすごかった。賛否両論ありますけどね。……好きな人にはたまらない映画だと思いますよ」

「……ただのポルノじゃないですか」

「でも、海外でも高く評価されている映画です。リリィさんも、期待の新人として、当時は話題の人だったんですよ」

「……すぐに忘れられましたが」

「ええ、本当に、残念です。あんなに期待されていた人が、今では、ただの引きこもり。パソコンに貼り付いて、延々と特定の男性を叩き続けるだけの毎日」

サラ・ノナが、ゆっくりと瞼を開けた。その視線の鋭さに、ルビィの気勢が削がれる。

……なに？　どうしたの？

ルビィはうろたえた。

だって、その視線は、まるで別人だ。

「リリィは、ある男をブログでずっと叩いているだろう？」

声まで、別人のようだ。

「嘉納明良。あの男のことを、君だって知っているだろう？」

その名を聞いて、ルビィの感情に、かすかな亀裂が入る。

嘉納明良。物心つく頃から繰り返し聞かされた名前。……ルビィの父親の名前だ。

そして、母の攻撃の対象。母は、嘉納明良になにをされたのか、「あれほど酷い男はいない。あいつは鬼畜だ、人間のクズだ」と、毎日のように毒づいていた。そして、こうも言った。「あんたは、あの男にそっくりだよ」

それを言われたら、ルビィは降参するしかなかった。その男の悪口を散々聞かされたあとに、「そっくり」と言われるのだ。これほどの折檻はなかった。どんな暴力よりもどんな暴言よりも、ルビィには応えた。

だから、今もその名前を聞くと、ルビィはすべてを諦めた囚人のように、しゅんと縮こまるしかない。

「でも、嘉納明良は――」

なのに、金髪カーリーヘアはその名を再び口にした。その声は、元に戻っている。

「亡くなったわよね」

え？　亡くなった？

「そうですよ。十年ほど前に、新宿の火事で。……もしかして、ご存じなかった？」

嘘でしょう？　死んでる？　十年も前に？

「亡くなった人のことを、ずっとずっと叩き続けているなんてね。よほどリリィさんは、恨んでいるのでしょう。あるいは、その逆かもしれない。嘉納明良のことをいまだ――」

そこまで言いかけたとき、金髪カーリーヘアの表情が一瞬歪んだ。左側の頬がむくむくと盛り上がり、その唇を無理やり閉じさせようとしている。その様子は、まるで顔芸をしているどこかの芸人のようで、ルビィはあっけにとられる。

そして、しばしの沈黙のあと、金髪カーリーヘアは出し抜けに言った。

「そんなことより、あなた、なんでここへ？」

それは私の質問だ。あなたは、なぜ、ここへ？

「だから、あたしは、リリィさんが心配で。一時間ほど前に、変なメールをもらったんです。今から、死ぬって」

私と同じだ。

ルビィの心臓が再び、痛いほどに激しく脈打つ。

「私、死ぬから」

母の声が、耳元で再現される。

「もう、ダメ。ママ、もう、ダメだから。……死ぬから」

ルビィは、金髪カーリーヘアをそのままに、部屋めがけて走った。

懐かしいにおいが、ルビィの頰を撫でる。ピーマンとタマネギとロースハムの炒《いた》め物。母の一番の得意料理で、ルビィの一番の好物だ。いつもはろくに料理もしない人だったけれど、週に一度は、作ってくれた。

……ほら、やっぱり、死ぬなんて嘘よ。ママ、私が帰ってくるのを見込んで、いつものやつを作ってくれている。

ママ！

ドアに辿り着くや否や、ルビィはドアノブを握りしめた。

後ろから、金髪カーリーヘアもやってきた。

「ママ？ ママ、いるんでしょう？」

しかし、声は返ってこない。

「ママ！」

叫ぶが、中からは返事はない。動悸《どうき》がますます激しくなる。

ママ、ママ！

ドアノブを引くと、所々錆《さ》び付いた鉄のドアの向こうから、懐かしい光景が現れる。

靴と新聞の束で溢れた玄関、すぐ先にはゴミ袋で溢れたリビング。その奥にはキッチンがあるはずなのだが、もはやそれは見えない。

ママ、ママ！

玄関ドアを全開にしようとしたそのとき、

「リリィさん！ いらっしゃいますか？」

という声がすぐ後ろから聞こえてきて、はっと我に返る。

こんなゴミ屋敷、他者《ひと》には見せられない。

なにしろ、金髪カーリーヘアは業界人。しかも、スタイリストだ。いつか、マネージャーが言っていた。

「メイクやスタイリストには気をつけろ。スキャンダルがメディアに流出するときは、大概、あいつらが絡んでいる。あいつらは秘密を嗅ぎつけてはあの手この手で聞き出そうとする」

その言葉を裏付けるように、金髪カーリーヘアが、好奇心たっぷりの眼差しで、ルビィの肩越しに部屋を覗き込んでいる。

引いたノブを、慌てて押し戻す。

「もう、大丈夫ですから」

玄関ドアを体で塞ぐと、ルビィは言った。

「私がいますから、もう、お帰りください」

「いや、でも」

金髪カーリーヘアは、抗議するように拳を握りしめた。「あたしも、心配ですので」

言いながら、少し開いた隙間目指して、その首を亀のように伸ばす。

「いいえ、本当に大丈夫ですから、お帰りください」

ルビィは、金髪カーリーヘアの視線を覆うように、手を広げた。

「いや、しかし」

が、金髪カーリーヘアも、なかなか引かない。

「大丈夫だって言っているでしょ」

「いや、だから」

そんな押し問答を続けていると、部屋の奥から、うめき声のようなものが聞こえてきた。

「ママ、いるの？」

が、聞こえるのはうめき声ばかり。

「ママ！」

scene 23

「それは、具体的には、何時でしたか？」

ルビィはその問いに、もう二度も応えている。

「ええ、ですから、零時過ぎです」

ルビィは、長椅子の脚を、ブーツのヒールで軽く蹴った。それは目の前に立つ、歳の頃四十前の女性に対する小さい威嚇でもあったが、しかし蹴ったあとに「あ、すみません」とつい謝ってしまう自分の小心ぶりに、我ながら笑ってしまうのだった。

ルビィがここ、港区青山東町病院に来てからもう、半日になるだろうか。今は、十二月一日の午前十一時二十三分。

ルビィは腕時計を撫でながら、ヒールでもう一度、椅子の脚を蹴ってみた。が、それは空振りで、あらぬ方向にヒールが吸い込まれる。

「それでは、零時過ぎに、七鬼ゆりさんのうめき声を聞いたということですね？」

女性の問いに、ルビィは歪な笑いを浮かべた。「百合」と書いて、「リリィ」と読むんですよ。そう訂正しようかと思ったが、そんな気力はもうなかった。

女性は、「内藤三津子《ないとうみつこ》」といっただろうか。ルビィは、手の中ですっかりふやけてしまった名刺を今更ながらに、確認した。

新宿淀橋署　刑事課　巡査部長。

彼女の後ろで、書記のごとくメモに熱中する若い男は、「若林悟《わかばやしさとる》」。やはり新宿淀橋署刑事課の人間で、肩書きは、巡査。彼の癖なのか、「ふんっ、ふんっ、ふんっ」と、鼻息がやたら煩い。

新宿……。ルビィは、改めて名刺を眺めた。あのアパート周辺は、新宿の警察署が管轄しているのだろうか？　港区の警察署ではなくて？

いや、でも、この病院に着いてすぐ、慌ただしく現れたのは、港区青山署の刑事二人だった。名刺はもらっていないが、確かにそう名乗った。それから八時間ほどして現れたのが、この新宿淀橋署の二人だった。

整理すると、こうだった。

青山東アパート。サラ・ノナと名乗る金髪カーリーヘア女とともに、母親が住む五〇七号室のドアを開けると、うめき声が聞こえてきた。慌てて部屋に上がると、目に飛び込んできたのは、部屋の奥で倒れている母の姿だった。血塗れだ。しかし、息はまだある。119番通報し、救急車を呼ぶ。そして、この、港区青山東町病院に搬送された。

あれから半日。母はいまだ、集中治療室の中だ。

その間、ルビィは次から次へとやってくる警官に同じようなことを繰り返し質問され、そのたびに同じようなことを答えていた。もう、へとへとだった。が、気持ちだけは変に昂《たかぶ》っている。徹夜明けのハイテンションというやつだ。ルビィは、目の前に立つ二人の男女を見ながら、缶コーヒーを飲み干した。

この二人の刑事が来たのは、一時間ほど前だったろうか。いや、もっと長く感じられる。なにしろ、その質問が回りくどい上にねちっこくて、神経がすり切れる思いだ。

「アパートに戻ってきたのは、何時でしたか？」

「アパートに戻ってくる前は、どこにいましたか？」

「そのとき、誰といましたか？」

母とは関係ないことまで、いちいち癇《かん》に障るような口調で質問され、ルビィの我慢はとっくの昔に限界に達していた。というのも、彼女に促される形で、話したくもない「営業」のことまで白状させられる羽目になったからだ。ルビィの体は、恥辱と怒りで震えるばかりだった。

「ですから、それまでは一ノ瀬マサカズという人といいました」

ルビィは、不貞腐《ふてくさ》れ気味で応えた。

「イチノセマサカズさんで間違いないですか？ どんな字を書きますか？」

「数字の〝一〟にカタカナの〝ノ〟に〝瀬戸物〟の〝瀬〟で、〝一ノ瀬〟。〝マサカズ〟は、カタカナ」

「その人は、なにをされている方ですか？」

「フリーの演出家です」

「演出家？」

「下北沢あたりの小屋……劇場で上演するような、小劇場系の演出家です。演劇界の、、、若きカリスマ」

男の乳首からにょきっと生えた針金のような剛毛を思い出したルビィの唇が、僅かに綻ぶ。

「一ノ瀬マサカズさんとは、どのような関係で？」

「関係？ ……簡単にいえば、面接される側と、面接する側です」

「バイトかなにかの面接ですか？」

「……まあ、バイトといえば、バイトでしょうかね」

　出演料なんてほとんど出ない。いや、むしろ、チケットノルマを押し付けられる。バイトというより、ボランティアといったほうがいいかもしれない。……そんな内容のことを答えると、

「では、一ノ瀬マサカズさんとは、昨日、初めて会ったのですか？」

「ええ。きちんと顔を合わせたのは、昨日が初めてです。でも、こちらが一方的に見かけたことは、何度かありましたけどね。彼は、ある意味、有名人ですから。ついつい、見かけちゃうんです。彼も彼で、私のことを知っていましたし」

「でも、お互いきちんと顔を合わせたのは、昨日が初めてなんですね」

「そうですね」

「そんな初対面の人と、ホテルに行かれた理由は？」

　女刑事の上目遣いの視線に、下卑た好奇心の色が滲む。

　この粘着質な女刑事の質問には、もうほとほとお手上げだ。そして、その後ろでかりかりとメモをとる若い男の鼻息にも、もう耐えられない。

「営業です」

　ルビィは、きっぱりと答えた。

「営業？」

鼻息男が、怪訝そうに顔を上げた。そして、「営業」の意味を解したのか、はっと、顔を赤らめる。

「そうです。営業です」ルビィは、続けた。

「役が、欲しかったんです。ギャラはほとんど出ないと分かっていても、一ノ瀬マサカズの芝居に出れば、なにかと話題にはなる。だから、彼に気に入られたかったんです」

「それで、ホテルに?」女刑事が、無表情を取り繕いながら質問を重ねる。

「ええ、誘われたから。役を目の前にぶら下げられている役者が、演出家の誘いを断るなんて、よほどのことがないかぎりありません」

「でも、そんなことはしないで役を勝ち取る役者も多いでしょう?」

「ええ、そうでしょうね。生まれつき特別な才能があってそういう資質に恵まれていて強運な人ならば。でも、私、自覚してますんで。私は、なにかしらの努力をしないと脇役すら貰《もら》えない、凡庸な役者であることは」

「なるほど」

女刑事はあっさり納得したようだった。今日会ったばかりの人にまで「凡庸」の烙《らく》印《いん》を押されたような気がして、ルビィは缶コーヒーを握りしめた。

「なるほど、分かりました。それで、特に恋愛感情もない一ノ瀬マサカズさんと、ホテルに行った……と」

恋愛感情がないとは一言も言っていないが、女刑事は自身の推理でそう断定したようだった。彼女の推理は間違ってはいないが、こういう思い込みで犯罪のストーリーは出来上がってしまうのかもしれない、ルビィはそんなことを思い、二の腕をさすった。

「それで、ホテルではなにを？」

女刑事の問いに、鼻息男の頬がますます赤くなる。

「セックスをしました」

鼻息男の鼻息が、一瞬止まる。

「正常位で一回、騎乗位で一回。三回目はアナルです」

ここまで言って、なぜこんなことまで答えなくてはいけないんだ？と今更ながらに怒りが込み上げてきた。

そもそも、事件の主旨は、〝枕営業〟ではないはずだ。それともなにか。愛がないセックスは犯罪だと？　代償を求めて男の前で脚を開く女は売春婦だと？　だとしたら、世の女性のほとんどが犯罪者だ。

ルビィは、小さく、ヒールを床に叩き付けた。

「あの、母は誰に？」そして、話題を変えようと、こちらから質問してみた。「母は、どうして、あんなことに？」

「ああ、それは、分かりません」女刑事が、他人事のように、肩を竦めた。「港区は、管轄外なので」

「は？　管轄外？」

ルビィは、場所も忘れて声を上げた。

「じゃ、あなたたち、なにしに来たんですか？　部屋でママが血塗れで倒れていたんですよ？　それを調べに来たんじゃないんですか？　だから、私もこうやって、長時間協力しているんですよ!?　同じようなことを繰り返し繰り返し訊かれても、文句ひとつ言わずに、辛抱強く応えているんですよ？　なのに、管轄外って！」

「青山東アパートの件は、今、管轄の者が調べているところです。じきに、事件の概要も分かることでしょう。それまで、お待ちください」

「だから！」

ルビィは、もう限界だとばかりに、立ち上がった。

「だから、あなたたちは、なんなんですかって訊いているんです。管轄外なら、なんで、私にしつこく話を訊くんですか？　まるで、容疑者のように」

〝容疑者〟という言葉に、二人の刑事の表情が強《こわ》ばる。ルビィの勢いが、途端に萎える。

「え、まさか、私がママになにかをしたって、……そう疑っているんですか？」

ルビィの言葉に、二人の刑事が意味有りげな笑みを同時に浮かべた。

「冗談じゃありません、私はなにもしていません。先程もお話ししましたが――」

「落ち着いてください」女刑事がやんわりと、長椅子に座るよう、促した。「何度も言いますが、私たちが調べているのは、青山東アパートの件ではありません」

「じゃ、なにを？」

「本日十二月一日の未明、西新宿セントラルパークホテルの一九〇五号室で、男性が死んでいるのが見つかりました」

「え？　……一九〇五号室？　それって」

「そうです。あなたたちが宿泊していた部屋です。つまり、死んでいたのは、一ノ瀬マサカズさんです」

「なんで？」

「それを、今、調べているのです」

「だから、なんで、私を？」

「一ノ瀬さんのブログに、あなたが投稿した画像をみつけましたので。あなたがホテルで撮った画像です」

「あ」

「それに、あなた、当該部屋に、携帯電話を忘れましたね」

「あ！」

ルビィの体が、跳ねる。そういえば、私、トイレで携帯電話を見ていて、それから……。

「その携帯電話の契約者を調べ、〃七鬼紅玉〃、つまりあなたに突き当たったというわけです。現住所を照会したところ、港区の青山東アパートとありましたのでそちらに向かったんですが、当該部屋には青山署の刑事が。質問しましたら、あなたはこの病院にいると。それで、こちらに伺ったんです。……これで、納得されましたか？」

「………………」ルビィは、小さく頷いた。

「ところで、あなた、マフラーは？」

「え？」

「あなた、昨日、マフラーをしていませんでしたか？　パープルピンクのマフラー」

ルビィは、自分がマフラーをしていないことを思い出した。

「……忘れてきました」

ルビィは、胸元を押さえながら、言った。

マフラーなど初めからしていなかった、と言い切ることもできたが、ここではそんな嘘を言ったところで無駄な気がした。無駄どころか、最悪な展開になる予感があった。

「どちらに？」

女刑事の視線が、野蛮な光を放つ。その背後でメモをとる鼻息男の息づかいも、荒々しくなる。

「分かりません」

それは、本当だった。マフラーがないことに気がついたのは、タクシーの中だが、どこに忘れたのかは、はっきりとは思い出せない。

マフラーは、確かにしていた。シャネルのカシミアマフラー。

十年前、リサイクルショップで買ったものだ。新品同様という触れ込みだったから、現物をろくに見ないで五万円で買ってしまった。でも、部屋に戻ってよく見てみると使用感がありありで、しかも大きな解《ほつ》れとファンデーションの跡のようなシミもあった。こんなの、いくらハイブランドだとしても、一万円の価値もない。そう思ったら禍々《まがまが》しい憎しみすら湧いてきて、そんなものを五万円で購入したという敗北感もあり、禍々しい代物《しろもの》を隠すようにクローゼットの奥にしまい込んでいたのだが、それを引っ張り出してみたのは、寒波のせいだった。

それまでは、どちらかというと暖かい日が続いていた。だから、冬支度も先延ばしにしてきたのだが、いつだったか、喉の痛みで、目覚めた。

「ええ、そうです。私、それまでは、マフラーのことなんて、ずっと忘れていたんです」

ルビィは答えた。

「でも、久しぶりに夢を見たものですから。……十年前の夢を」

scene 24

「痛い、痛い、痛い！　誰か、助けて！」

瞼に、なにかがぐいぐい押し込まれる。

その痛みに耐えきれず、ルビィは大きく腕をふり上げると、その「影」を払った。

……いつもの夢を見ていた。

そう、十年前に初めて借りた、家賃九万円のあの部屋の夢を。目玉をぐるりと巡らすだけで事足りる、二十平米にも満たない白い部屋の夢を。周りをビルで囲まれた半地下の部屋の夢を。

それでもルビィにとっては、初めての自分だけの〝城〟だった。自分自身が選んだ部屋。自分自身が買ったインテリア。なにもかも、気に入っていた。

なのに、鏡越しに、珠里は言った。

「電気つけてないと、ここはまるで洞窟だね」

悔しかったが、その通りだった。

借りるときは、日当たりがこれほど大きな障害になるとは思わなかった。部屋には寝に帰るだけなんだから、日当たりなんか、良くても悪くても関係ないと。事実、それまで住んでいた実家のアパートなど、北向きにしか窓がなく、それでも問題なく暮らしてきた。

「でも、北向きってだけで、周りを遮るものはなかったんでしょう？」

そんなことを言ったのは、同じプロダクションのモデル仲間、リナだったか。

「まあ……ね。実家は五階だし、なにより周りはお墓と公園だから」

「それだったら、北向きでも日差しはそれなりにあるもんよ。でも、今度の部屋は、半地下なんでしょう？　周りは、建物ばかりなんでしょう？　大丈夫？　もっと、日当たりのいいところにしたら？　環境のいいところに」

彼女にしてみれば思いやりからくる言葉だったのだろう。が、ルビィにしてみれば、ただのお節介。もっといえば、かちんときた。というのも、彼女は上京組で、しかも、親からの仕送りで吉祥寺のマンションに住んでいるような子だった。上京組の無神経な振る舞いに日々辟易《へきえき》させられていた時期でもあり、ルビィはムキになった。

「まあね、都下ならばお手頃な値段でそれなりのところに住めるかもしれないけれど、都心ともなれば、話は違うのよ。都下では最上階の日当たり抜群の新築を借りられる家賃でも、こちらでは、今の部屋がせいぜい」

じゃ、港区なんかじゃなくて、もっと安いところに住めば？という反論が飛ぶ前に、ルビィは釘を刺した。

「私は、港区で生まれ育ったからさ。ここ以外の土地は、あまり知らないの。それに、実家も港区だし」

その実家がいやで、飛び出したくせに、なんで港区にこだわるの？

そんな視線でこちらを見ていたのは、鏡越しの珠里。

それは——。

港区にこだわったのは、珠里に対する見栄に他ならない。

珠里は地方出身者というプロフィールに強いコンプレックスを感じていた。

実際、デビューした頃のあの子は、垢抜《あかぬ》けなかった。

なのに、珠里は、あっという間にルビィを追い越してしまった。今では、専属のマネージャーがつくような、プロダクションの有望株だ。やはり、あのマネージャーの目は節穴ではない。あの子は日に日に磨かれ、会う度に美しく進化している。その輝きに負けて、どこかであの子を見かけても、こそこそとこちらが隠れてしまうほどだ。なのに、必ずあちらがこちらを見つけてしまい、「あ、ルビィちゃん」と、声をかけてくる。そのたびに、今度はこちらがコンプレックスという重石《おもし》を載せられるのだ。

まさに、完膚なきまでに、田舎者に叩きのめされた格好だ。だからといって、優越感をすべて失ったわけではなかった。

……そうよ。港区生まれの港区育ち。このプロフィールだけは、あの子がどれほど成功し栄光を勝ち取ったとしても覆せない事実なのだ。このプロフィールがある限り、あの子は私にコンプレックスを抱き続けるに違いない。だから、私は、「港区」にこだわり続ける他ないのよ。

とはいえ、ルビィ自身、それまで「港区」にそれほど思い入れはなく、そこで生まれ育ったことに優越感を持つことなどなかった。

むしろ、コンプレックスのもとだった。近所のお店ではちょっとした買い物でも高くつき、わざわざ新宿の安売り店まで行くことも多かった。通学路の青山通りには高級車のショールームがずらりと並んでいたが、それはどれも自分とはまったく関係のない高嶺《たかね》の花だったし、外苑西通りのインテリアショップの商品も、目の肥やしにすらならないほど手の届かない代物だった。港区在住といっても、その街を堪能できるだけの財力がなければ、ただただ、惨めなだけなのだ。それを言っても、

「ううん、それでも、地方組とは全然違うと思う。都心で生まれ育った人は、自分では分からないかもしれないけれど、全然違うのよ」

と、珠里はどこまでもルビィを持ち上げるのだった。

そう、ルビィが「港区」を鼻にかけ、優越感まで持つようになったのは、珠里の影響なのだ。

ルビィが、シャネルのカシミアマフラーを買おうと思ったのも、まさにあの子の影響だ。

それまでは、シャネルにそれほどの価値があるとは思っていなかった。水商売の人がやたらと持っているな……ぐらいの認識だったから、そのフラッグショップの前を通っても、立ち止まって覗き込むようなことはなかった。シャネルだけでなく、エルメスもグッチもプラダもよく通る道にある。まさに日常の風景で、コンビニやファストフードショップのように、近所にあるおなじみの店……程度の認識だった。

「そう、それが、私たちとはまったく違うところなの。日常的にブランドに囲まれながらも、それを特別とは思わない感性。そんなの、私にはどう逆立ちしても持てっこない。私の地元なんて、スタバですら、憧れの地。スタバのタンブラーを持つことがステータスなのよ。スタバに行ったことがない子ですら、メニューは頭にしっかり入っている。その味も知らないくせして、『サンドイッチには、やっぱり、キャラメルマキアートが合うよねぇ』なんて、言うわけ。私たち田舎者は、ただただ、情報をバカみたいに吸収して、そしてバカみたいに有り難がるだけなのよ」

珠里は、方言を隠すためか、なにかを朗読でもしているかのように、鼻につくほど平坦《へいたん》な口調で自嘲する。

「都会人には、かなわないよ」

そういうあの子が愛用していたのが、シャネルだった。

あの子の快進撃を疎ましく思いながらも、あの子の田舎くささをバカにしながらも、ルビィはやはり、あの子が羨ましくてしかたなかった。妬ましくてたまらないのだ。だから、それまでは無縁のブランドだったのに、五万円というお金を出して、あのマフラーを買ってしまったのだ。

なのに、ルビィは、届いたその日にマフラーを封印した。マフラーが汚れていた憤りからでもなく、思いの外高い値段で買ってしまった後悔からでもなく。……コンプレックスに気がついてしまったから。

でも、あの日、寒波のせいであのマフラーの存在を思い出してしまった。引っ張り出すと、早速巻きつけて、珠里に会いに行った。

シャネルが似合うのは珠里ではなくて私のほうだということを、彼女に知らしめたかったからかもしれない。なのに、彼女は、どこか冷めた目でマフラーを見つめた。

「全然、似合ってない」とばかりに。

悔しかった。だから、一ノ瀬マサカズのワークショップに参加した動機のほとんどは、悪意だった。

「な、おまえ、一ノ瀬マサカズのワークショップ、参加してみないか？」

三ツ矢さん……プロダクションのチーフマネージャーにそう言われたときは、落ちるところまで落ちたと体が震えるばかりだった。なにしろ、そのワークショップは、その他大勢のモブキャストを決めるオーディションに他ならず、

「でもさ、演出家に気に入られれば、主役級もゲットできるかもしれんよ」

三ツ矢さんは言ったが、そんな可能性がほとんどないことは、分かっていた。

だって、その芝居の主役はすでに決まっており、主要キャストも発表済みだった。

そんな中、どうやって割り込めるの？

「希望を捨てるなよ。ワークショップで演出家に認められて、主要キャストが追加される……なんて例は珍しくもないんだからさ」

そんなの、枕営業でもしないかぎり、無理だ。

え？　……枕営業？

三ツ矢さんの丸顔が頷いたような気がした。

なるほど。……売春婦になれと。

しかし、この人もこの人だ。珠里の彼氏と寝てこいだなんて。

あ、もしかして。珠里と一ノ瀬マサカズを引き離すのが目的？　それで、私に白羽の矢がたった？

三ツ矢さんが、また、頷いたような気がした。

なるほどね。解雇寸前の私にも、そのぐらいの価値はまだ残されていたってことね。

肉弾という価値が。

だったら、その務め、立派に果たしてみせる。それで、芸能人としての寿命が少しでも延びるのなら。

「分かりました。ワークショップ、参加してみます。そして、演出家の目にとまるように、努力します」

とはいえ、その帰り道、なぜ自分はそこまで芸能界にこだわるのか、とも思った。

いや、こだわっているのではない。もうこの世界にしか、自分の居場所はないのだ。もっといえば東京、……もっともっといえば港区という、この狭い世界にしか。

……ね、珠里。私は、田舎者のあなたが羨ましいのよ。田舎者は、東京に対して、底なしの希望と野心を抱いている。それは、実際に上京したあとも、終わることがない。底なしの希望と野心を支えに、どんなに叩きのめされても、潰されても、あなたたちは逞《たくま》しく何度も蘇り、この街を制覇していくのよ。

でも、私は違う。私は、この街で生まれて育ってしまった。だから、この街の限界も知っているし、正体も知っている。

この街はね、あんたたち田舎者が作り上げた虚像でしかないの。巨大パネルに映し出された、イメージにすぎないの。

あなたたちは、いずれは「なんだ、これ、張りぼてじゃないか」と気づいて、そして、この街を捨てるんでしょうね。そして、また虚像を求めて他を彷徨《さまよ》うのよ。もしかしたら、故郷に帰るかもしれない。

でも、私は、ここしか知らないし、ここしか帰るところがない。しかも、生まれながらの繊細な引きこもり。あなたたち田舎者のように、野蛮なパイオニア精神なんかひとつも持ち合わせていない。

……そんなことを一度、言ったことがあったわね。そしたら、珠里、あんた怒っちゃって。馬鹿にするなって。でも、これ、褒め言葉だから。私たちひよわな都会っ子は、あなたたちの野蛮さには到底かなわないのよ。事実、この街も、あなたたちのような野心ぎらぎらの人種に、とっくに乗っ取られてしまっている。

いい？　はじめから負けているのは私のほうなのよ、珠里。

私は、ここで暮らし続けるために、すでに、いろんなものを売り払ってきている。最初に売ったのは、小学生の頃よ。知らないおじさんに唾を売った。中学生の頃は、下着を売った。高校生になって読者モデルをはじめた頃、処女も売った。……そう、三ツ矢さんに。

あの頃は、しょぼい新米マネージャーだった三ツ矢さんも、今ではいっぱしのチーフマネージャー。この男、まだまだ駆け出しの頃は私をセックスドールのように抱きまくったけれど、出世とともに、私を遠ざけていった。彼もまた、田舎者だ。都会育ちの女子高校生を抱くということで、コンプレックスを払拭しただけにすぎない。出世してコンプレックスも薄らいだ今、私という存在はただただ、疎ましいだけ。なんの利益も生まない、事務所の穀潰《ごくつぶ》し。アダルトビデオ専門のプロダクションに売り飛ばされるのも時間の問題だ。

アダルトビデオに売り飛ばされるぐらいならば、「枕営業」のほうがどれほどましか。

そう、営業なんて、今までにもゲップが出るほどしてきたじゃない。

だから、躊躇《ちゅうちょ》する理由なんて、なにひとつない。それに、私は見てみたいのよ、珠里、あなたがめちゃくちゃに壊れるところを。そのためならば、私、努力を惜しまない。

……そんな決意のもと、十一月三十日、ルビィは一ノ瀬マサカズのワークショップに向かった。シャネルのマフラーを首に巻きつけて。

果たして、ルビィの努力は実り、一ノ瀬マサカズはあっさりとルビィをホテルに誘った。西新宿セントラルパークホテルだ。

このホテルは、表向きは五つ星の高級ホテルだが、陰では「セレブ御用達デリバリーホテル」とも呼ばれている。つまり、そこそこ地位も名誉も金もある男たちが、売春婦とともに過ごすホテル……ということだ。うら若き美女が一人でロビーをうろついていた場合は、ほぼ、その筋の人間だと思っていい。

一ノ瀬マサカズは、もうすでに、何度もこのホテルを使用しているようだった。どんなに安い部屋でも五万円はするというのに、常連のような慣れ具合。いっちょまえに、ドアマンにチップまで握らせた。その資金源は、もちろん、珠里だ。あの子は、恋人の愚行をたぶん知っているだろう。知っていながら、「これも、表現者の肥やしだから。芸術のためだから」などと、どこかの演歌のようなことを言って、許しているに違いない。そういうところも、苛々するんだ。

珠里。思い知らせてあげる。あなたが、馬鹿のひとつ覚えのように繰り返す「表現者」も「芸術」も、そして「愛」も、結局は低俗なおままごとに過ぎないってことを。それを目の当たりにして、壊れてしまえばいいんだ。

そして、我を忘れて、怒り狂い、私を詰《なじ》ればいい。

私は、その姿を見てみたいだけなんだ。

憎しみの塊のようになった、醜いあなたの姿を。……いっそのこと、そのまま消えてほしい。

なのに、珠里は、あっさりとあの男に丸め込まれてしまった。

これほどの敗北ってある？

私は、あの男に、不本意な体位で三回も貫かれたというのに、その目的はなにも果たせなかった。珠里とあの男を引き離すという使命も、そして、珠里が壊れるところを見ることも。

……なに？　なんなの、この馬鹿馬鹿しい結末は？

便座の上でうなだれるルビィに、違った方向から活を入れたのは、母だった。

「私、死ぬから」

母は、そんな電話をしてきた。

「もう、ダメ。ママ、もう、ダメだから。……死ぬから」

scene 25

「ええ、そうです。あの部屋を出たのは、二十三時を少し過ぎた頃だと思います」

ルビィは、そこにないマフラーをたぐり寄せるように、胸元を押さえながら、言った。

「あなたが部屋を出るとき、一ノ瀬マサカズさんは？」

女刑事の問いに、

「……シャワーを」

そこまで言いかけて、ルビィは瞼を閉じた。証言を確実なものにするために、記憶を慎重に整理する。

「ええ、そうです。シャワーを、浴びてました」

「はい、シャワーを？」

「シャワーを……」

鼻息男のペンが止まる。そして、女刑事になにやら耳打ちした。女刑事が、うんうんと意味有りげに頷く。

「あ、ちょっと待ってください。違います。トイレかもしれません」ルビィは、慌てて訂正した。

「トイレ？」

「あ、いえ、やっぱり、シャワー？　……いずれにしても、私はトイレから出ると、帰り支度をはじめました。その間、一ノ瀬さんはベッドから抜け出してバスルームに行ったと思います。私、そのとき、とても慌てていて、自分のことで精一杯で、一ノ瀬さんのことはよく覚えていないんです。とにかく、私が部屋を出るときは、一ノ瀬さんは、ベッドルームにはいませんでした」

「なるほど」

「ホテルのエントランスに出ると、タクシーに乗りました。時間は確認していませんが……あ、タクシーのレシートがありますから、それで確認できると思います。運転手も……」

ルビィは、アリバイ工作に必死な犯人の心境で、財布を探した。しかし、財布どころか、手にしていたはずのバッグがない。

嘘。バッグ。私、バッグ、どうしたっけ？

ルビィは、終点で起こされた酔っぱらいのごとく、頭を抱えた。

もしかして、ママの部屋？　そうだ。ママのうめき声が聞こえて、部屋に戻って、それから、それから……。

「まあ、落ち着いてください。あなたが、二十三時十分頃、タクシーに乗車したことは、ホテルの従業員の証言で、すでに確認済みです」

「……そうですか。よかったです」ルビィは、力なく、答えた。「一ノ瀬さんに関することで、私が知っているのは、以上です」

「それで、マフラーは？」

女刑事は、もうこれ以上の脱線は許さないとばかりに、語気を強めた。

「なにか話がずれてしまいましたが、私がお訊きしたいのは、マフラーをどうされましたか？　ということです」

「ですから、マフラーは……」

「ホテルの従業員の話では、チェックインのとき、あなたはパープルピンク色のマフラーをしていたとのことです」

「そんなことまで、覚えているんですね、ホテルの人は」

「あのホテルでは、客の容姿を従業員の間で共有するために、印象的な顔の特徴や服装を簡単にメモしておくそうです」

「ああ、そうなんですか。……なんか、海外のカフェみたいですね。レシートに客の特徴をメモしておく……みたいな？」

「まあ、そんなようなものです。で、あなたの特徴も、しっかりとメモされていて、チェックインのときには、パープルピンクのマフラーをしていたと。でも、ホテルを出て行かれたときは、マフラーはしていなかったと」

「そうですか。なら、私、部屋に忘れたんだと思います」

「部屋に？」

「はい。一ノ瀬マサカズさんと泊まった部屋に」

「なるほど」

女刑事の顔が、一瞬、妙な具合に歪んだ。が、ゆっくりと瞬きすると、

「分かりました。色々と、お話、ありがとうございます」

と、女刑事は、ここでようやく、笑みを作った。ルビィもつられて、笑ってみた。

が、こんな状況で笑顔もないだろうと、咄嗟に、表情を強ばらせる。

そうなのだ。今、自分は、母親の安否を待つ身。血塗れで病院に運び込まれた母の容態は、依然として、不明だ。

なのに、女刑事は、まだ、ルビィのそばにいつづけた。

「あの、……まだ、なにか？」

問うと、

「できましたら、今から署のほうで、詳しくお話を伺いたいのですが」

「署……って、警察署で？」

「はい、そうです」

「なぜですか？　私、知っていることは、すべて話しましたが」

「まだ、色々と訊きたいことがあるのです。ですから、ぜひ、同行してください」

女刑事が、ルビィの肩を軽く叩く。

それはまるで、催眠術の暗示のようだった。ルビィは、長椅子からよろよろと立ち上がった。

「じゃ、行きましょうか」女刑事の手が、ルビィの腕を捉えたとき、

「それは、任意ですか？　強制ですか？」

そんな声が、横から割り込んできた。

金髪カーリーヘア……スタイリストのサラ・ノナだった。……ああ、そういえば病

院まで一緒にきてくれたんだっけ。でも、娘が心配だから家に帰るって言ってなかった？


「刑事さん、これは任意ですか？　それとも強制ですか？」

金髪カーリーヘアが、男のようなドスの利いた声で言った。

「……、まあ、そうですね。……強制ではありません」

女刑事がしどろもどろで言うと、

「では、任意ですね。ならば、同行を断る権利もありますね」

金髪カーリーヘアが、両頬を大きく膨らませた。

「ルビィさん、これは強制ではないので、警察署に行く必要はないですよ」

「え、でも」

「そんなことより、大変なんです。リリィさんの容態が、急変しました」

「ママが？　急変？」

「とにかく、一刻を争う。今すぐ、集中治療室へ。さぁ、早く」

ルビィの腕を女刑事から奪うと、金髪カーリーヘアはルビィの耳元で囁いた。

「いいから急いで。急ぐんだよ！」

その言葉に従い、ルビィはほとんど全力疾走で、金髪カーリーヘアの後を追った。

どこをどう走ったのか、気がつくと、病院を出ていた。どうやら、病院の裏手のようだ。ゴミの集積場が迫っている。そして、一台の車が停まっている。

「ここは？　ママはどこなの？」

息も切れ切れに質問すると、

「リリィは相変わらずだ。意識は戻ってない」

金髪カーリーヘアは、左瞼をちりちり痙攣させながら、地を這うような低音で囁いた。

「なら、まだ生きているってこと？」

ルビィが訊くと、

「そうだよ」

と、金髪カーリーヘアは、舌打ちするように答えた。

「でも、さっき、急変って」

「急変したのは君の立場だ。ルビィ、君、理解している？　一ノ瀬マサカズ殺害容疑で、連行されようとしていたんだよ」

「え？」

「あのまま刑事たちについていったら、なんだかんだと拘束され、ゆくゆくは逮捕されていた」

「まさか！」

「警察なんて、そんなものだよ。……だから、とにかく、行くよ」

金髪カーリーヘアが、ルビィを無理やり車の助手席に押し込む。

「行くって、どこに？」

「珠里のところに」

「なんで、ここで珠里がでてくるの？　……え？　もしかして、珠里が一ノ瀬マサカズを？」

「とにかく、行くぞ」

「答えて。珠里なの？　珠里が一ノ瀬マサカズを——」

が、金髪カーリーヘアは、答えない。その代わりに、こんな歌を口ずさむ。

そーれそれそれ　そーれそれそれ
人のもの　いじるやちゃ
こども　ひまご　そのまたこども
うらみ　うらまれ　ねだやし　ころり
ねじって　つぶして　きざんじゃる
そーれそれそれ　そーれそれそれ

それは、母がよく歌っていたものだった。

物心ついた頃からずっと聞かされ、自分もいつのまにか、口ずさんでいる。

……その歌、私も知っているわ。

覚えのある気配に、ルビィの体が大きく跳ねる。恐る恐るバックミラーを覗き込むと――。

「……珠里！」

……ええ、そうよ。私は珠里。あなたを追ってここまできたのよ。

……あなた、マサカズと寝たわね。しかも、殺した。

「違う、違う！ 私じゃない、私はなにもしていない！」

……じゃ、マフラーはどうしたの？ あなたご自慢のマフラーは？

「分からない。気がついたら、してなかったのよ。きっと、どこかに忘れたのよ」

……あのマフラーで、マサカズの頸《くび》をしめたんじゃないの？ そしてそのあと、滅多刺しにして殺した。……違う？

「違うわよ、私じゃない、私は殺してない！」


（「紅玉／ルビィ編」ｅｎｄ）

（ベドラムクリエイティブ編集室）


「……あ、また、いいところで終わっちゃった」

停止ボタンを押すと、メイは、ため息交じりで呟いた。

それにしても、気になる。

「……再現ドラマに出てくる金髪カーリーヘアこと『サラ・ノナ』って、まさか――」

メイが、ぶつぶつと呟いていると、

「気になる？　だったら、このテープも見てみる？」

と、隣に座るイガラシさんが、ビデオテープのパッケージを掲げた。

そのパッケージには、

『百合／リリィ編（再現ドラマ）』

とある。

「リリィ……て、もしかして？」

「そう、ルビィの母親」

Sequence 4　百合／リリィ

scene 26

（一九六四年四月）

そーれそれそれ　そーれそれそれ
人のもの　くうやちゃ
こども　ひまご　そのまたこども
うらみ　うらまれ　ねだやし　ころり
ねじって　つぶして　きざんじゃる
そーれそれそれ　そーれそれそれ

だから、かあちゃん！　その歌は嫌いじゃちゆうてるでしょう？　てげ嫌いじゃ、そん歌は！　ああ、しんきねぇ！　しんきねぇ！


体がガくっと落ちる。

ああ、とうとう落ちるんじゃね、うち。

かあちゃんの言う通りじゃ。

あんたはどのみち地獄行きじゃち、いっつも言うとったもんね、かあちゃん。

でも、なして？　なして、うちが落ちゃんならんの？　うち、なんも悪いことしとらんよ？

なあ、かあちゃん、なして？

かあちゃん、聞いとるん？

うち、なにした？

うん？　誰かが、呼んどる。

うちの名前、呼んどる。

うち、助かるんじゃろかね？

落ちずに、済むんじゃろかね？

……ナオキさん……ユリさん……ナオキユリさん……。


違うっちゃ。

また、間違うとる。

いっつもそうじゃ。

かあちゃんが、こげな名前、付けよるからに。


……ナオキさん……ユリさん……ナオキユリさん……。聞こえますか？　ナオキさん、わたしの声が、聞こえますか。


……気取った言い回しじゃね。

……東京の人け？　そうじゃ、東京の人じゃろ。先生と同じじゃ。

先生は親切な人じゃ。うちに、標準語を教えてくれたに。先生は、東京生まれち、言っとったわ。きれいな、標準語じゃ。ＮＨＫのアナウンサーみたいじゃ。

うち、先生に頼んで、〝レッスン〟ちゅーのを受けたんじゃ。標準語のレッスンじゃ。

今じゃ、女優さんより、上手《うま》いんよ。

先生も言っとったわ。女優さんになれるち。こげな島におるのはもったいないち。

うちも、そう思っとったわ。

どの映画の女優さんより、うちのほうがべっぴんじゃ。

ああ、東京、行きたか。早う、卒業して、東京に行きたか。

東京行ったら、女優になるっちゃよ。

かあちゃん、見とき、うち、女優になるがよ。

……ナオキさん……ユリさん……ナオキユリさん……。分かりますか？　ナオキユリさん……。

まだ、間違うとる。

それとも、バカにしとるんか？

うちだって、しゃべれるんじゃ、標準語。

ユリさん、ユリさん……。

あ、すみません。違います。〝リリィ〟って読むんです。〝百合〟って書いて、〝リリィ〟。変ですよね？　でも、そうなんです。そりゃ、〝リリィ〟なんて、ちょっと恥ずかしいですよ。……なんか、浅草のストリッパーみたいですもの。……もちろん、浅草には行ったことはないですが。でも、映画で見ました。ああ、あれは、なんていう映画だったかしら。

……ナオキさん……ユリさん……ナオキユリさん……。

だから、……しんきねぇ！

＋

なにかけたたましい音が耳元でしたような気がして、わたしは今度こそ、目覚めた。女の赤ら顔がそこにはあった。そのニキビに軟膏《なんこう》でも塗りまくったのか、薬品のにおいがぷわっと漂う。

いや、違う。薬品のにおいは、なにもこの女性のせいばかりではない。この部屋中が、もはや薬漬けだ。

わたしは、目を凝らした。白い部屋だ。シーツのように、白い部屋。
あ、でも、あそこにシミが。ここにも。
わたしは、さらに目を凝らした。
……しんきねぇ。
「大丈夫ですか？　痛いところ、ありますか？」
ニキビの女性が、わたしの手を握りしめた。
それを握り返していいものかどうか迷っている間にも、女性は問いかける。
「おなか、空《す》いてませんか？　食欲はありますか？」
言われて、強烈な空腹がやってきた。
……はい。空いています。
そう言おうと唇を動かすが、うまく言葉が結ばれない。
……はい。とてもおなかが空いています。なにか、食べるものをいただけますか？
それと、水も。水もください。
頭の中ではこんなにすらすらと言えるのに。でも、唇はままならない。
「はい、はい、大丈夫ですよ。もう、怖いこと、ありませんからね」
ニキビの女性はなにを勘違いしたのか、わたしのお腹《なか》あたりをぽんぽんと叩いた。
白い部屋。薬品のにおい。そして、ひどく耳障りな、雑音。……どこ？

「心配、いりませんよ。もう大丈夫ですからね」

……ここは、どこですか？

しかし、やっぱり、言葉にはならず、唇だけがぴくぴくと痙攣するのみだ。

……こ、こ、は、ど、こ、で、す、か。

そんなわたしの唇を読んだのか、ニキビの女性は言った。

「――病院ですよ」

名前は聞き取れなかった。が、〝病院〟というのは、しっかり聞こえた。

病院？

……なして、病院？

その経緯を辿ろうと頭を整理してみるが、刺すような腹痛が邪魔して、なかなか現状が呑み込めない。

えーと、えーと。

そう、まずはひどい胸焼けがやってきて、そして、今のようにひどい腹痛がやってきて、立っていられずに、その場に蹲《うずくま》って。それから、それから。

……ああ、そいから！

「大丈夫ですよ、もう、心配、いりませんからね」

女性のニキビ顔が、こちらに近づいてきた。

こうやって見ると、なかなかの美人だった。が、ニキビのせいで、その長所の大半を損なっている。特に、口の周りと、頬が酷い。自分でも気にして潰しているのか、取り返しのつかない程に、化膿している。

……もったいなかね。

……うちは、気ぃつけよう。ニキビ、気ぃつけよう。〝不潔〟が原因なんやて。ニキビを防ぐんは、洗顔が一番なんやて。ああ、顔、洗いたか。

……どうでもいいけん、なんじゃろうね、この痛みは！　ああ、痛か、腹が痛か……！

「てげ、よだきぃ」

ふいにそんな言葉が飛び出して、わたしは慌てて手の甲で唇を塞いだ。

「あら」

しかし、女性の耳に届いてしまったようだ。

「よだきぃって、そちらでも使うんですね」

そちらでも？

「私は大分県出身ですが、うちのほうでも、〝よだきぃ〟って、使うんですよ。疲れた……とか、面倒臭いって意味ですよね」

大分県。九州の？　地図でしか見たことありません。言おうとしたが、しかし、自身の手の甲で、それは遮られた。

「ゆりさんも、もしかしたら、元々は九州の方なのかしら」女性は続けた。「お隣で寝ている方も、もともとは西の出身だとおっしゃってましたが」

隣で寝ている人？

「そう、あなたと一緒に、ここに運ばれた人ですよ」

「うちと――」言いかけて、「わたしと、一緒に？」

唐突に、つり目のオカメ顔が浮かんできた。そして、考えるより早く、その名前が口をついて出た。

「イボやん」

耳に、まるでイヤリングのようなイボをたらしている、よそ者だ。

大嫌いな女だ。その顔を見るだけで、訳の分からない怒りで体中が汗びっしょりになる。

……なのに、なして、うち、そん女と？

またしても頭痛がやってきて、それを振り払おうと頭を左に向けたところで、その女と目が合った。

イボやんだ。

イボやんは、「作戦成功」とばかりに、にやりと笑った。

作戦？

『病気のふりをしたりや』

耳元で、いやったらしい口臭がぞわぞわと蘇る。

『病気になりゃ、こん地獄からは抜けられるど。病人は、ふわふわさらさらの奇麗なベッドに運ばれるんだわさ。嘘じゃねぇ。おまんまも、えーもんが出されるっちゅー、噂ずら』

そして、女は「いたたたたた」と海猫のような奇声を上げながら、床にのたうち回った。するとすぐに担架がやってきて、数人がかりで運ばれていった。

なんて、ずるい人。だから、大嫌いなんだ。だから、みんなにも嫌われとった。あげな女の言うことなんぞ、聞いたらいかん。どうせ、痛い目に遭う。

でも、こんなところに居続けるのは、もう限界だった。

とにかく、出たい、こんなところから。こんなところにいつまでもいたら、本当に死んでしまう。この板のように、腐ってしまう。

『ほな、病気のふりをしたりや』

担架の上、イボやんがいつもの薄ら笑いを浮かべて、こちらを見ている。

……あっちゃいけ。うちは、あんたとは違うけんね。そんなズルはせんけんね。

しかし、そんな強がりを蹴散らすように、わたしの口からは、先程のイボやんのような甲高い声が飛び出した。

「いたたたたたたた」

でも、イボやんとは違う。本当に痛かった。今まで経験したことがないような、腹の痛み。鈍くて不快で、抉《えぐ》るような痛み。と、同時に、なにか生温かいものが、下半身にじわりと広がった。

……うそじゃ、うそじゃ、うち、もらしたんか？

そう思ったとたん、鼻から意識が抜け、体中から力が抜けた。そのあとのことは分からない。

でも、状況から判断すると、わたしはあれからイボやんと同じように担架に乗せられて、この病室に運ばれたのだろう。

そして、このベッドに寝かされたのだ。

イボやんの言う通り、清潔なベッドに違いない。ふわふわさらさらとまではいかないが、あの堅くて臭くてあちこちが腐っている板とは大違いの、寝心地だ。

でも、わたしの気分は、泥のように沈んでいた。なぜなら、いまだに体全体が怠《だる》くて重くて、仕方がない。とくに、腹のあたり。

……あいたたたた。

ニキビの女性が、わたしの手を、さらに握りしめた。

「だから、大丈夫ですよ。心配しないで」

……さっきからなんじゃ？　大丈夫とか、心配ないとか。こんなに痛いとよ？　大丈夫なはずがなかろう？　なにか、悪い病気じゃなかとね？　なぁ、ちゃーんと、調べてな。

「おめでとう」

なのに、ニキビの女性は、そんなとんちんかんなことを言う。

「ゆりさん、おめでとう。……あなた、初潮がきたんですよ」

scene 27

一九七〇年二月。

「なるほど、腹痛は、初潮のせいだったってことか」

大学ノートをぱらぱらやりながら、嘉納明良は言った。

視線がちくちく痛い。見ると、テーブルの向こう側、娘が睨んでいる。

娘の名は、七鬼百合といった。祝言島噴火の被災者の一人だ。

その目は、もっともっと丁重に扱って欲しいと訴えている。それは、自身の才能を信じて疑わない、独りよがりの新人作家と同じ目だ。命を削って書いた渾身《こんしん》の作なのだ、だからそちらも最大限の敬意を持って読むべきだ。そんな心驕《こころおご》りだけは一人前の、半人前以下。

しかし、やはりある程度の敬意は必要かもしれないと、明良は思い直した。なにしろ、これを書くように勧めたのは自分なのだ。そう、半年前、言葉少ないこの娘に向かって、

「では、作文はどうですか？　聞きましたよ。あなた、作文が得意だって。文才があるって。あなたのその文才を、活かしてみませんか？　あなたの経験を、文章にしてみてください。そうです。手記を書いてみるんです」

と、大学ノートを渡したのは紛れもなく、自分なのだ。しかし、あれから娘からの連絡は途絶え、もう半ば諦めていた頃、彼女のほうから電話があった。

「できました。手記、できました」

半年前は十七歳だった少女も、もう十八歳になったという。

いや、もう少女とは呼べないだろう。目の前に座る彼女は、立派な〝女〟だった。たった半年で、女というのはこれほどまでに成長するものか。

半年前は、絵に描いたような田舎娘だったのに。哀れになるほど素朴で愚鈍で、一緒にいても、仮に肩を抱いたとしても、下心など生まれるはずもなければ、周囲からもそんな目で見られることもないような、昔話の挿絵に出てきそうな田舎娘だった。

が、今は、こうやってテーブルを挟んで座っているだけで、周囲の目が気になってしかたがない。娘をかどわかす悪い男に見えやしないか、なにかよからぬことを考えている男と思われやしないか。

新宿東口の喫茶室。決して連れ込み喫茶の類《たぐ》いではないのだが、明良は、なにか悪巧みを懐に忍ばせている不届きものの心境で、目玉だけ動かして店内を見回した。

「こんなときに、初潮がくるなんて、気の毒な話でしたね」

明良は、自分には下心など一切ないのだと主張するように、あえて、〝初潮〟の部分を強調した。そう、自分は、取材の一環でこの娘に接触しているだけで、それはいたって真面目で社会的な動機で、不道徳なことなどひとつもない。

「当時で、君は……十二歳かな?」

医者が、患者に向かって質問するように、明良は続けた。

「……はい」

娘は、小さく答えた。その声は震え、明良のせっかくの小芝居を瞬時に吹っ飛ばすほどに、淫らな響きが含まれていた。

場が、一気にいかがわしい雰囲気に包まれる。

明良は、咳払《せきばら》いをすると、コーヒーを飲み干した。

「でも、そのおかげで、わたし、病室に運ばれましたので、よかったと思ってます」

娘が、ただならぬ秘密を告白するように、言った。

「だって、避難所はひどいところでしたから。あんなところにいたら、頭がおかしくなります」

「避難所というのは……」大学ノートのページを捲りながら、「ああ、下田の避難所ですね」と、明良は、つとめてぶっきらぼうに答えた。

「はい、そうです。島に避難命令が出て、島の人たちが順番に本土に運ばれて、わたしは、下田に連れて行かれました。港近くの掘っ建て小屋に、百人近くがぎゅうぎゅうに詰め込まれて。……地獄でした」

娘の目が、涙で歪む。その様子はいかにも儚《はかな》げで、つい、手を差し伸べてしまいたくなる。

『あん子にゃ、気いつけろや』

が、そんな言葉が明良の手を止めた。

いつだったか取材した、祝言島出身の老婆の言葉だ。

『あん子にゃ、近づくな。とって喰《く》われるど』

明良が、祝言島を素材にドキュメンタリー映画を作ろうと思い立ったのは、八年前の昭和三十七年、二十一歳のときだ。

当時、関東大学芸術学部映画学科の三年生で、卒業制作のテーマをそろそろ詰めようか……という段で、気になる記事を見つけたのだった。それはY新聞の文化欄に掲載されていた記事で、東雲という名のとある外科医が書いたものだった。

『方言のガラパゴス島を訪ねる』

というようなタイトルだったと記憶している。

「伊豆諸島の三宅島からさらに船で三十五時間ほどの位置にある祝言島。この島で暮らす島民の言葉は、実に興味深い。なにしろ、日本全国の方言が混ざり合い、独自の進化を遂げているのだ。まさに、方言のガラパゴス島だ」

それは、短い記事だったが、ひどく印象的な内容だった。

方言の件《くだり》ではない。〝祝言島〟という島に、興味を覚えたのだ。シュウゲンジマ。

……記憶が疼いた。

小さい頃から、気になったらとことん粘着するのが、明良の性質《たち》だ。卒業制作にと準備していたシナリオを破棄し、〝祝言島〟のルーツを探るというドキュメンタリー映画に切り替えた。当時の仲間は、みな反対した。なにしろ、遠い。島に辿り着くまでに、海外旅行並みの時間を要する。丸々二日がかりの長旅だ。時間もさることながら、その高額な費用にも問題があった。なにしろ、学生映画の制作費だ。それほど潤沢ではない。スタッフすべて渡るとなると、それだけで、制作費がすべて飛ぶ。

結局、そのときはスタッフたちに押し切られる形で、〝祝言島〟は諦めた。その代わりに撮った『東京オリンピック前夜』というドキュメンタリー映画が、新聞社が主催する映画コンクールの特別賞を受賞するに至り、その縁で、開局したばかりの東都テレビに就職がかなった。

東都テレビではいきなりディレクターに抜擢され、とにかくなんでもいいから話題性があり視聴率の取れる番組を作れという指令が下る。そのとき、真っ先に思い浮かんだのが〝祝言島〟で、今度こそあの島のドキュメンタリーを作るのだ！……と鼻息も荒く、企画書を書き上げたその日、祝言島が噴火したというニュースが入る。

昭和三十九年四月一日のことだ。

死火山として認識されていた島だけに、その慌てぶりは酷かった。政府の対応は後手後手に回り、そのせいで島民の大半は容赦ない火砕流に呑み込まれた。なのに、東京オリンピックを控えていたせいかそのニュースは大きくは取り上げられず、生き残った島民たちは、ひっそりと、避難することとなる。

避難所は、三宅島、大島、下田に設けられたというが、突然のことで、ろくな場所は用意されず、疲労で亡くなった島民も多数いたという。

しかし、それらはすべて、東京オリンピックのお祭り騒ぎでかき消されてしまった。明良もまた例外ではなく、心のどこかでそれを気にしながらも、気持ちは東京オリンピックの大波に流されていった。

オリンピックが終わったあとも、〝祝言島〟のことは伏せられたままだった。時代は加速をつけて動いていた。今日の事件も明日には風化してしまう、そんな時代にあって、〝祝言島〟の噴火など、遠い過去の出来事と成り下がっていた。

明良の人生もまた、めまぐるしい転換期に差し掛かっていた。入局したばかりのテレビ局を辞め、ドキュメンタリー制作会社に入社。ベトナム戦争を取材し、帰国後は学生運動を追いかけ、公害問題にもメスを入れた。

気がつけば、昭和四十四年になっていた。

それは、初夏のことだった。新宿東口のヒッピーを取材中、久々に〝祝言島〟という名前を耳にした。家出人なのか、街を彷徨っていた若い女性のヒッピーにマイクを向けたときだ。

耳に、まるでイヤリングのようなイボをたらしている女だった。そして、左瞼には赤い痣。

「どこから来たんですか?」という問いに、

「東京都」と、その女は答えた。

「東京都のどこですか?」さらに訊くと、

「祝言島」

と、女は答えた。ずっとしまい込んでいた好奇心が点火したのは言うまでもなかった。

とはいえ、そのとき明良は、激務の中にいた。分刻みのスケジュールをこなすのに時間と体力をとられ、その好奇心と向き合うには少々の時間が必要だった。とりあえず、目の前の仕事を片づけなければならない。明良は、どこか後ろ髪をひかれる思いで列車に乗った。青函トンネルのドキュメンタリー番組を撮るためだ。この仕事は長丁場が予想された。まるで家出でもするかのように大量の荷物をリュックに詰め込み旅立ったのだが、しかし、現場に到着したとたん、そのまま踵《きびす》を返す事態となった。ドキュメンタリー取材が中止になったのだ。その理由を説明されないまま、明良は、一度も荷解《にほど》きしていない大きなリュックを背負って東京に戻ってきた。さながら、啖《たん》呵《か》を切って家出したものの結局は怖《お》じ気《け》づいて家に戻る、惨めな子供の心境だった。

「あら、いやだ、あっちゃん、どうしたの？」

玄関ドアを開けると、母の呆れ顔がそこにはあった。母はどこかに出かけるところだったらしく、着物姿だった。その紗《しゃ》に織り込まれた睡蓮《すいれん》は初めて見る柄だ。またも や、デパートの外商にでも売りつけられたのだろう。

母の着物道楽は、今にはじまったことではない。なにしろ、芸者上がりだ。母によると、着物は米と同様、生活必需品なのだそうだ。いや、米以上に、必要不可欠なのだという。「だって、裸で街を歩いたら、つかまっちゃうじゃないか」というのが母の弁明だが、それでもこんなにはいらないだろうと反論すると、「あんたは、母親が襤褸《ぼろ》を着ていて、恥ずかしくないのかい？」などと、恨めしそうに視線を流す。さすがは、手練手管の元芸者だ、この人に言葉でかなうはずなどないのだ。

とはいえ、母の口から直接、その昔芸者をしていたことを聞いたことはない。母は母なりに、そのことは秘密にしていた。が、赤坂という地に住み、父は年に数回しかやってこない……という境遇ともなれば、おのずと自身の出自も察しがつくというものだ。思春期の頃などは、そんな境遇から抜け出したくて、幾度か家出をしたものだ。が、地方の者が東京に憧れて家出するのとはわけが違い、それほどの決意も動機も伴わない。なにより、家出するたびに、「やはり、赤坂のほうがいい」と思い知らされ、実家にすごすごと戻ってくることになる。それでも大学生の頃は、大学に近い私鉄沿線の街に一人暮らしをしてもみたが、知らず知らずのうちに、「赤坂なら、こうだったのに」などと、比較する始末。まるで、理想と違った恋人と別れたはいいが、その恋人のことを忘れられずに、女と出会う度に元恋人と比較してしまう、踏ん切りの悪い男のそれだった。

「いや、赤坂が恋しいんじゃない。結局のところ、君は、母親が恋しいんだよ。マザコンなんだ」

そう言って揶揄《やゆ》したのは、高校時代の級友だったか。「そんなことはない」と激しく否定したが、否定すればするほど、それが真実なのかもしれないと明良自身にも思われた。

人には言ったことはないが、中学に入ってからもしばらくは母親と一緒に風呂にも入っていた。体の隅々まで洗ってくれる母親の、小ぶりな乳房を見る度に、赤子に戻ってしまいたいと思ったものだ。赤子ならば、その乳房にしゃぶりついたとしても、誰からも非難されない。……そんな劣情が起きる度に明良は癇癪《かんしゃく》を起こし、憎まれ口をきき、そして、激しく自身に嫌悪したものだが、中学二年生に上がったばかりの頃、図書館で見つけたフロイトの心理学を読んでからは自身の劣情が特におかしなことではないことを知るに至り、それを機に、母親に対する執着も徐々に収まった。

それまでは、それが愛からなのかそれとも憎しみからなのかよく分からない感情の爆発に、度々苦しめられたものだ。特に、父親が訪ねてきたときなどは。

家に訪ねてくる父を、明良が疎ましいと思いはじめたのは小学校に入った頃だ。それまでは、父の訪問ほど嬉しいことはなく、その日を指折り数えていたものだが（今思えば、父の手土産が待ち遠しかっただけなのかもしれない）、父が母の着物の裾から手を差し入れ、そのふくらはぎをなで回しているところを目撃したのをきっかけに、父に対して言い難い嫌悪を覚えるようになる。それが高じて、父が触ったものがすべて不浄なものに思え、父が帰ったあとは、エタノールで家中を消毒しまくったものだ。

そんな行為にも、フロイトは「オイディプスコンプレックス」という名前を与えてくれていた。それを見つけたとき、父に対する複雑な憎悪までもが、飛び散る思いだった。それ以来、なにかあるごとにフロイトを持ち出して分析する癖がついてしまい、ときに友人に不評を買うこともあったのだが、明良にとってフロイトは師匠のようなものであり、命の恩人でもあった。大袈裟な言い回しではなく、あの頃、フロイトに出会っていなければ、自分は自殺していたに違いなかったし、はたまた、誰かを殺していたかもしれなかった。

あるいは、自分が殺されていたか。

事実、父親は、自分を捨てようとしていた。訳の分からない衝動が多発していた中学二年の夏休み、父親と母親が、自分をどこか施設に送り込もうと相談しているのを、明良は聞いてしまった。

そう、そのときの会話で時折挟み込まれていたのが、「シュウゲンジマ」という名前だったのだ。それは、聞き間違いだったかもしれないし、それとも空耳だったのかもしれない。いずれにしても「シュウゲンジマ」という名前は、耳から脳に貫かれた毒矢のごとく、明良の中に深く刻まれた。そして、それは今も貫かれたまま、明良の脳を支配している。

その毒矢が、久し振りに脳の芯をびりびりと刺激した。左瞼に赤い痣がある女が死んだというニュースを聞いたときだ。……そう、明良が新宿で出会った、あのヒッピー女だ。名前は八代勝子。

彼女の惨殺死体が東京湾に浮かんでいたのは、七月二十日のことだった。

そう。アポロ11号が有人月面着陸した日だ。どの新聞もアポロ11号のことばかりで、だから、明良も、その記事をうっかり見逃すところだった。

その記事は、本当に小さかった。東京の片隅で一人のヒッピー娘が死んだニュースなど、人類が月面に立ったという偉大なニュースの前ではつまらない日常茶飯事だと言わんばかりの、小さな扱いだった。

しかし、それは、後々大きな意味を持ってくるのではないか。そんな予感が、明良を突き動かした。なにしろ、その女は「祝言島」の関係者だ。

そして、翌日、青山東アパートに向かったのだった。

scene 28

嘉納明良が、「青山東アパート」と呼ばれる集合住宅に向かったのは、昭和四十四年七月二十一日のことだ。

石像も溶けるような、そんな暑い午後。赤坂一ツ木通りを抜けて青山通りに出ると、チューリップハットを団扇《うちわ》代わりに、しばらく佇む。視線が、つい、「虎屋」を探す。青山通り拡張のため、道路向こうの元赤坂から赤坂四丁目に移転となって、もう五年になるというのに。いまだ網膜に映し出されているのは、かつての風景だ。しかし、それもしだいに薄れ、新しい風景に置き換えられていくのだろう。たぶん、あと五年もすれば、かつての風景を思い出すほうが苦労するに違いない。

さて、このまま右に折れて地下鉄に乗るか、それとも。……タクシーにしよう。明良は、左手に持つ紙袋を、右手に持ち替えた。手土産にと購入した、トップスのチョコレートケーキ。こんな夏日には少々、挑戦的な手土産だったかもしれない。「暑い暑い」と、紙袋からうめき声が聞こえるようだ。とにかく、一刻も早く、目的地に行かなければ。

明良は、タクシーを拾った。

「青山東アパート？　ああ、祝言島の……」

タクシーの運転手は、軽快に応えた。その言葉にはどこか郷愁を呼ぶ訛りがあった。

バックミラー越しに見ると、まだ若い男だ。二十代半ばか。それとも、もっと若いかもしれない。その運転手帽が、学生帽にも見える。集団就職の口だろうか。集団就職で上京し大田区あたりの下請け工場で働きはじめるも、悪い先輩たちに悪い遊びを教えられ散財、ついには工場を飛び出し、タクシー会社に飛び込む。

……そんな人物を、先月、取材したばかりだ。東都テレビのドキュメンタリー番組シリーズのひとつだが、これはあまり視聴率がふるわなかったらしく、「野郎を素材にしたところで、視聴者は喜ばないわな。今は、やっぱり、女の裸だよ。裸。ピンクだよ、セックスだよ。次は、売春でも取材しろ」などと、局プロデューサーに下劣な注文を言い渡されたのは、先週のことだ。それならばと、「青山にある団地はどうですか？　団地を、ゴダール風に撮るんです」と振ってみたところ、「青山の団地？　ゴダール？」と彼の目が嫌らしくきらめいた。「なるほど、ゴダールの『彼女について私が知っている二、三の事柄』か！　つまり、あれだろう？　団地住まいの主婦が、売春しているってやつ。……いいじゃない、いいじゃない、それ、やってみようよ」と、一発でオーケーが出た。局プロデューサーが言う、『彼女について私が知っている二、三の事柄』は、まだ日本では公開されていないが、その内容と評判だけは、以前から、ある種の破廉恥な下心をもって囁かれていた。ゴダールという名前もヌーヴェルヴァーグという言葉も知らないような人物までもが、「有名監督がブルーフィルムを撮った」という間違った認識で、それを噂し合っていた。集合住宅、主婦、そして売春という言葉の並びほど、いかがわしくも、耽美《たんび》なものはない。なにしろ、そこにあるのは、「秘密」だ。公然と性を売る商売女とは違う。結局のところ、男という生物は、「秘密」に弱いのだ。

が、もちろん、その助平プロデューサーが期待しているような内容を取材しようとはさらさら思ってはいなかった。

「……祝言島ですよね？」

タクシーの運転手の言葉に、明良の思考が、はたと引き戻される。

「え？」

「ですから、青山東アパートって、祝言島の島民たちが住んでいる住居ですよね？」

「……ええ、まあ、そうですね」

「地図には載ってないんですよ、ご存じでしたか？」

「え？」

「地図には載っていないんです」

「あ、僕も詳しい場所はよく知らないんだけど。……港区ってことぐらいで」

「いえいえ、そうじゃなくて」白い運転手帽が、左右に揺れる。「大丈夫ですよ。今は分かります。最初のときは、初めて聞く名前だし、その住所も地図に載ってないしで、焦りましたけれど。今は、もう大丈夫です。分かります」

それから青山通りを五分ばかり走った頃、

「トップスのチョコレートケーキですか？」

運転手が、バックミラー越しにそんなことを言った。

明良は、紙袋を咄嗟に隠した。

「チョコレートケーキもいいですけれど、トップスはチーズケーキもいいですよね。僕、はじめて食べたとき、おったまげましたよ。世の中に、こんな美味しいものがあるんだって。田舎に持ってかえったら、みんなも吃驚《びっくり》するだろうな……って。うちの田舎じゃ、洋菓子といったら、せいぜい、シュークリームですからね。そのシュークリームだって、年に一度食べられるかどうかですよ。チーズケーキだって、食べたのは、東京に来てからですよ。いやー、ほんと、東京ってすごいですよね、美味しいものだらけだ。同じ日本とは思えない。僕と一緒に上京してきたやつらなんて、みんな、東京は怖いところだ……なんて言って、故郷に帰りたがってますけど、そんなの、嘘ですから。口では田舎がいい、いつかは田舎に帰りたい……なんて言ってても、一度、東京に住んだら最後、もう離れられませんよ。……で、お客さんは、どこで？」

「え？」

「ですから、出身は？」

このタクシーを拾った地、赤坂こそが出身地だったが、それを言うのは、なにか憚《はばか》られた。この運転手だって、そんな真実は期待していないだろう。

「九州」

明良は、言った。運転手が滲ませる訛りが東北を連想させたので、その正反対の地域を口にしただけだが、まったくの出鱈目でもなかった。母の出身が、九州の長崎だ。行ったことはないが、自分にも長崎人の血が流れているのは確かだ。

「九州ですか。……行ったことないですね。いつか、行ってみたいですね」

運転手は言ったが、それは本音ではないだろう。その証拠に、すぐに話題は変わった。

おしゃべりな運転手だった。きっとこの若者は、この東京という地で、立派に生き抜いていくに違いない。たとえそれが低俗な内容だったとしても、しゃべりが達者な人間というのは、結局、どの世界でもある程度の成功を摑むものだ。……母がそうであり、父もまたそうだ。

「さあ、見えてきましたよ、あれが、青山東アパート、通称〝祝言島アパート〟ですよ」

見ると、そこはトンネルだった。トンネルというか、ほぼ、〝門〟といった佇まいだ。

「この先に見えるのが、アパートです。この先は、車両は入れないんですが、……どうしますか？」

「あ、じゃ、ここで降ろしてください」

本来は、公務員の宿舎にするつもりだったそうだ。なるほど、どうりで、デザインは同潤会アパート並みに無骨だが、しかし、最新の技術も取り入れているようだった。例えば、その窓枠はアルミサッシ。エレベーターホールなどは、どこぞのオフィスビルのようだ。

しかし、明良は、案内板の前でしばし、立ち竦んだ。

勢いで、手土産まで持ってここまで来たが、いったい、誰を訪ねればいいのか。我ながらの無鉄砲振りに、呆れる。

それにしても、このチョコレートケーキだ。この暑さでは、これ以上、持ち歩くことはできない。一刻も早く、誰かに渡してしまいたい。

途方に暮れていると、

「どちらさんですかいね？」

と、声をかけられた。

初老の婦人だった。おしろいでも塗っているのか、その顔は不自然に白い。髪も白髪で、赤いハイビスカス柄のムームーを着ていなかったら、病人と間違えてしまう程の、儚いシルエットだ。

「あ、いえ、その……」

歯切れ悪く応えていると、

「ああ、そうですか、そうですか、警察のお方じゃろ?」と、婦人が、うんうんと頷いた。

「朝方も、来とりましたでしょう? ご苦労さんなことですわ。で、今回は、誰に? 誰に、話を聞きたかと?」

「いえ、その……」

「しっかし、迷惑なことですわ、うちら、あん女とは、かかわりあいはなかとですよ? あん女は、よそ者ですけんね」

「……あの女?」

「だけん、おっ死《ち》んだあん女のことと、ちゃいますの?」

「ああ、そう。それです。八代勝子さんのことです」

「八代勝子って名前だっちゅうことも、今回のことで、はじめて知ったぐらいですけんね」

「島では、八代さんは、なんて呼ばれていたんですか?」

「初めは、患者さんち、呼んでましたんよ」

「患者さん?」

「そう。うちらの島にやってくるやちゃ、みなそう呼ばれるんですわ。だけん、気性の荒い女での。しょっちゅう、逃亡しとったわ」

「逃亡？」

「そのたんびに捕まる。そのあとは――」

しかし、婦人は言葉を呑み込んだ。そして、

「子供たちは、イボやんっち呼んでましたけんどね、あん女のことを」

「イボやん？」

「耳たぶに、イヤリングのごとくイボがあってな」

「……イボ？」ああ、確かに。

「子供たちには、人気がありよりましたんよ、あん女。けったいな女やけん、近づくなぁ言うても、子供たちはいつの間にか、あん女んところに集まりよる。……あん女が持ってきよった、本が目当てじゃ。男と女の裸の絵が載っている、いやらしい本じゃや。なんせ、そんないかがわしい本なんち、島にはないさけ。子供たちには、めずらしかったんやろね。……特に、ナオキさんとこの娘っこは、毎日のように、あん女にじゃれついていたがよ。口じゃ嫌いじゃ嫌いじゃ言うとりましたけどね。傍《はた》からみりゃ、仲のええ二人でしたわ。似たもん同士でしたわ」

「ナオキさん……？」

「七番目じゃち、ナオキ。数字の〝七〟に〝鬼〟ち書くんよ」

「珍しい苗字《みようじ》ですね。……でも、七番目って？」

が、婦人は質問を無視して、続けた。

「七鬼さんとこの娘っこは、あかんたれじゃ。先生も手を焼いとってたわ」

「先生？」

「先生が、『イボやんに近づいてはダメだ』とどんなに言ってもきかんのじゃ。いっつも、一緒にいよる。島の山が噴火したときも、あん二人は一緒にいたはずがよ。だけん、二人、同じ船に乗せられて、下田に避難したと聞いちょる。先生、必死で捜しよったわ。先生は、うちらと同じ船で、大島に避難しよったからね。……下田の病院に二人がいるち聞いて、先生、泣いとったわ。死んだと諦めはってたんじゃろうね」

「で、イボやんは？」

「知らん。あの噴火以来、あん女のことはなんも知らん。七鬼さんとこの娘も、知らん、言うとる」

「他には？　他には、八代勝子さんのことをご存じの方は？」

「おらん。何遍も言いますけんど、あん女は、よそ者じゃち。ほんの数ヵ月、島におっただけじゃち」

「しかし、八代さんは、〝祝言島〟出身だというようなことを」

「そうかい。……あん島に少しでもおると、そう思い込んでしまうんじゃろね。……気の毒に」

「僕、生前の八代さんに、会ったんです。二週間前のことです」

「どこで？」

「新宿。新宿駅東口の広場です」

「新宿……」

婦人の視線が、ふと、宙に浮く。

「だけんども、殺されたんは、新宿じゃなかよね？」

「ええ、そうです。新聞によると――」

「あ、リリィちゃん」

婦人の視線が、右に逸《そ》れる。それを追うと、そこには、一人の少女がいた。セーラー服姿だ。学生鞄が、はちきれんばかりに膨らんでいる。

「リリィちゃん、今日は、学校は？　もう終わったんか？」

しかし、少女は応えない。こくりと小さく頭だけ下げて、建物の中に入っていく。

「あん娘が、七鬼さんとこの、娘じゃ」

「リリィ……っていうんですか？」

「そうじゃ。花の〝百合〟って書いて、〝リリィ〟と読むとよ」

「随分と、ハイカラな名前ですね」

「そうけ？　うちん島じゃ、珍しくもないけんどね」

そうにやりと笑う婦人の瞳は、よくよく見ると、濁ったエメラルドグリーンだ。最初は日差しの加減でそう見えるのかと思ったが、違う。その頭髪も、白髪かと思ったら、プラチナブロンドの名残がある。

もしかして、祝言島にも、父島に似た歴史があるのかもしれない。父島がまだ日本領ではなかった江戸時代、欧米系白人とハワイ先住民が移住してきたと聞いたことがある。父島には今も彼らの子孫が住んでいて、その顔貌には、白人の面影があるという。

まさに、この婦人がそうだ。この肌の白さは、なにも、おしろいのせいではない。

婦人は、明良の視線を避けるように、金色に光る前髪を撫で付けながら、言った。

「あん娘は、今じゃあん通りしおらしくなったけんど、島にいたときは、とんだお転婆で、先生が手を焼いとったわ。だけんど、しおらしくなりすぎっちゃ。挨拶もせんようになったわ。東京に来て、気後れしたんじゃろかね。前は、東京行って女優になるんだち言うてたのに」

「女優に？」

「なれるわけなか」

「そんなことないですよ。なかなか可愛い顔をしています。あるいは――」

「あんた、もうとり憑《つ》かれたか」

「え？」

「悪いことは言わん。あん子にゃ、近づくな。とって喰われるど」

「どういう意味ですか？」

「あん子にゃ、気ぃつけろや。あん子には遠慮というものがない。人の心の奥のそのまた奥まで覗き込んで、ときにはそれを食い散らかしよる」

「どういうことですか？」

「貪欲な女ちゅうことじゃ。……とにかく、欲が深い。手がつけられん」

「貪欲な女なんて、この東京にはうじょうじょしてますよ」

「ああ？」こいつには話が通じない……とばかりに、婦人が小さく肩をすくめた。そして、

「……で、あんさん、なんの用事で来さったの？」

と、話題を変えた。

「ああ、僕は、……テレビ関係者で、祝言島のことを色々と聞きたくて」

「なんねぇ。あんさん、警察の人じゃなかとね？　あいやー、騙されたわ」

「いや、……騙したつもりは」

「うち、警察のお人かと思って、しゃべったんよ？　テレビの人やったら、しゃべら

んかったわ」

「テレビは、お嫌いですか？」

「嫌いじゃ。がちゃがちゃ、煩いわ。うちは、映画のほうが、好きじゃ」

「ああ、僕、実は、映画も撮るんですよ」

「なんね、あんた。テレビか？　映画か？　はっきりしな」

自分でも気にしている点を突かれて、明良は笑った。映画を撮りたくて、ドキュメンタリー制作会社に入ったはいいが、肝心の映画を撮る機会はほとんどなく、もっぱら、テレビ局の下請けだ。

「映画です」

明良は、自分に言い聞かせるように、言った。

「そう、映画を撮るために、ここに来たんです」

そして、ようやく出番だとばかりに、ぶら下げていた紙袋を差し出した。

「チョコレートケーキは、お好きですか？　今、評判のケーキです。とても、美味しいですよ」

「ちょこれーと……ケーキ？」

怪訝そうに眉を顰《ひそ》めるも、婦人は、明良の勢いに押される形で紙袋を受け取った。

「どうか、ご協力ください。〝祝言島〟の映画を、撮りたいんです」

＋

「え？　なんて？」

琴美《ことみ》が、どんぐりを見つけたリスのように、目をくりくりと見開いた。

「リリィ？　リリィっていうの、その子」

一ノ瀬琴美。明良の恋人だ。三歳年上の、事務員。東都テレビの総務部で働いている。明良が東都テレビ社員だったときに知り合った。元々は制作志望で入社したらしいが、それは叶《かな》わなかった。ならばと、今は働きながら、シナリオの勉強をはじめている。

二人がこんな関係になって、彼此《かれこれ》、三年になろうか。

「おまえにしては、よく続いているな」と友人にも言われた。自分でも驚いている。

それまでは、どんなに長くても、半年がせいぜいだった。こちらが一方的に惚れて、死ぬほど夢中になり、「君がいなくては僕は死ぬ」などと熱烈な求愛の果てようやく射止めた相手であったとしても、いざ体の関係になると、とたんに醒《さ》めるのだ。乳首にはえたムダ毛、髪の脂の臭い、そしてまだらに焼けた首筋の醜さ、そんな些細《ささい》なことが、耐え難い嫌悪感をつれてくるのだ。そうなると、同じ空気を吸うのも煩わしくなり、なんだかんだと疎遠になる。そして、自然消滅。そんな別れを幾度となく繰り返してきた。

そのせいで、「ドン・ファン」などと呼ばれることもあるのだが、しかし、恋のはじまりはいつでも真剣で、それこそ人生を捧《ささ》げる覚悟で思いを寄せるのだ。だから、ただの遊びではない。そのつど、全身全霊をかけている。

一方、琴美とのときは、少し事情が違った。琴美のほうから、アプローチをしてきた。据え膳喰わぬは男の恥だとばかりに、そのとき初めて「遊び」で、抱いた。

ところが、これが不思議なことに、いつもの嫌悪感がやってこなかった。それどころか、なんともいえない安らぎと懐かしさを覚え、その居心地のよさに、彼女の乳房にしゃぶりつきながら赤子のように眠った。なにかの間違いだと思い、二回目の情事に及んだときも、結果は同じだった。

なぜだろう？と三回、四回と続けているうちに、「ああ、これこそが、恋人とのふれ合いというものかもしれない」と思い当たった。それまでは、まずこちら側の一方的な幻影があり、その幻影に無理矢理女をはめ込んで、しかしその裸体が晒されたとき幻影という衣も同時に吹き飛び、夢から醒めたような虚無感に襲われていただけなのかもしれない。

……そんな自己分析を琴美にも披露したことがあるが、あっけなく笑い飛ばされた。明良も一緒に笑った。

思えば、こんなふうに、他者と笑いあったことなどなかった。今までの女には、自分の裸を見せるのもいやだったし、もちろん、本音をさらけ出すこともなかった。いつでも取り繕い、いったいなにを手本にしているのか、虚像の男性を演じていたところがあった。が、琴美の前では、そんな粉飾がすべて取り払われるのだ。それは、真夏の暑い日に、鎧《よろい》のような礼装を脱ぎ捨てる解放感にも似ていた。

この日も暑かった。

日が沈んでも気温は下がらず、明良は、赤坂方面には進路はとらず、小石川方面へと向かった。

丸ノ内線茗荷谷の駅から、春日通りに沿って歩くこと二十分余り、伝通院の裏側に、琴美のアパートはある。この辺は緑が多い。そのせいか、赤坂の実家よりもいくらか、気温が低い気がした。測ったことはないが、たぶん、実際に多少は低いのだろう。さらにアパートは高台にあり、窓を開ければ墓地で、風通しもいい。一方、赤坂の実家は、じめじめとした窪地《くぼち》だ。……といっても、この風通しも、長くは続かないだろう。今、アパートの真ん前にマンションが建設中だ。これができたら、今のような風はもう期待できない。

明良は、その日の出来事を、琴美に聞かせていたところだった。琴美は、明良がしゃべり終えるまで、合いの手以外の言葉は挟まない。こういうところも、明良が琴美を評価している点だった。しかし、その日は、珍しく、琴美は口を挟んできた。

七鬼百合という少女に会った、という件で、

「リリィ？　リリィっていうの、その子」

と、琴美の目が、くりくりと丸く輝いたのだった。

「ハーフなの？」琴美は、飲みかけの麦茶もそのままに、子供のように身を乗り出してきた。

明良は、コップを摑むと言った。

「うーん。それは分からない。でも、祝言島では、珍しくもない名前らしいんだ。他の住民にも会ったけど、そのおばさんは、目が緑だった」

「目が緑？　やだ、いかしてる！『エメラルドの伝説』みたい！」

琴美は、はしゃぎ気味に、左手をさしのべた。

そして、萩原健一《ショーケン》の振り真似でワンフレーズたっぷり歌い終えると、満足げに、麦茶を飲み干した。

窓から、冷たい風が忍び込んできた。風鈴が、ちりんちりんと、なにかを警告している。……雨がくる。

「そういえばね」

立ち上がると、琴美は、書棚から一冊の本を取り出した。

「明良さんが祝言島に興味があるって言っていたから、私は私で、色々と調べていたんだけど」

その本には、『東京都諸島史』というタイトルが刻まれていた。たぶん、私家版なのだろう、いかにも手作り風だ。

「図書館に行ったらね、たまたまこれがあって。で、中身を見てみたら、『祝言島』の項目もあったから、借りてきちゃった。……本当は、貸し出し不可の資料だったらしいんだけど、無理言って」

開いてみると、古本特有の匂いがした。奥付を見ると、昭和三十八年三月とある。

「噴火する前年に、発行されたのか」

それにしても、紙がいかにも粗悪だ。触っただけで、砂のようにぽろぽろと指からこぼれ落ちそうだ。

が、琴美は雑誌を扱うように、乱暴にページを捲っていく。

「……一五四三年、スペイン船によって発見され、『ウェディングアイランド』と命名される。なぜ『ウェディング』なのか。それは、発見された日が船長の結婚記念日だったからという説と、独身船員が無事に結婚できますようにと願をかけたから……という説がある。いずれにしても『祝言島』という名は、この『ウェディングアイランド』が由来だ……とされているが、『ほかいびと』が由来であるとする説が濃厚。事実、〝しゅうげんじま〟とは読まず、〝ほかいしま〟と読むのが正しい」

琴美は、まるで教師のように、明良にそれを読んで聞かせた。

「硫黄島も、一五四三年に、ベルナルド・デ・ラ・トーレ船長によって、発見されているんだよな」

琴美にだけ主導権を握らせてはならないとばかりに、明良も口を挟んだ。

「俺も、あらかた、調べているんだ」麦茶を飲み干すと、「祝言島と硫黄島は、ほぼ同じタイミングで発見され、ほぼ同じような歴史を歩んできたんだよな、戦前までは」

「うん、正解」

琴美が、生徒にハナマルを与える教師の顔で、言った。そして、そのハナマルの解答に補足するように加えた。

「でも、少し違うところもある。硫黄島は、一八八九年に日本人による開拓がはじまるまでは無人島だったけれど、祝言島には、先住民がいた」

「先住民？」

「そう。一八三〇年……日本の年号でいえば天保元年、父島に白人五人とハワイ人二十五人が入植したときに、十六人の白人が祝言島に入植しているみたい。この資料によると、宣教師たちだったみたいよ。女性六人、男性十人。父島を目指していたところ、遭難してしまって、祝言島に漂着したとある。その十六人はそのまま定住し、一八八七年に日本人の開拓の手が入るまで、白人だけの島だったとか」

なるほど、通称祝言島アパートで出会ったあのご婦人は、あるいは、その十六人の末裔《まつえい》かもしれない。

一方、琴美は、相変わらず教師の表情で、本を捲っていく。

「話を戻すと。……一八八七年三月、東京府による祝言島調査がはじまる。そして、六月、一足先に日本領となっていた父島の住民十二人が祝言島に入植。本格的な開拓がはじまる。一八九一年九月九日、硫黄島とともに、日本領土に編入。島名を『祝言島』とし、東京府小笠原島庁管轄となる——」

「調査から開拓、編入まで、硫黄島と同時に行われたんだろうな、たぶん」

「そうみたいね。あくまで、硫黄島のほうがメインで、祝言島はついで……って感じかしら。なにしろ、硫黄島は、その名が示すとおり、硫黄が豊富にとれた。日本に編入後は、硫黄採掘事業で一気に人口も増加。一方、祝言島は、日本に編入されたはいいけど、その後は特に産業が発達することもなく、長らく人口も数十人。島の面積は父島とほぼ同じだというのに、その扱いは無人島のそれ。ところが、昭和に入ってから、突然、祝言島の人口が増加する。……それは、なぜだと思う？」

昭和に入ってからというと、言わずもがなだ。戦争、あるいは軍部が関係しているのだろう。

「ご名答!」

琴美は、クイズ番組の司会者のように、右手の人差し指を立てると、それを明良に向けた。が、すぐにそれを引っ込めると、

「ごめん。……麦茶、おかわりする? あ、水ようかんあるけど、食べる?」

「いや、……続けて。それ」

明良は、空になったコップの水滴を指でなぞりながら、座卓の上の本を顎で指した。

「うん、分かった。……じゃ、はじめからいくね」

姿勢をただすと一転、琴美は、教師に研究結果を発表する学生のごとく、ゆっくりと、本を読み上げていった。

「……祝言島は火山島であるため地熱が高く、島の至る所に噴気が認められるものの、最高峰の嫁山、つづく婿山とも死火山である。

一八八七年に十二名の開拓団が入植するも、特に産業は発達せず、ながらく島民による自給自足の生活が続く。

一九三五年三月、海軍省によって島の北に要塞が築かれて以来、海軍部隊の関係者及び御用商人の入植が続き、一九三七年に曙製薬の研究所が進出してからは、強壮剤製造とコカ栽培が島の一大産業となる――」

「なるほど、麻薬か」

祝言島という、その目出たい名前とは裏腹のダークな歴史だ。きっと、そこには、人間のえげつない欲望も群がっていたのだろう。陽の当たらない、庭の隅に打ち捨てられた石の裏に群がる虫のように。……というか、強壮剤ってなんだろう？

「でも、入植は制限されていたみたい。軍人と製薬会社の人間、そして慰安婦だけが、入植を許された……って」

「なるほど。祝言島そのものが、軍の秘密機関だったわけか」

「第二次世界大戦がはじまる頃には、地図からも消されたみたい」

「だから、『祝言島』の知名度は低いのか」

「知名度が低い……というより、なかったことにされていたみたいね」

「ところで、祝言島は、空襲は受けなかったのか？　硫黄島同様、要塞があったのに」

「ところが、空襲はなかったみたいよ。一九四五年二月、硫黄島は戦場となり、日米あわせて約三万人の戦死者を出す死闘が繰り広げられたわけだけど、そこから百五十キロ離れた祝言島では空襲も地上戦も行われることなく、そして一人の死者を出すこともなく、終戦を迎えている。終戦後、小笠原諸島はアメリカの施政権下に置かれるんだけど、祝言島はそれを免れて、東京都管轄のままとされる。でも、製薬会社は撤退、そのあとは、完全に忘れられた島となった――」

「いや、違う」明良は、うめくように言った。「施設があったはずだ」

「……ああ、もしかして、教護院のこと？　これかしら？」

琴美は、ページを三ページほど捲った。

「一九二〇年頃、祝言島の先住民であった十六人の聖職者たちが生活していた教会が建て直され、個人感化院として使用される。当初、島で悪事を働いた者を収容する刑務所的役割であったが、一九五五年……昭和三十年、児童福祉法により、正式に都立の『教護院』となる――」

「それだ」

明良は、苦い薬を口に含んだときのように、顔を歪めた。

「俺、そこに入れられそうになったんだよ、中学生の頃」

「え？」

「俺、当時、ちょっと気持ちが塞いでいてさ。俺自身はまともに生活していたつもりだったんだけど、周囲には、手に負えないパラノイアに映っていたんだろうな。……ただの、反抗期なのにさ」

「反抗期」

「そう。大人になるための、通過儀礼さ。多かれ少なかれ、誰でも経験する。俺の場合は、ちょっと度が過ぎただけなんだ。でも、異常ではない。なのに、あのくそったれがさ」

「くそったれ？」

「俺の親父だよ」

「お父さん……？」

そうか。琴美には、父親のことはまだ話していなかった。いや、「父はいない」とは言ったかもしれない。それは嘘ではない。戸籍上では、俺には父はいない。認知もされていない。……いずれにしても、あの男のことは、あまり話題にしたくない。

「ちょっと、複雑なんだ」明良は、コップの水滴を、ひとつひとつ、指で拭っていった。

「うん、いいよ、今、話さなくて」

琴美が、困惑の笑みを浮かべながら、本をそっと閉じた。

＋

ぱたり。そんな音がしたような気がした。

音の方向を見てみると、そこにはベンチがあった。一人の少女が座っており、本を閉じたところだった。

逆光でよくは見えなかったが、間違いない。七鬼百合だ。

自分も、汗にまみれた体を引き摺《ず》りながら、アパートからようやく解放されたところだった。

いったいどんな欠陥があるのか、エレベーターが突然、止まった。そして、約三十分、そこに閉じ込められてしまった。まさに、灼熱《しゃくねつ》地獄。まだ、取材らしきものはひとつもしていない。エメラルドグリーンの瞳を持つ老女と、ちらっと会話しただけだ。

彼女と別れて、いよいよ「イボやん」の死の真相を探るべく、ローラー作戦で一戸一戸訪ねようとエレベーターに乗ったところで、いきなりの故障。三階と四階の途中で中ぶらりんのまま、閉じ込められた。狭いところは苦手だ。幼い頃、くそったれに納戸に閉じ込められたいやな記憶が蘇る。叫んでみても、怒鳴ってみても、泣いてみても、扉は一向に開かない。あの頃は、そのまま眠りこけてしまったものだが、今はそうもいかない。とにかく、この暑さときたら！　睡魔がやってくる前に、死神がやってくる。それはまるで、生きたまま鍋にぶち込まれたドジョウのようだった。ドジョウには逃げ場がなく、灼熱の鍋の中、散々に暴れ回った挙げ句、死ぬしかないのだ。

そんな悲惨な体験をしたばかりの、昼下がり。

七鬼百合を見かけた。

「あん子にゃ、気ぃつけろや」「あん子にゃ、近づくな。とって喰われるど」

あの老女の声がしたような気がした。

しかし、百合の視線はこちらに向けられ、自分も視線を合わせた。

「閉じ込められました？」

そう言って笑うその顔は、決して「美少女」の範疇《はんちゅう》ではなかった。十人並み、いや、どちらかというと、のっぺらぼうのように印象の薄い顔だ。しかし、こういう類いの顔は、化粧をすれば大化けすることを、テレビ業界にいた明良はよく知っていた。いわゆる、女優顔だ。

そう、この子は、……女優になる。

直感だ。成功する野心家の女優やタレントは、大抵、こんなふうに笑う。自身の心は決して見せることなく、そのくせ、こちらの心を抉るように覗こうとする、貪欲な笑みだ。

この手の笑みには警戒を強めなくてはならない。しかし、この手の笑みは往々にして無邪気で、つい、心が絆《ほだ》されてしまう。

「はい、閉じ込められてしまいました」

応えると、

「お気の毒」百合が笑った。「あのエレベーター、ご機嫌が悪いときは、いっつもあなんです」

蜂蜜のようにとろりとした声だった。

そんなところも女優の片鱗《へんりん》を覗かせていた。容姿は優れているのにその声が凡人以下で、芽が出ない役者も多い。しかし、声に魅力が備わっていれば、むしろ、容姿など二の次三の次だ。

「故障ではないの？」

蜜にたかる羽虫のごとく、いつのまにか、少女の横に寄り添うように座っていた。

「故障ではないみたい。ただ、機嫌が悪いだけなんですって。だから、放っておけば、なおるんです。でも、今日は最長記録ね。いつもは、五分程度よ。なのに、三十分は止まっていたわね」

「知ってたの？」

「はい。私も、エレベーターに乗ろうと思って、ボタンを押したの。でも、なかなかやってこないから、こうして、本を読みながら、待っていたんです」

「意地悪だな。止まっているのを知っていたなら、どこかに連絡してくれればいいのに」

「すみません。でも、どこに連絡すればいいのか、私もよく分かんなくて。だから、こうやって、見守っていたの。三十五分過ぎても止まったままだったら、警察でも呼ぼうかと思っていたんです」

たぶん、嘘だろう。しかし、その笑顔を目の当たりにすると、どんな嘘も信じてしまいたくなる。

「なにを読んでいたの？」さらに距離を縮めて、少女が手にしている本を覗き込んだ。

「梶井基次郎。ご存じ？」

「もちろん。『檸檬』だね」

「『檸檬』もいいけれど、私は『ある崖上の感情』が好き」

「今、読んでるのが、それ？」

「はい。……あ、手相を見せてくれます？」

「なんで？」

「『ある崖上の感情』に、ソロモンの十字架っていうのが出てきたんです。手相にソロモンの十字架がある人は、一生、家を持てないんですって。放浪するんですって。……私ね、あるんです。ソロモンの十字架が」

少女の指が近づいてくる。

その指は、爛熟《らんじゅく》した女のそれだった。娼婦《しょうふ》の手招きに誘われるがまま身を委ねる初心《うぶ》な青年のように、その手をとる。

「ほら、ここ」

少女の唇が、頬をかすめる。錠菓《ラムネ》でも含んでいるのか、甘い柑橘《かんきつ》系の香りがする。

「ほら、ここ。見て」

もはや、少女の唇しか目に入らない。その口の中でいい具合に溶けているだろう錠菓《ラムネ》を自分も味わいたくて、そっと舐《な》めてみる。そして舌先に力を込めると、少女の唇を割り、侵入を試みる。

少女の甘い吐息がいよいよ箍《たが》をはずす。気がつけば、左手は少女のスカートをたくし上げ、秘部を探っていた。茂みに辿り着くと、侵入者の指を迎え入れるように、芳《ほう》醇《じゅん》な蜜が絡み付いてきた——。

＋

なんて、夢だ。

明良は、嫌悪と羞恥の入り交じったため息を吐き出しながら、自身の性器を確認した。……夢精だなんて、我ながら、情けない。

信じられない。あんなちんけな娘相手に、なにをやっているんだ、俺は。いくら夢だとはいえ。

幸い、琴美はまだ眠りの中だった。

明良は、おねしょを隠蔽しようとあれこれと画策する子供の心境で、とりあえずは、ちり紙を探した。

scene 29

あれから、半年。

視線がちくちく痛い。見ると、テーブルの向こう側、娘が睨んでいる。

嘉納明良は、テーブル向こうの七鬼百合をなるべく見ないように、体を斜に構えた。

新宿東口の喫茶室。

膝には、大学ノート。七鬼百合が書いた、手記だ。

これを百合に書かせたのは、明良だった。

しかし、その出来は期待していたものではなかった。

祝言島が噴火して避難したところまでは、まあまあ読めなくもなかった。が、そのあとは、ただの自分語り。自己愛に溢れた、なんの役にも立たない私小説もどきだった。まさに、自我の羅列。さらに酷いのは、その被害者意識だった。百合はなにより自身の境遇を嘆き、それをすべて、他者のせいにしている。内省というものがどこにも見られない。それどころか、愚痴と攻撃で、読んでいるこちらのほうがげっそりする。

文章もいただけない。誰に影響されたのか、難しい言葉や気取った表現を多用しているが、どれも、自分のものにはなっていない。しかも、あちこちから文章を借用してきたあとも見える。ざっと見ただけでも、三島由紀夫、梶井基次郎、太宰治、夢野久作の盗用が見られる。文学には詳しくない自分が見てこれだ、詳しいやつなら、もっと見つけ出すだろう。

いずれにしても、中途半端な文学少女がやりがちな、醜悪な模倣だ。こんなの、文芸出版社に持ち込んだら、散々に詰られて罵倒されて、終わりだろう。明良も「出直してこい」と一蹴してやりたかったが、残念ながら、そうもいかない。なにしろ、これを書かせたのは、自分だ。

「最近、どうしているの？」

明良は、手記のことには触れずに、言った。

「最近……ですか？」

百合は、レモンスカッシュのグラスを左手で押さえ、右手で頬杖《ほおづえ》をつきながら、言った。

どこぞのCMモデルでも真似しているのか、しかしまったく様になっておらず、どこか痛々しい。

明良の唇から、小さなため息が漏れる。

こんなところを誰かに見られたら。たとえば、業界の知人。それとも、大学時代の友人。

彼らは、こう嘲笑するだろう。「田舎娘をたぶらかして、あいつはなにを企んでいるんだ」と。

が、この非難はあながち間違いではない。下心があるのは事実だ。この娘を足がかりに、ある野望を達成しようとしているのだから。

野望とは、いうまでもなく、映画を制作することだ。消耗されるだけのテレビ局の下請けドキュメンタリーではなく、国際映画祭に出品できるような、ゆくゆくはドキュメンタリーの金字塔となるような、そんな普遍的な作品を撮る。

……野望というよりは、映画人としては当たり前の目標だ。

が、今、映画業界は斜陽を迎えている。稼ぎ頭の娯楽作品ですら、客が入らない。ドキュメンタリーともなれば、なおさらヒットはのぞめない。だから、誰も、出資しようとは思わない。

とはいえ、まったく活路がないわけでもなかった。世間が注目する題材であれば、多少は、資金も集めやすくなる。ある種の思想集団、または政治団体が喜びそうな題材ならば、なおのこと。

今、明良がぼんやり考えているのは、祝言島のドキュメンタリー映画だった。ずっと温めてきた題材で、事実、大学の卒業制作で取り上げようともしていた。テレビ局に入ってすぐに出した企画も「祝言島」だった。

なぜ、そこまで拘《こだわ》るのか。一度、自問自答したことがある。

そして、出した答えが、「縁」。

そう、中学生時代、明良は祝言島の教護院に送られそうになった。

それを知って、明良は逃げた。トリュフォーの『大人は判ってくれない』のラストシーンのごとく、走って、走って、走り続けた。でも結局は海には辿り着けず、アスファルトの道路で、大人たちの手に落ちた。

しかし母の懇願で、教護院送りは見送られた。

そのときに出た名前が、「シュウゲンジマ」だ。

シュウゲンジマ。

そのときは、その名前はただの記号だった。だから、それほど深く記憶に留めておくことはなかった。

が、二十歳を迎えてしばらくした頃、「祝言島」という文字を新聞で初めて見た。明良にはすぐに分かった。この島こそ、自分が捨てられそうになった場所だと。と同時に、強い「縁」も感じた。いや、因縁ともいうべきか。前世を信じているわけではないが、自分は現世に生まれ落ちる前は、もしかしたらこの島にいたのではないか？　そんな馬鹿馬鹿しいことを思う程に。

が、こんな私的で感傷的なモチベーションでは、資金は集まらない。

そこで、明良が目をつけたのが、俗に「祝言島アパート」と呼ばれる元住民が住んでいる建物と、かつて祝言島に住んでいたという「イボやん」と呼ばれる女の殺害事件だった。

東京オリンピックという祭りの陰で、ひっそりと封印された噴火という悲劇。そして、東京の片隅で発見された、名もなき女の死。

どちらも、時代の雰囲気にぴったりの素材だ。

世の中は大阪万博の話題でもちきりだが、六年前のあっけらかんとした熱気とは明らかに違う。そう、この六年で時代は変わったのだ。歌謡曲だって、ちょっと前まではあんなに流行ったグループサウンズなど、もうテレビで見ることはほとんどなくなった。ヒットするのは、藤圭子や『フランシーヌの場合』のような、暗いナンバーばかりだ。

そう、今の時代、大衆の興味を引くのは、社会の〝闇〟だ。〝闇〟こそが、これからの時代を牽引《けんいん》するキーワードとなるのだ。

そうなると、ますます、「祝言島アパート」と、「イボやんの死」は、格好の素材だ。

このふたつを絡めれば、松本清張の小説……たとえば『砂の器』のような、重厚でかつ刺激的な社会派作品になるのではないか。しかも、これはフィクションではないのだ、現実に起きている〝リアル〟なのだ。素材としては申し分ない。

それだけじゃない。祝言島の歴史を鑑みれば、麻薬も重要なファクターとなってくる。かつては合法だったかもしれないが、今や麻薬は公害問題と並ぶ立派な社会問題で、まさに、〝闇〟だ。

「封印された悲劇」「殺人」「麻薬」。

この三つを切り口にすれば、必ず出資者《スポンサー》は現れると、明良は考えていた。

そして、とっておきの切り札は、目の前の七鬼百合だ。

明良は、タバコを銜《くわ》えると、それに火をつけた。

タバコは好きではない。あのくそったれ……父親を思い出すからだ。しかし、今となっては、明良の生活には欠かせないものになっていた。特に、今のように、なにか大きな企みを胸の内に滾《たぎ》らせているときは。

明良の企みはこうだった。

……出資者《スポンサー》に映画制作の必要性を提案する際には、〝象徴〟が重要だ。弱者であると、なおいい。その点、百合なら条件をクリアしている。未成年であり、女性であり、なにより、被災者だ。これで美しかったら満点だったのだが、まあ、そこはドキュメンタリーだ。かえって、十人並みの容姿のほうが、リアリティがある。

この百合をドキュメンタリーの中心に据え、祝言島の悲劇と、そして「イボやん」の死の真相を追う。

だから、手記も書かせたのだ。……が、それは、期待はずれのものだった。

大学ノートを雑にテーブルに置くと、明良は紫煙を吐き出した。

「で、最近は、どうしているの？」

百合が答えないので、明良は質問を繰り返した。

「最近は……」

百合は、ここでもまた、妙な具合でじらす。

明良は、イライラと脚を揺すりながら、話題を変えた。

「祝言島に、帰りたいとは思わないの？」

これは、さすがに愚問だったろうか？

祝言島は、今は立ち入り禁止地域だ。追い出された形の島民たちは今も漂流中で、「難民」状態で公営住宅に隔離されている。噴火からもう六年も経つというのに、島に帰れる兆しはまったくなく、島民は公営住宅に住み続けている。

「……どうかしら」

百合はそれだけ言うと、レモンスカッシュをストローでかき混ぜた。夏の日ならば魅力的なこの黄金色も、この寒い時期だとただただ場違いで、グラスにつく水滴すら、見ていられない程に寒々しい。明良は、話題を戻した。

「で、最近はどうしているの？　なにか、変わったことでもあった？」

「イイノタケシ……」

七鬼百合が突然、その名前を口にした。

飯野武《いいのたけし》。大学時代の悪友だ。一緒に卒業制作に取り組んだのに、あいつは途中で抜けた。「そんな企画には乗れないね。祝言島？　なんだそれ」と捨て台詞を残して。

明良にとっては、思い出したくもない名前だ。

なのに、その名前をなんで、この子が？

明良は、ぎょっとして、百合を見た。

百合は、どこで覚えたのか、眼差しをあやふやに揺らしながら、ストローの先を唇の端でもてあそびながら、じらすように、笑っている。まるで、夜の女の、それだ。

「イイノタケシ……」

百合はその名前を繰り返した。明良は、インチキ催眠術師の術中にハマったカモのように、生唾を飲み込んだ。

「イイノタケシ……が主宰する『劇団・赤い心臓』ってご存じです？」

「へ？」

明良は、どう応えるべきか咄嗟に迷い、間の抜けた声を漏らしてしまった。

「私、その劇団に、入ろうかと思っているんです」

百合は、明良の動揺を楽しむかのように、ストローでグラスの中の氷をかき混ぜながら、言った。

「劇団に？」

明良は、喉に力を込めると少々声を強ばらせた。このままでは、百合のペースで話が進んでしまう。この場はあくまで、年長の自分がリードしなくてはならない。

「高校は？　高校はどうしたんだ？」

明良は、主導権はこちらにあることを知らしめようと、あえて、教師のように傲慢な口調で言ってみた。

「高校生は、なにより、学業を優先しなくては。劇団なんて、うわついたものにうつつを抜かしている場合ではないだろう？」

「高校ですか？　高校はやめました」

「へ？」

明良は、またしても、間の抜けた声を上げてしまった。

「だって、つまらないんですもの、高校って」

百合は言ったが、それだけが理由ではないだろう。

百合の言動から推測するに、彼女はたぶん、学校で孤独な立場に追い込まれていたのだろう。

百合は、都立F高校に進んだ。F高校は都内でも屈指の進学校だ。生徒の大半は、有名大学に進学する。

が、百合の家庭の経済力では、大学に進むのは困難だと思われた。無論、奨学金という方法もあるが、その資格を得るには、百合の成績では不十分なのだろう。以前取材した祝言島アパートの老女は言っていた。

「可哀想なこった。学校ではあの子は肩身の狭い思いをしちょるようだよ。勉強についていけんのだそうだよ。母親は大学にも行かせたいち言うとったのに、それは無理だち、学校の先生に言われたんだと」

祝言島の被災者ということもあり、百合は「特例」という形でF高校に進学したものの、それがかえって、不幸な結果となったようだ。

正真正銘の秀才が集まるF高校の中にあっては百合の学力は平凡以下で、学校に行くたびに劣等感が募っていったのだろう、百合が書いた手記には、猛烈な劣等感とルサンチマンが、胸焼けする程、滲み出ている。

「だって、みんな、子供なんだもん。セックスも知らないくせして、偉そうなことばかり」

百合は、長い前髪を撫でつけながら、どこぞの阿婆擦《あばず》れのように言った。

いつのまに取り出したのか、その指には、タバコが挟まれている。

「要するに、頭でっかちなんですよね、セックスも知らないくせして」

劣等感まみれの思春期、他に自慢することがない若者がよすがにするのが、「性」だ。

クラスで特に目立たない地味な子が、夏休みを境に派手になり、さらに殊更「セックス」を自慢しだす……ということは、よくある。

実際、初めて性のドアを開けた少年少女にとって、そのドアを開けずにいるクラスメイトがなんとも子供じみて見えるものだ。

自分がまさにそうだった。が、そんなことで自身の優位性を打ち出したところで、セックスなど、遅かれ早かれ、誰でも経験するものだ。それほど特別なものではない。が、思春期のある時期は、セックスこそが特別だと錯覚してしまうものだ。そんな習性をついて、少年少女を罠にはめる悪い大人も多い。

あるいは、自分もまた「悪い」大人なのかもしれない。

なににしろ、こうして、七鬼百合の自意識を刺激して手記を書かせ、自身の野心を果たすための「材料」にしようとしているのだから。

それにしても、ここで飯野武の名前が出てくるとは思わなかった。

「劇団に入るの？」

訊くと、

「うーん、本当のところ、まだ迷っている。魅力的な話だとは思うんだけど。……だって、いくら主役だと言われても、私、お芝居なんかしたことないし」

「主役？」

「そう。〝祝言島〟をテーマにした戯曲を、企画しているんですって。それに、主役で出て欲しいって」

「祝言島？」

明良は、思わず声を上げた。

飯野の野郎、卒業制作のときにはあれほど反対していたくせに。……「祝言島」は、俺が温めてきたテーマだ。それを横取りするようなことをしやがって。

「やっぱり、イイノタケシのこと、ご存じなのね」

百合が、明良の動揺を憐《あわ》れむように、眼差しを揺らす。

「彼に、お芝居しないか？って誘われたとき、手記のことを話したんですよ。私、今、映画監督さんに言われて手記を書いているので、忙しいんです。だから、無理かも……って。そしたら、あなたの名前を出してきたんです。『もしかして、その監督というのは嘉納明良か？　だとしたら、あいつには近づくな』って。……これって、どういうことだと思います？」

「さあ……」

明良は、言葉を濁した。が、コップに残っていた水を飲み干すと、言った。

「悪い男の常套句だよ。そうやって他を貶《おとし》めて、自分以外の男が近づけないように画策するんだ」

「そうなんですか？」

「それで、どうするの？　劇団に入るの？」

「だから、まだ、迷っているんです。手記も完成させたいし」

百合は、タバコに火をつけると、それをゆっくりと吸った。その慣れた様子に、明良は、吐き気にも似た嫌悪を覚えた。

本当にイライラする。明良は、さらに激しく脚を揺すった。

この小娘は、きっと、俺と飯野を天秤《てんびん》にかけているんだろう。同じようなタイミングで、自分に声をかけてきた二人の男。

そうだ。だから、今日、この小娘は、俺を呼び出したに違いない。俺は諦めかけていたのに、「手記、できました。まだ途中なんですけれど、見ていただけます？」と。

田舎娘のくせして、こういう手管はちゃんと心得ている。

「どう思います？　私、イイノさんの劇団に入ったほうがいいかしら？」

scene 30

その飯野と会ったのは、それから一年と五ヵ月後。一九七一年七月中旬のことだった。

「嘉納？」

そう声をかけられて振り向くと、かつての映画仲間がそこにいた。

場所は有楽町の映画館、『黒こげお七』という映画を見終わって、席を立とうとしたときだ。

飯野武。何年振りだろうか。はじめは分からなかった。なにしろ、印象がだいぶん変わった。大学のキャンパスにいたころの彼は髪は七三分けでVANのブレザーを愛用していたが、今はすっかり長髪で、モスグリーンのモッズコート姿だ。……そうなのだ、この男は根はただのミーハーで、流行に敏感な、今時の若者に過ぎない。ドキュメンタリー映画について熱く語ったり、アングラ劇団を旗揚げしたりしたのも、〝時代〟に同調していたに過ぎないのだ。……もっとも、モッズコートは、少々時代遅れな感もあるが。これが英国で流行ったのは、もう五年以上前のことだ。

などと、人のファッションのことをとやかく言える身分ではない。明良は、自身の出《い》で立ちを思い出し、はっと目を逸《そ》らした。下ろしたての黒のスーツに灰色のドットネクタイ。そして傷ひとつないピカピカの革靴。まるで、初々しい新入社員のようだ。……そう、明良は、ある電機メーカーの面接に行って来たばかりだった。このスーツも靴も、母親が用意してくれた。そのせいか、東宝映画の〝社長シリーズ〟に出てきそうな、時代がかった新人サラリーマンという仕上がりになっていた。この髪型もいけない。三十を前にしてすでに薄くなった生え際を隠すようにセットしたせいか、頭だけを見ると、いかにも疲れた中年サラリーマンといった風情だ。

そんな姿でしらを切るのは、あまりに惨めだ。明良は、「おー、飯野じゃないか！」と大袈裟に声を張り上げると、「あーははは」と、漫才師のように笑ってみせた。

飯野は、自分で声をかけておきながら、ばつの悪そうな表情で、その腰も引けていた。どうして声などかけてしまったのだという後悔からなのか、その口元には、他人行儀な歪な笑みが浮かんでいた。

明良もまた、不自然な笑みで返した。

「ほんと、偶然だな」

しかし、よくよく考えたら、偶然ではなく、当たり前の邂逅《かいこう》だったのかもしれない。

なにしろ『黒こげお七』は、七鬼百合のデビュー作だ。

彼女に両天秤にかけられた二人がこの場で出会うのは、それほど奇跡的な偶然ではなく、日常的に転がっているよくある光景に過ぎない。つまり、あまり良好な関係ではない、もっといえばできればこれから先あまり会いたくないとお互いに思っていた二人を、七鬼百合という女が引き合わせたという格好だ。

「まったく、ばかばかしい話だよ」

有楽町駅近くのスタンドバー。飯野は苦々しく、ビールを傾けた。その表情にはもう他人行儀な硬さはない。

明良と飯野は、『黒こげお七』の感想を一通り述べあったところだった。意見の相違で袂《たもと》を分かった二人だったが、この映画に限っては、一言一句違《たが》わず、共通の感想だった。

「駄作だね」

それを合図に、二人は、言葉を一斉に吐き出した。道端に胃の中身をすべてぶちまける酔っぱらいのごとく、二人は、競うように、言葉を並べ立てていった。

「どんな作品にも、なにかひとつぐらいは長所があるものだ。しかし、あの作品からはなにひとつ、それが見出《みいだ》せない」

「まったくだ。すけべ心を刺激するだけの、猥褻《わいせつ》映画にほかならない。ただのクソだよ、クソ」

「成人指定映画専門の制作会社だって、あれほどの愚劣な作品は作らないと思うね」

「まったくだ。弱小の制作会社のほうが、まだマシな作品を作るだろうよ」

「そもそも、大手会社がピンク映画なんか作ることが、間違っている」

「いやいや、しかし、採算を考えれば、大手会社とて、今やピンク映画に力を入れざるを得ないんだろう。なにしろ、制作費、撮影期間とも、一般映画の半分で済むらしい。なのに、売り上げは、一般映画の数倍。これからは、ますます、あの手の作品が世の中に溢れるだろう」

「今回の『黒こげお七』だって、所詮は、東映のエロ時代劇の劣悪な真似に過ぎない」

「ああ、主演の女優も、『徳川女刑罰史』の橘ますみを彷彿《ほうふつ》とさせていた。しかし、なんだな。橘ますみだって、本来は清純派女優に憧れてこの世界に入ったんだろうに、今やすっかり裸要員だ」

「女優も受難の時代だよ。大部屋の無名の女優たちが、次々と騙されて半強制的に脱がされていると聞くよ」

「主役候補の女優までが脱がされているからな、大部屋女優が脱がないわけにはいかないだろう」

「往年のスターは、そんな風潮を嫌って、ことごとく、テレビに流れている」

「テレビドラマのほうが、出来がいい。木下恵介なんかも、今やテレビドラマの監督だ」

「逸材が次から次へとテレビ界に流れ出したんだ、大手はもう、ピンク映画を作るしかないんだよ。東映も大映も松竹も、右を向いても左を見ても、エロだらけだ」

「こんな時代、いつまで続くんだろうな」

「当分は続くんだろうよ。いや、ますますエロだらけになるよ。なにしろ、レコードのジャケットも、裸だらけだ。ヌードを使わないとレコードも売れないらしい。子供向けの漫画だって、エロだらけだ」

「一億総破廉恥時代、到来というわけか」

「知ってるか？　最近では、ピンク映画は、〝ポルノ〟と呼ばれているらしい」

「ポルノ？　なるほど、ポルノグラフィの略か。これまた、しゃれた名前をつけたもんだ」

「先日封切られた東映の映画……『温泉みみず芸者』っていう映画なんだが、そのキャッチコピーが、〝ポルノ映画〟なんだと。それで、一気に広まった。今では、ピンク女優たちは、自分たちのことを〝ポルノ女優〟と呼んでいるらしいぜ」

「まあ、ピンク女優よりは、聞こえはいいかもしれないが。所詮、〝ポルノ〟も近いうちに、後ろめたい響きを持った言葉になるんだろうよ」

「聞いたか？　日活が、一般映画の制作を中止した」

「ああ、聞いた。なんでも、この秋に、ピンク映画専門の会社として再出発するらしいな」

「あの日活が、今や、ピンク映画にしか活路を見出せないなんてな」

「お先、真っ暗な世の中だ」

二人の怒濤《どとう》の会話は、ここで一旦、終止符が打たれた。

しばらくは、ため息まじりの静寂が続いたが、明良がようやく言葉を継いだ。

「お前は、今、どうしているんだ？　劇団は？」

「劇団は、若手に譲ったよ」

「譲った？」

「……まあ、あれだ。下克上というやつだ。情けない話だ」

しかし、飯野の表情には、どこか明るさがあった。

「潮時だったんだよ。というよりも、最初から、俺みたいな凡人がいるような場所ではなかった。だから、劇団を追い出されたときは、怒りよりも、ほっと安堵する気持ちのほうが強かった。これで、本来の自分に戻れる……ってね」

「本来の自分……か」

「お前は、どうなんだ？　映画は、撮っているのか？」

「この形《なり》を見て、撮っていると思うか？」明良は、自虐的に、ネクタイを引っ張り上げた。そして、白状した。

「再就職しようと思っている。今朝も、面接に行って来た」

「ドキュメンタリー制作会社は？　辞めたのか？　祝言島は？」

「ああ。……祝言島の企画はあえなく沈没。その代わりにセックスドキュメンタリーを撮れって言われてさ。ドキュメンタリーとは名だけの、ただのピンク映画だよ。もう、俺の居場所はないと思ったよ」

「今の時代、どの映画会社も、ピンク映画に走るしかないからな。大手映画会社だって――」

　こんな感じで、もう三時間は、同じ話を何度もリピートしていた二人だったが、飯野が、ふと、こんなことを言い出した。

「『黒こげお七』は、間違いなく、問題になるね」

　飯野は、静かに言い放った。「わいせつ物頒布等罪で起訴されるという噂もある」

「映倫には通っているんだろう？」

「ああ、だからこそ、大きな話題になるだろうよ。映倫を巻き込んでの大規模な裁判になるだろうから。〝わいせつ〟か、それとも〝芸術〟か。チャタレイ事件の再来ってわけだよ。こうなると、あんな下衆《げす》で低俗な作品も、〝芸術〟作品として語られることになる。とんだ、イメージのすり替えだよ。あの映画は、〝芸術〟として、映画史に刻まれるんだ。冒瀆《ぼうとく》もいいところだ」

「なるほど。裁判になることも織り込み済みってわけか。話題作りの」

「しかも、準主役の七鬼百合が未成年だったことも、一部マスコミにバレた」

「どうせ、それも、計画通りなんだろう？」

「もちろん。初めは年齢を伏せて、公開と同時に実年齢をリークする。……あの手この手で、話題作りをしているってことだよ。御陰で、連日満員らしい」

「あんな映画がな」

「映画なんて、本来はそんなものなのかもしれないぜ。そもそもが、見世物小屋の出し物として出発したんだからさ。見世物小屋といえば、エログロは欠かせないだろう？　芝居もそうだけどな」

「まあ、……確かにそうなんだけどな」

明良は、喉まで込み上げてきた苦いものを、ビールで押し戻した。

「でも、もう俺には関係ないや。映画も芝居も、足を洗ったんだ」

一方、飯野はどこか晴れ晴れとした顔で、そんなことを言った。

「俺、結婚するんだよ。子供も生まれる。……就職もしたしな」

「どこに？」

「新聞社だよ」

「新聞社？」

「小さな会社だよ。企業向けの新聞だ。……企業向けに、いろんな情報を集めるのが、俺の仕事。で、お前はどうなんだ？　お前は、どうしていたんだ？」

「俺か？　俺は……。ああ、そうそう、親父の籍に入ったよ。あちらの奥さんが亡くなってね、妾腹《めかけばら》の俺もようやく認められたってことさ。それで、苗字も変わった。……といっても、今も〝嘉納〟と名乗っているけどね」

「へー。それ、いつの話？」

「去年」

「去年か」飯野の視線が、なにか探るように揺らめいた。「……なあ、嘉納。お前、七鬼百合に、手記を書くように勧めただろう？『祝言島』のドキュメンタリーを撮りたいからって」

「あ？　ああ、そんなこともあったな」

「実は、俺も、彼女に芝居に出ることを勧めたんだ。『祝言島』をモチーフにした芝居にな」

「それ、聞いたよ。……俺のアイディアをパクったろ？」

「それは、否定しない。謝る。お前があんなに拘っていたせいか、俺まで『祝言島』の呪いにかけられてしまったのかもしれないな」

「呪い？」

「ああ、呪いだよ。『祝言島』に一度でも興味を持ったものは、それに囚われる運命なんだよ。そして、その呪いは、伝染する」

「大袈裟だな。……で、七鬼百合がどうしたって？」

「祝言島アパートの住人によると、七鬼百合はちょっとアレみたいなんだ」

「アレ？」

「そう。なんていうか……夢想家なんだそうだ。夢と現実の区別がつかないらしい。それで小さい頃、脳の手術をしたんだとか」

「脳の手術……」

「彼女の左瞼に痣があるだろう？　あれは、手術の痕らしいぜ」

「へー……」

「手術は成功したらしいが、今も、ときどき、夢か現実かよく分からないことを語ることがあると言ってた」

「確かに、そういうところがある。あの子と話していると、調子が狂うんだ」

「そうなんだよ。それで、俺も薄気味悪くなってさ。一度劇団に誘ってはみたが、その後は一方的に縁を切った」

「ひどいやつだな」

「お前だってそうだろう？　お前だってあの女が怖くなって、距離を置いているんだろう？　それともなにか？　まだ、あの女とつながっているのか？」

「いや、もうつながりはない。俺も、百合からはきっぱりと足を洗った」

「本当か？　お前、本音ではあの女を撮りたいと、まだ思っているんじゃないか？」

「まさか。映画からも足を洗ったよ。きっぱり」

scene 31

しかし、明良の未練は、自分が思う以上に頑固だった。

明良は、いまだ、映画から離れられずにいた。

そう、飯野が指摘した通りだ。だから、この日、明良はあの女の呼び出しに応えて、ここまで来たのだ。

一九七一年。十一月になっていた。

明良は、目の前の女を、なんとも居心地の悪い思いで、眺めた。

あの田舎娘も、今やいっぱしの女優だ。浅丘ルリ子あたりを意識しているのか、エルメス風のスカーフをターバン状にして頭に巻き、席につくと、どこぞの上流夫人の仕草を真似たのか、サングラスを恭しく外した。

東新宿の喫茶室。

女は、赤く塗った爪でストローの袋を破ると、言った。

「京王プラザホテルには、行きました？」

ここ最近、よく耳にする挨拶言葉だ。

西新宿に、日本一の高層ビルがオープンしたのは、六月五日のことだった。それを皮切りに、西新宿には次々と高層ビルが建つ予定だというが、今のところ、広野にぽつんと建つ平べったいのっぽのビルという風情だ。つい先日も、『モノリス』のようだと知人と話していたところだった。ニュースなどではやたらと華やかに紹介されているが、実際に見るとその真新しさがかえって痛々しく、駅の改札で仲間の到着を今か今かと待つ、一張羅で背伸びする若者にも見える。

「プラザホテル？　いや、行っていない。どうせ、おのぼりさんでごった返しているんだろう？」明良は言った。「西新宿なんて、今までもそしてこれからも、行く予定はないよ。あんな辺鄙《へんぴ》なところ、なにしろ僕は赤坂――」

言い掛けて、明良は言葉を呑み込んだ。こんな田舎娘に赤坂育ちを強調したところで、なんの意味があるだろう？　むしろ、自分が惨めになるだけだ。

明良も、さすがに理解していた。今や、自分とこの娘の立場は、見事に逆転していることを。傍から見れば、今をときめく女優と、その威光にすがりつく一般人だ。

たった一年と九ヵ月。たった一年と九ヵ月でこれだ。

「要するに、ギャンブルと同じだよ」

以前、旧友がそんなようなことを言った。

「世の中、タイミングを逃したやつは、負け犬になるしかないんだ」

やつは、株で大損を出し、今は行方が知れない。

いや、だからといって、俺まで負けたわけではない。

明良は、ヘドロのような濃いコーヒーを飲み干すと、目の前の女を改めて、眺めた。

七鬼百合。

世の中はタイミングがすべてというならば、この女は、まさにタイミングの女神に魅入られた、ラッキーガールといえよう。

ろくな容姿もろくな才能も持ち合わせていないのに、あっという間に、芸能界の最前線に躍り出た。

それはまさに、女神の気まぐれとしかいえない幸運だった。一年と九ヵ月前は、劇団・赤い心臓に入団するか、それとも明良が企画している映画に協力するか、そのふたつの選択肢を天秤にかけていた。しかし、どちらの選択も放棄し、まったく違う道に進んだのだ。ポルノ女優という選択だ。

「見たよ。君が出演した映画」

明良は、視線をまったく明後日《あさって》のほうに向けながら、言った。

「そう？　でも、大した映画じゃないでしょう？」

「……まあ、でも、悪くはなかった」

「私が目指しているのはあんな映画じゃないの。もっと、芸術的な映画よ」

「芸術的な映画？」

「ねぇ。あの話はどうなったの？　私の手記をもとに、映画、作るんでしょう？」

百合が、サングラスを弄びながら、言った。

「ああ、あの話は――」

「今度こそ、映画、作るんでしょう？」

その無責任で無邪気で無頓着な顔が、無性に腹立たしかった。その苛立ちは今まで経験したことがないような類いのもので、百合の顔面に一発、食らわしてやりたい衝動が瞬時にわき起こった。もちろんそんなことはせず、その代わりに、「金がないんだよ」と吐き捨てる。

「そんなことだと思った。……よかったら、これ」

百合は、まるで今月のお手当だというように、茶封筒を、明良の前に滑らせた。

その顔は、誇らしげで、そして下卑ていた。

隣のボックスに座る見知らぬ客が、ちらちらとこちらに視線を飛ばしてくる。

「……じゃないか？」

「ああ、そうだ、リリィだ」

百合はアングラ系の若者の間では、ちょっとした有名人だった。

百合が出演した『黒こげお七』が、どんないたずらなのかドイツの小さな映画祭で特別賞をもらい、百合もまた助演女優賞に輝いたのだった。海外……特に欧米コンプレックスにいまだ支配されている日本の文化人は、「ドイツ」というだけで（自国でもほとんど名の知られていない映画祭だというのに）、こぞって「快挙！」と騒ぎ立てた。猥褻方面で騒ぎになる前に、「ヨーロッパのお墨付き」という権威がついた格好だ。

要するに、猥褻も権威がつけば「芸術」として扱われ、それをハナから狙っていた制作会社の、完全勝利というわけだ。

実のところ、この件が、明良の映画熱を完全に冷ましたともいえる。

所詮、「芸術」など、この程度のものなのだ。要するに、イメージ戦略に勝つか負けるか。勝てば、その名は永遠に歴史に刻まれるだろうが、負ければ、塵《ごみ》のように吹き飛ばされる。……結局、そういうことなのだ。芸術もまた勝ち負けで、そんなギャンブルのようないかがわしいものに、自分の人生をかける価値があるものか。そう言って、明良は映画を捨てようとしたのだが、その一方、理解もしていた。捨てられたのは、自分のほうだと。またひとつ、コンプレックスの芽を植え付けられたのだと。

この芽はかなり手強《てごわ》い。下手に扱うと、とんだ災難を呼ぶだろう。最悪、自滅する。

だから、上手に処理しなくてはならない。そっとそっと慎重に、どこかに埋めてしまわなければならない。しかし、そんなときに限って、うしろから忍び寄り、場違いな声で脅かそうとするひょうきんものが現れる。それが、まさに、百合だった。

「私に出資させて」

息を潜めてコンプレックスという爆弾を埋めていた明良にとっては、まさに突然の悪ふざけだった。一瞬にして憎悪に変わるほどに。

百合が、自分に気があるのは分かっていた。だからこそ、飯野武と天秤にかけるような思わせぶりなことも言ったのだろうし、なにより、例の手記には、こちらの気を引こうとする文言がちりばめられていた。それはほとんど性的なもので、百合は、そういうことを仄《ほの》めかせば、男はすべてその気になると思いこんでいるところがある。ファムファタール。百合はこの言葉を好んで手記に使用していたが、それはまさに、彼女の願望であろう。ミューズ。この言葉もそうだ。

いや、願望ではなくて、自分自身はすでにその域にあると思っているのかもしれない。でなければ、これほどの傲慢な表情で、言えるはずもないのだ。

「このお金、使って」

まるで、ジゴロを飼う有閑マダムのような眼差しで、百合は言った。可哀想な男に施してやるんだ……という優越感もその唇には漂っている。そのくせ、「悪い男に貢いでいる薄幸な女」というポーズも、忘れていない。

事実、隣のボックスに座っている客は、「あの男は、誰だ？」「ひもだろう？」などと、嘲笑している。

明良の口の中はたちまちのうちに、ヘドロで満たされた。

が、もちろん、それもごくりと飲み込んだ。この場でヘドロを吐き出したとして、こちらの分が悪くなるだけだ。下手をしたら、警察沙汰になる。再就職の道も断たれる。こんな女のために人生を棒に振るなんて、まっぴらだ。明良は、百合がなにかしゃべるたびにヘドロを飲み込み続け、そしていよいよ胃が限界を迎える直前で、その金が入った茶封筒をつかみ取ると、席を立った。百合の満足気な顔が視界の隅に映り込む。

そして、喫茶室を出たところで、胃の中身をすべて吐き出した。その大半は握りしめた茶封筒に飛び散り、そこから腐敗がはじまるような気がして、明良は、その金をすべてパチンコですることに決めた。果たして、それは一時間後には、すべて、消えた。

百合の手記が、呪いのように次々と送りつけられてくるようになったのは、それからだった。それらは大学ノートのときもあれば、大量の便せんであることもあった。

しかし、明良はそれらにはいっさい目を通さず、ゴミ箱に投げ入れた。

それでも、百合から電話がくれば明良はいそいそと出かけていき、金を受け取る。

そしてその金は、すべてパチンコでする。……そんなことの繰り返しだ。ときには、「制作費が足りないんだよね」などと、こちらから催促することもあった。もちろん、そんなのは嘘っぱちで、やっていることはひも以下の詐欺師そのものだったが、どうしてか、百合といると、悪徳の限りを尽くしたくなる。そんなとき、決まって見る悪夢がある。

「お前のせいだ、お前のせいで、俺はこんなふうになってしまった。お前は、そうやって俺を甘やかし、俺の独り立ちを阻み、俺が逃げ出さないように飼いならし、傍から見れば、俺は悪者で、お前は可哀想な被害者だろうよ。でも、違う。果物を砂糖に漬けるように、俺を瓶に閉じ込めたのは、お前だ。俺は瓶の中で、砂糖にまみれながら、骨の髄までどろどろになっていく。一方、お前は瓶を眺めながら、被害者でありつづける。可哀想な自身の顔を瓶に映しながら、うっとりと笑うのだ。俺は、お前を殴りたくない、でも、お前が、殴らせるんだ、可哀想な自分を演じる為に！」

そう言いながら、百合のその顔面をサンドバッグのように殴りつけ、それでも追いすがる百合の体を散々に足蹴にし、ついには、その皮を剝ぎ、内臓をひきずりだし、肥溜《こえだ》めに放り込む……というものだ。

そのパターンにはいろいろとあるが、残虐な方法で百合を殺害するのはどれも同じで、そのときの感情は、言いようのない、憎悪と嫌悪だ。蛇や害虫や寄生虫に対するそれと同じだ。それを見たとたんに理性がふっとび、本能丸出しでそれを駆除しようと躍起になる……まさに、そんな状態だ。

こんな心理を、どう説明すればいい？　フロイトの本を片っ端から繙いてみるが、的確な解答が得られないまま、一年が経とうとしていた。

scene 32

明良が、転機を迎えたのは一九七二年の十一月だった。

「妊娠したの」

百合にそう告げられた。

「へー、妊娠？」

明良は、茶封筒の中身を覗き込みながら、返した。「誰が、妊娠したって？」

茶封筒の中には、一万円札が十枚。少々期待はずれな額で、明良は小さな舌打ちを漏らす。

明良が、こうやって百合から金銭を受け取るようになって、かれこれ、一年。はじめはひどく抵抗があったが、今では当たり前のように、これを受け取っている。ときには、高利貸しのように、「今月分、まだなの？」と催促することすらある。

「妊娠したの」

百合が、繰り返した。

「へー、妊娠？」

だから、明良も繰り返した。「誰が、妊娠したって？」

もうこれ以上は無理だとばかりに、胃が暴走をはじめる。明良は、それがかえって胃には悪いと思いながらも、コーヒーを啜《すす》って、とりあえずの鎮静を試みた。

この一年で分かったこと。百合という女は、人の感情のバランスを狂わせるなにかを生まれもっている……ということだ。

世の中には、どういうわけかそばにいるだけで心が安らぐ女もいるが、その一方、その体臭を嗅ぐだけで苛立ち、心に波が立つ女というのもいる。

百合は後者で、しかも、それはかなり強力だった。明良は、それがなにかに似ていることを、最近になって発見した。パチンコだ。パチンコ屋の前を通るだけで脳が刺激され、それは瞬時に苛立ちに変わる。その苛立ちを抑えるために、結局はパチンコ屋に入る。負けても勝っても、満足感も充足感もなく、ただただ、疲労だけが残る。なのに、また、誘われて行ってしまう。

そうだ、パチンコだ。あの大音量、あの点滅、それはどれも人間の心理に悪く働くものだが、その度が過ぎると、かえって中毒性が高まる。

この女もまた、パチンコと同じように、毎度毎度、鬱陶しい物言いで明良を刺激しようとしていた。この頃になると、百合は「映画、作るんでしょう?」とは言わなくなったものの、その代わりに、「死にたい。……いっそ、殺して」が口癖になっていた。はじめはその言葉に踊らされてもいたが、さすがに、もう飽きていた。それを察したのか、百合は、あらたな脅し文句を思いついたようだった。

「妊娠したの」

が、明良は、その言葉にはそれほどの反応を示さなかった。

というのも、この言葉は、明良にとっては無意味なものだったからだ。

無論、百合とはそういう行為に幾度となく及んだ。百合がジゴロとして自分を扱うのならば、自分もまたジゴロとして代償を払わなくてはいけない、そんな義務感からだ。だから、その行為をするのに、〝愛〟などという感情はいっさい、ない。娼婦を抱くのと同じだ。もっとも、金をもらっているのはこちらのほうだったが。

「妊娠したんだ。おめでとう」

明良は、言った。厭味でもなんでもなく、心からめでたいと思ったから、口にしたまでだった。新しい命が宿るということは、人の営みにおいて、最上級の慶事であることには間違いない。

「で、これからどうするの？」

これも、心からの疑問だったので、訊いてみたまでだった。

話題の映画に出演し、海外の映画祭で賞をとるなど華々しくデビューしたが、やはりというべきか、その命は短かった。二作目は名のある監督の文芸作品に出演したものの ぱっとせず、そのあとは〝ポルノ女優〟という肩書きに戻り、その手のピンク映画で二作ほど主演も張ったりしたが、これも話題になることはなかった。今では、こうして会っていても、誰からも注目されない。百合をおだて、かついでいたアングラ系の若者達も、他に興味の対象を見つけたのか、百合には見向きもしなくなった。

なにも珍しいことではない。芸能界では当たり前の現実だ。一度は名を売った百合はむしろ幸運なほうで、その名が完全に消え失《う》せる前に、どこぞの有名人か金持ちをひっかけて結婚という永久就職先をみつけるのが、先が見えた女優の生きる道ともいえる。百合もまた、多くの女優と同じように、そんな賢明な道を選んだのだろう。

「結婚するの？」

明良はタバコを摘みながら言った。いつもなら、ここで百合が火をつけてくれるのだが、この日は、蠟人形のようにぴくりともしないでこちらを睨みつけるばかりだった。

「なんだよ？　まさかと思うけど、俺が孕《はら》ましたとでも？」

明良は、火のついていないタバコを口の端にねじ込んだ。

「いやいや。俺にはその手口は、きかないぜ？」

百合の表情に、翳《かげ》がさす。

「相手を間違えたね。確かに、俺は、今はこんなだけど、父も母も、それなりの財産がある。いずれは、俺のものになるだろうよ。君は、どこぞでその情報を仕入れて、俺にターゲットを絞ったんだろうが、それはとんだ見当違いだったね」

「……なんで？」

百合が、久し振りに言葉を発した。が、その声は酷く掠《かす》れ、そして潰れている。まだ成人したばかりだというのに、老女のそれだ。噂通り、酒と男をやり過ぎているのだろう。そう、百合に関しては、悪い噂しか聞かない。役をもらうために体を投げ出すのは日常茶飯事、そのせいで、百合の穴兄弟がいたるところにいるという。それだけじゃない。百合は悪い薬にも手を出しているようだった。先が見えない女優に用意されたもうひとつの道。それは堕落への道だ。

「……なんで、そんなことを言うの？」

百合は、バッグからライターをそっと取り出すと、カチッと点火した。勢いよく、青い炎が吹き出す。一瞬身構えたが、その火は明良が銜《くわ》えるタバコの先で止まった。しらじらしい。今更、そんな甲斐甲斐《かいがい》しいことをされても、白けるだけだ。

明良は、ゆっくりと、煙を吐き出した。紫煙の向こう側、スクリーンに投影された映像のように、百合のシルエットが、儚く揺れる。

百合の左瞼に、小さな痣を見つけた。普段はそれと分からないが、なにかの拍子にふと、浮かび上がるのだ。

「……遺伝なの」

痣を隠しながら、百合が呟く。

「かあちゃんにも、同じところに痣があった」

身内の話題がでるのは、珍しい。そういえば、手記には、身内に関する記述はほとんどなかった。といっても、手記のほとんどはろくに読むことなく放り出してしまったが。

「かあちゃんの瞼にも、同じ痣があった。まるで血のようで、いつか、自分にもできるんじゃないかと、ずっと怖かった。……そして、小学校の頃、その恐怖が現実になったの。……だから、遺伝なの」

「遺伝？　違うだろう？　飯野武から聞いたよ。それは、手術の——」

「遺伝なの。遺伝なのよ！　だからきっと、このお腹の中の赤ん坊にも同じ痣ができるんだわ」

そう言いながら、百合が母親の表情でお腹をさすったものだから、明良の動きは封じられた。

「明良さん、それでも嫌いにならないでね。生まれてくる赤ちゃんを、好きになってね」

しかし、明良はそれには応えず、「ああ、そうだった。これ、やるよ」と、小さな袋をテーブルに投げ置いた。昨日、パチンコでとった紅玉《ルビィ》のペンダントだ。本当は母親に上げるつもりだったが、お前にくれてやる。手切れ金だと思って、受け取れ。

そして明良は、百合から渡された茶封筒もそのままに、席を立った。

scene 33

「……先月のことだ。それ以来、七鬼百合には会っていない」

明良は、その男の質問にそう応えた。嘘ではない。本当に、あれ以来、会っていない。それほど思い入れのある女ではない、あちらから連絡がなければ、それまでだ。こちらから連絡することはない。

「なるほどね」

男は、横柄に脚を組み直した。

京王プラザホテルのラウンジ。クリスマスも二日前に終え、世の中はいよいよ師走の大詰めを迎えていた。

東雲アキラから突然の呼び出しがあったのは、昨日のことだ。東雲は耳元でいきなりこう言った。

「映画を撮らないか？」

東雲の名前は知っているが、面識はない。なのに、なんでいきなり？

「君の噂はいろいろと聞いているよ。君が学生時代に撮った映画も見ている」

俺の噂ってなんだ。

「どこぞの電機メーカーに再就職しようとしたが、悪い女にひっかかって、結局定職には就かず、ぶらぶらしているって」

バカな。

「悪い女って、七鬼百合のことだろう？」

ああ、そうだ。

「父親が心配していたぜ。才能があるのに、もったいないって」

俺の父を知っているのか？

「まあ……ね。……まあ、そんなことはいい。君、まだ映画に色気あるんだろう？

なら、映画、撮らないか？」

ポルノなら、真っ平だ。

「ATGを知っているだろう？」

アート・シアター・ギルド？　もちろんだよ。コマーシャリズムの映画とは一線を画し、芸術性と表現性の高い作品だけを制作・配給する、今の日本においては最も信頼に値する映画会社だ。大島渚、今村昌平、吉田喜重、岡本喜八……俺が尊敬する監督は、みな、ATGで活路を拓《ひら》いた。

明良の胸が、ガラにもなく高鳴る。

「よし、興味があるなら、明日、直接、会わないか？」

そして、今日。明良はいそいそと出かけてきたが、しかし、東雲から示された名刺を見た途端、期待も萎《しぼ》んでいった。

「『AMS』？　なんだ、これ」

「『アートムービーシステム』。まあ、簡単に言えば、ATGの後追いだ」東雲は、いけしゃあしゃあと言い放った。「だが、侮るな。資金面から言えば、ATGを上回る。なにしろ、テレビ局がスポンサーだ」

「なんだ。要するに、テレビ局の下請けってことか？」

明良は、肩を落とした。テレビ局の下請け会社なら、去年、辞めたばかりだ。

「下請けの制作会社と違うのは、監督ひとりひとりが事業主としてテレビ局と直接契約する点だ。『AMS』は、テレビ局と監督の間に入って、コーディネートするだけ。な？　面白いだろう？　監督がテレビ局と直接かけあって、予算も要求できるんだ。下請けとは全然違う。対等に仕事ができるんだよ」

「そう、うまくいくか？　対等に仕事だなんて。結局は足元を見られて、いいように使われるだけだろう？」

「安心しろ。こちらにも、ちゃんとした後ろ盾《スポンサー》がある」

「そのスポンサーと君の関係は？」

「まあ、ありていに言えば、腹ちがいの兄ってやつだ。……医者なんだよ」

「なるほど。……お前んところも、複雑なんだな」

「さあ、こっちは洗いざらい話した。……どうだ？　君、やらないか？　〝祝言島〟の映画を企画してただろう？」

「ああ、まあね」

「それを、今こそ、やらないか？」

悪くはない話だったが、明良は、返事は保留にした。そんな明良の気持ちを察したのか、東雲は話題を変えた。

「で、七鬼百合とはどうなったんだ？　色々と、噂にはなってたんだよ。七鬼百合が男にハマって、潰されたって。でも、別の人は、君が百合にそそのかされて人生を狂わされていると。……どっちが正しいんだ？」

この問いに応えずにいたら、俺が百合を潰したことになる。明良は、弁解するように、百合とのことをすべて白状した。

しゃべり終えると、ひどい疲労感に襲われた。明良は、冷たくなったコーヒーを飲み干した。

「なるほど」東雲は脚を組み直すと、続けた。「百合は、妊娠していたのか」

「そのようだな」

「でも、なぜ、自分の子供じゃないと言い切れるんだ？　そういうことはしっかりしていたんだろう？」

「ああ」

「じゃ、なぜ？」

「俺には、そういう能力がないんだよ」

明良は、半ば自棄糞《やけくそ》気味で、言い放った。

そう、俺には女を妊娠させる能力がない。原因は小さい頃の病いかもしれないし、その他にあるのかもしれない。いずれにしても、「妊娠させることができない」と、医師からもはっきりと告げられている。だから、百合の「妊娠した」という告白は、明良にとってはなんの痛手にもならなかった。

「……なるほどね」

東雲はそう言ったきり、しばらくは口をつぐんだ。そしてコーヒーを啜りながら、不誠実な冷笑を浮かべた。

「……七鬼百合は、……生まれながらの淫乱だそうだ。誰彼構わず、情交を結びたがるんだそうだ」

「モノも言い様だな。それ、七鬼百合が男たちにやられた……ってだけの話なんじゃないか？」

「そうかもしれんが。いずれにしても、七鬼百合は、根っからの不良だ。小学生の頃から、酒タバコをやっていたというからな」

「それも、環境のせいなんじゃないか？ 俺だって、酒タバコは、小学生の頃に覚えたさ。盗みも常習犯で、よく警察のお世話になったもんさ。なにしろ、家が花街にあるもんでね。いかがわしい大人が周りにたくさんいたんだよ」

「おい、おまえ、やけに七鬼百合の肩を持つな。やっぱり、あの女を？」

その言い方があまりにふざけているので、明良は、つい、声を荒らげた。

「もう、いい。やめろ」

「おい、君。……やっぱり、七鬼百合に、気があったか？」

問われて、明良はすぐに応えることができなかった。視線を無意味に泳がせていると、

「よし、決まりだな。嘉納、君は祝言島の映画を撮るべきだよ。そして、その目で、

真実を見てくるといい」

「真実？　……コカを栽培していたことか？」

「はっ、そんなの、真実でもなんでもない。ただの〝事実〟だ」

「じゃ、なんだ。真実って」

「君は、もう薄々気がついているんじゃないのか？　祝言島で行われていたことを」

「どういうことだ？」

「七鬼百合の左瞼に、痣があっただろう？」

「……ああ」

「イボやんは覚えているか？」

「ああ、あのヒッピー女」

「あの女の瞼にも痣があっただろう？」

「ああ」

「あれは、〝躾〟の証《あかし》だ」

「躾？」

「そうだ。そして、嘉納。君の左瞼にも、小さな痣があるね？」


（「百合／リリィ編」ｅｎｄ）

（ベドラムクリエイティブ編集室）

「いったい、どういうこと？」

ビデオテープを見終わると、メイは、混乱気味に呟いた。「っていうか、東雲アキラって……？」

「東雲アキラは、ＡＭＳグループの会長」

そう応えたのは、隣に座るイガラシさん。

「ＡＭＳグループって？」

「だから、『プロダクションネメシス』とか、ここ『ベドラムクリエイティブ』とか

……芸能界では最大手のグループだよ」

「そうなんですか」メイは、腑《ふ》に落ちないというふうに、腕を組んでみせた。「……それにしても。『百合／リリィ編』と『紅玉／ルビィ編』では、〝祝言島〟は実在していることが前提だけど、『珠里／ジュリ編』では、架空の島かも……ってことになっている。……どっちが真実なんでしょう？」

「どっちも、真実なんだろうね」

「どっちも真実って。そんなことあるはずないじゃないですか。どちらかが、嘘をつ

いている」
傍《そば》のスマートフォンを手にすると、〝祝言島〟と打ち込んでみる。

祝言島（しゅうげんじま）は、小笠原諸島の南端にあったとされる島にまつわる都市伝説。

昭和39年、東京オリンピックが開催される年に島の火山が噴火したとされているが、そんな記録は残されておらず、そもそも、「祝言島」という島も存在しない。確かに、「祝言島噴火」という記事が一部の新聞に掲載されたが、掲載されたのは4月1日。つまり、エイプリルフールのフェイク記事だった。

が、一部では、それが実在するかのように語られている。

その原因の一つに、1973年に制作された『祝言島』というドキュメンタリー映画がある。ドキュメンタリー映画なのだから、「祝言島」も真実なのだろう……と信じた観客が数多くいたことが、「祝言島」伝説の発端となる。

が、正確には、「ドキュメンタリー」ではない。

確かに、その作り方はドキュメンタリータッチで、また配給側も「スナッフフィルム」であると誤解させるように宣伝したため、観客が〝真実〟と信じ込むのも無理はなかった。

なお、「スナッフフィルム」とは――

イガラシさんが、ガムをくちゃくちゃやりながら、メイの手元を覗き込んだ。

「はい、そうです。これによると、祝言島は、都市伝説だって」

「ネットの情報を鵜呑みにするのもどうかと思うよ」

「え？　でも、ウェブペディアですよ？」

「ウェブペディアだって、真実ばかりが書かれているとも限らないよ。事実、誰でも書き込めるし、編集だってできる」

「まあ、確かにそうですけど。でも、嘘っぱちを書き込む人はいないでしょう？」

「編集履歴は、チェックした？」

「いえ」

「確認してみなよ。過去に、どんな書き込みがあって、そして、それがどう編集されていったのか」

なんで、そんなことを？……と思いながらも、メイは、履歴表示のタブをタップした。

すると、膨大な編集履歴一覧がずらずらと表示された。

「記事が最初に書き込まれたのはいつ？」

「えーと。……二〇〇三年の四月一日ですね」

「その日付、タップしてみて」

言われるがまま、タップすると……。

「あ、過去の記事が表示された」

「それ、読んでみて」


祝言島（しゅうげんじま）は、小笠原諸島の南端にある島。

小笠原諸島の中においては、父島、硫黄島に続く、3番目に大きな島。

火山島であるため地熱が高く、島の至る所に噴気が認められるものの、最高峰の嫁山、つづく婿山とも死火山である。

1543年、スペイン船によって発見され、「ウェディングアイランド」と命名される。なぜ「ウェディング」なのか。それは、発見された日が船長の結婚記念日だったからという説と、独身船員が無事に結婚できますようにと願をかけたから……という説がある。いずれにしても「祝言島」という名は、この「ウェディングアイランド」が由来だ。

1830年（天保元年）、父島に白人5人とハワイ人25人が入植したときに、女性6

人、男性10人、計16人の白人が祝言島にも入植。

1887年（明治20年）3月、東京府による祝言島調査がはじまる。そして、6月、一足先に日本領となっていた父島の住民12人が祝言島に入植。本格的な開拓がはじまる。1891年9月9日、硫黄島とともに、日本領土に編入。島名を「祝言島」とし、東京府小笠原島庁管轄となる。

1935年（昭和10年）3月、海軍省によって島の北に要塞が築かれて以来、海軍部隊の関係者及び御用商人の入植が続き、1937年（昭和12年）に曙製薬の研究所が進出してからは、コカ栽培及び医療用麻薬製造、そして強壮剤製造が島の一大産業となる。

しかし、入植は制限され、軍人と製薬会社の人間、そして慰安婦の一部だけが入植を許された。第二次世界大戦がはじまる頃には、軍の方針で地図からも消され、それが理由か、空襲も地上戦も行われることなく、そして一人の死者を出すこともなく、終戦を迎えている。終戦後、小笠原諸島はアメリカの施政権下に置かれるが、祝言島はそれを免れて、東京都管轄のままとされる。一方、終戦とともに製薬会社は撤退、そのあとは完全に忘れられた島となったが、1955年（昭和30年）、非行少年や保護者のいない少年少女を保護、教育してその更生をはかる施設である「祝言島教護院」が設立される。教護院内医師として島に派遣された一人が、精神外科医の東雲義重

（しののめよししげ）である。

「うそ、なに、これ」

メイは、スクロールする指をふと離した。指が汗にまみれて、うまくスクロールできない。

「祝言島って。……実在している島ってこと？」と、メイが声を上げると、

「そうみたいだね」

と、イガラシさんが、相変わらずガムをくちゃくちゃしながら、言った。

「じゃ、なぜ、都市伝説ってことに？」

「誰かの意思だろうね。祝言島の存在を隠したい誰かの」

「誰かの……意思？」

メイは、編集履歴一覧に戻ってみた。

そこには、おびただしい量の編集記録が残されている。それは、「祝言島」の存在を記録しておきたい人と、記録から消したい人たちの壮絶なバトルにも見える。

「結局、存在派が根負けして、今の〝都市伝説〟の記事が残った……ってことなんだろうね」

イガラシさんが、肩をすくめる。

「今のネット時代は、案外、そういう印象操作は簡単にできるから。悪意あるガセが真実になるんだよ。こうなると、なにが真実でなにがフェイクなのか、さっぱり分からない」

「確かに、そうかもしれませんけど。……あれ？」

今一度、最初に書き込まれた記事を表示させたメイは、末尾にあるその名前に注目した。

「東雲義重？」

ここでも、〝東雲〟。……この名前、どこかで。

「シノノメ美容外科って知らない？　このビルの隣にある」

イガラシさんが、ヒントをくれる。

あ、そうか、シノノメ美容外科の、院長だ。

メイは、〝東雲義重〟という名前をタップした。すると、今度は〝東雲義重〟に関する記事が表示された。

東雲義重（しののめ　よししげ、1928年〈昭和3年〉5月23日―）は、日本の医師（美容外科・整形外科・精神外科）。医学博士、清正大学医学部客員教授、医療法人社団曙和会理事長、シノノメ美容外科院長。

テレビなどのメディアを使って美容整形を一般に認知させた功労者のひとりであり、芸能人を中心とした有名人の手術を数多く手がけている。腹ちがいの弟は、ＡＭＳグループの会長である、東雲アキラ。

「一九二八年生まれってことは……今年で八十九歳？」

シノノメ美容外科の院長といえば、テレビコマーシャルでもおなじみだ。せいぜい、六十半ばだと思っていた。

「自ら、アンチエイジングの手術をしまくっているって聞くよ」

イガラシさんが、身を乗り出す。

「でも、現在の記事では、祝言島のことは書かれてないね。……ね、この記事も、最初はどんなんだったか、気にならない？　東雲義重と祝言島との関わりが書かれているかも」

そう言われて、メイは、「履歴表示」をタップした。そして、最初に書き込まれた日付をタップすると――。

「最初の記事と今の記事では、あんまり変更点はないみたいだけど。……あれ？」

末尾に、こんな一文を見つけた。

……東雲義重は、かつて精神外科医だったこともある。そのときにロボトミー手術を多く行う。

「ロボトミー？」

はじめて聞く言葉だ。

続けてメイは、〝ロボトミー〟の部分をタップしてみた。

……1935年、ジョン・フルトン（John Fulton）とカーライル・ヤコブセン（Carlyle Jacobsen）がチンパンジーの前頭葉切断を行ったところ、性格が穏やかになったと報告したのを受け、同年、ポルトガルの神経科医エガス・モニス（António Caetano de Abreu Freire Egas Moniz）と外科医のペドロ・アルメイダ・リマ（Pedro Almeida Lima）が、ヒトの前頭葉切截術（前頭葉を脳のその他の部分から切り離す手術）を行った。その後、1936年9月14日、ワシントンDCのジョージ・ワシントン大学でも、ウォルター・フリーマン（Walter Jackson Freeman II）博士の手によって、米国で初めてのロボトミー手術が激越性うつ病患者（63歳の女性）に対して行われた。当時、治療が不可能と思われた精神的疾病が外科的手術である程度は抑制できるという結果は注目され、世界各地で追試が行われた。成功例も報告されたが、特にうつ病の患者の

6%は手術後、生還することはなかった。また生還したとしても、てんかん発作、人格変化、無気力、抑制の欠如、衝動性などの重大かつ不可逆的な副作用が起こっていた。

「ウェブペディアの文章って、長いだけでよく分からないものが多いよね。これも、その典型」

いつのまにか、イガラシさんが体にぴったりと寄り添い、メイの手元を覗き込んでいる。

「簡単にいえば、脳の一部を切り取って人間性を剝奪する手術ってこと、ロボトミー手術っていうのは。つまり、人間をロボットにする手術だよ」

「ロボット？　だから、ロボトミー？」

「そう解釈する人も多いけど、正確には違う。〝ロボトミー〟というのは外科の術語で、〝ロボ〟というのは、脳を構成する単位〝葉(lobe)〟のこと。つまり……まあ、難しいことは私にもよく分かんないんだけど。……いずれにしても、術式が発展したアメリカではもちろんのこと、日本でも、かつては頻繁に行われていた精神外科手術で、主に、精神疾患がある患者に対して行われていたらしいよ。その一方、犯罪者やアルコール依存症患者、または反抗的な人物や物分かりが悪い人に対しても、『精神病質が認められる』という口実で、ロボトミー手術が行われたらしい。子供が言うことをきかない、子供が他の子と違う……という理由だけで、親が手術を受けさせていた例もある」

「……それって、ひどくないですか？」

「『カッコーの巣の上で』という映画は、知っている？」

「はい。授業の一環で見たことがあります」

「あれは、まさに、ロボトミー手術問題を扱った作品」

「ジャック・ニコルソン演じるところの主人公が、ラスト、壊れるのは……」

「そう、ロボトミー手術を受けさせられたからだよ」

「信じられない」

メイは、なにかよく分からない怒りに、唇を震わせた。そして、ウェブペディアの文章に視線を這わせた。

……日本では、１９７５年（昭和50年）に、「精神外科を否定する決議」が日本精神神経学会で可決され、それ以降は行われていない。

「じゃ、今は、ロボトミー手術は行われていないってことですね」

「……ってことになっているけどね」

イガラシさんが、意味ありげに言った。

「法律で禁止されたわけではないから」

「え、そうなんですか？　でも、『精神外科を否定する決議』が日本精神神経学会で可決されたって」それ以降は、行われていないって」

「それ、いわゆる自主規制というやつ。……例えば、シノノメ美容外科とか」

「嘘でしょう？」

メイは、声を上げた。なぜだろう、腹の底から憎悪が湧き上がってくる。

「信じられない。そんな非人道的なこと」

「信じるか信じないかは、あなた次第……ってか？」

イガラシさんは、くわばらくわばらとでも言うように、ようやくメイのそばから離れていった。そして自分の定位置に戻ると、

「そうだ。……こんなテープもあるけど、見てみる？　編集前の素材テープだけど」

と、一本のビデオテープを掲げた。

パッケージには、『証言者たち（素材）』とある。

Sequence 5　証言者たち

本ビデオは、すべて〝真実〟を記録したものである。

なお、登場する人物の名前は本名であるが、本人の希望により仮名、またはイニシャルで表現している場合もある。また、モザイク処理を行っている場合もあるが、原則、オリジナル映像をそのまま使用している。

そのため、画像の乱れやノイズなどが生じる場合があるが、あらかじめご了承いただきたい。

■証言1　東雲アキラ（AMSグループ会長）
ああ、そうですよ。『祝言島』を撮ることを嘉納明良に勧めたのは、私です。ですが、あれは失敗作でした。

出来上がったフィルムを見て、天を仰いだことをよく覚えています。なにしろ、ドキュメンタリーではない。いや、ある意味、ドキュメンタリーかもしれないが。いずれにしても、自分語りに覆われた、駄作だった。誰が、自分自身のことを映画にしろなどと言った？ 「祝言島」の真実に迫るドキュメンタリーのはずだろう？ しかもだ。ラスト、とってつけたように陰惨なシーンが挿入される。女が殺されるシーンだ。

そんなの、誰がスポンサーになるというんだ？

だが、不思議なもので口コミで噂が広がり、ミニシアターだけの上映だったにもかかわらず、気がつけば興行収入一億円を超えるスマッシュヒット。

まったく、いつの時代も、カルト好きなマニアはいるもんだな。

そうなると、認めざるをえない。『祝言島』を海外の映画祭に出品するために、あのシーンはカットすることを嘉納明良に打診した。

やつは、「好きにしろ」と言い残し、姿を消した。

まったく、あいつは根っからの変わり者だ。手に負えない。

残された『祝言島』は、プロデューサーである私の手でカットし、映画祭に出品した。……みごと、落選したけどね。

……そういう経緯があって、今、見ることができるのは、ラストシーンをカットしたものだ。そう、女が虐殺されるシーンは、今は見ることはできない。

え？ そのラストシーンは、スナッフフィルムなんじゃないかって？ 本物の殺人なんじゃないかと？

さあ、どうなんだろうね。あるいは、本物の殺人を映したものなのかもしれないね。嘉納明良には、そういう趣味があったからね。猟奇的趣味だよ。女をたぶらかしては、いたぶって、残虐の限りを尽くす。そして、それをフィルムに記録するんだ。……つまり、嘉納明良は人間のクズだった。手癖も悪くてね。私も、いろいろと盗まれましたよ。……コレクションしていたフィルムも何本か。

まあ、いずれにしても、『祝言島』は駄作だ。それだけは、確かだ。

■証言2 A・G（映画評論家・関東大学客員教授）

……島から逃亡をはかろうとしている子供が、連れ戻されて激しい折檻を受ける。

映画『祝言島』は、こんなシーンからはじまります。

が、次のシーンでは、東京港区の古いアパート。通称「祝言島アパート」の日常です。祝言島は噴火し、島民がこのアパートに避難したとナレーションで語られる。

語り手は、監督の嘉納明良。島民の少女である七鬼百合に手記を書かせ、それを元に話は進む——。

ああ、こうやって話しているだけでも、動悸が激しくなる。

映画『祝言島』は紛れもない傑作ですよ。あの映画を見たとき、僕はどれほどの衝撃を受けたか！　僕が映画の世界に入ったのは『祝言島』の影響です。ですから、大学の講義では、学生に必ず見せているんです。

といっても、一般的にはあまり知られていない映画です、それは、認めます。……ああ、なんでだろうな！　『祝言島』はもっと評価されるべきなのに！

きっと、あのラストのせいなんだろうな。……まあ、確かに、悪趣味なシーンの羅列だもんな……。

一人の女が殺されるんですよ。

耳たぶにイヤリングのようなイボのある女。

鬼気迫るシーンで、作り物とはとても思えない。あのシーンのせいで『祝言島』の評価は下がり、一部ではスナッフ映画として語り継がれているわけです。

でも、スナッフかどうかは、ここでは関係ない。

『祝言島』は、紛れもない、ドキュメンタリーの傑作だということです。

え？　『祝言島』はフェイクですって？

そうです。いわゆるフェイクドキュメンタリーの走りですよ。

が、ただのフェイクではない。フェイクは隠れ蓑《みの》にすぎず、その蓑からは真実が透けて見えるように作られている。だから、僕はドキュメンタリー映画として評価しているわけです。嘉納明良のプライベートドキュメンタリーとしてね。つまり、あの映画は、嘉納明良自身を追ったドキュメンタリーでもあるんです。ですから、ラストのシーンは蛇足だ。いいや、必要ない。あってはいけない。だから、僕は、学生に『祝言島』を見せるときは、ラストをカットしたものを見せています。

ええ、そうなんです。『祝言島』には、二種類あるのです。嘉納明良自身が編集したディレクターズカット版と、そして後に、プロデューサーが編集したプロデューサーズカット版がね。

猟奇的な殺人シーンがあるほうがプロデューサーズカット。それがカットされているのが、ディレクターズカット。

え？　逆じゃないかって？

いやいや、間違ってはない。

はじめ上映されたとき、あのシーンはなかった。ところが、あのシーンが追加されて再上映されたんですよ。それで、スナッフ映画ではないのか？と話題になり、一億円を超えるスマッシュヒットになったわけです。

思い違いではないのかって？

バカなことを言わないでください。『祝言島』に関しては、僕の記憶は百パーセント正しい。なにしろ、僕の人生を決定した金字塔的な作品ですからね。

……え？　祝言島は実在するのかって？

そんなの、関係ありません。だって、映画『祝言島』は、嘉納明良の内面を撮った映画なんですから。祝言島があるのかどうかなんて、重要なことではないのです。

■証言3　K・E（東京都諸島研究家）

祝言島は存在するのかって？

しますよ！　します。ちゃんと、地図にも載っている。

映画にもなったはずだ。あれは、かなり踏み込んだ映画でした。が、少々、中途半端でしたけどね。

いずれにしても、祝言島は存在します。噴火後は無人島になり、違う名前になっていますがね。そう、ロンダリングされてしまったんです。地名ロンダリング。まあ、珍しいことではありません。

そうそう。かつて、私、ネットのウェブペディアに祝言島の項目を作ったことがあるんですよ。ですが、早々に、改変されてしまった。「都市伝説」だってね。祝言島が噴火した日は、四月一日。いわゆるエイプリルフールです。それを利用して、「フェイク」にされてしまったんですよ。

祝言島の存在を、根こそぎ消したいと思っている人たちがいるんでしょうね。なにしろ、後ろ暗い歴史を背負っていますからね、あの島は。

……プラセンタって、ご存じですか？　つまり、胎盤です。そう、出産のときに排出されるあれです。今では美容アイテムとして大変な人気ですが、かつては栄養源として重宝されていました。特に、ヒトの胎盤。それを大量生産して戦時中の食料不足に備えようと研究をはじめた薬品会社がありましてね。その会社が目をつけたのが、祝言島。当時、ほとんど人が住んでいなかった祝言島で、プラセンタを大量生産しようと計画したんですよ。そして、まずは実験用として九人の慰安婦……というか女囚人が連れてこられました。彼女たちは全国各地のスラム生まれで、戸籍すらない。それで、一号、二号……という具合に名前をつけられたそうです。ひどい話です。家畜扱いです。もっとひどいのは、その九人の囚人を次々と孕ませ、出産させて、胎盤を手に入れようとしたことです。つまり、胎盤牧場を作ろうとしたんですよ。

バカバカしい話でしょう？　でも、戦時中は、そんなバカバカしいことが真剣に行われていた。人間魚雷をはじめとする特攻兵器なんかそのいい例じゃないですか。戦争という非日常下では、とんでもないバカバカしいことが次々と計画され、そして実行されるものなんですよ。まさに、クレイジーな世界です。

ですから、胎盤牧場が計画されたからといって、なんら不思議ではない。

もっとも、胎盤牧場が実用化される前に敗戦、その計画は頓挫したようです。

残されたのは、九人の慰安婦たちです。すでに彼女たちは何人かの子供を産んでいた。敗戦の時点で、五十人は超えていたはずです。製薬会社も、その子供たちのことまでは考えていなかったのでしょう。なにしろ、欲しかったのは胎盤だけですから。子供は副産物というわけだ。だからといって、そのままにしておくこともできない。それで、九人の母親にちなんで、九つの苗字を与えた。……そのひとつが七鬼だったと記憶しています。そう、その苗字には、一から九まで数字が入っており、どの子供がどの母親から生まれたのか分かるようにしたんです。

苗字と戸籍を与えられた子供たちの多くは本土に送られて、養子になったといいます。ところが、何人かは島に残された。素行不良と烙印を押された子供たちです。その子供たちを収容するために作られたのが、祝言島教護院。

教護院の誕生で、祝言島は、さらなる黒い歴史を背負うことになります。教護院には、島の子供たちだけではなく、本土の不良少年も集められたからです。そこで行われていたのが、俗にいう……ロボトミー手術です。

「祝言節」という歌をご存じでしょうか？

そーれそれそれ　そーれそれそれ

人のもの　とるやちゃ
こども　ひまご　そのまたこども
うらみ　うらまれ　ねだやし　ころり
ねじって　つぶして　きざんじゃる
そーれそれそれ　そーれそれそれ

これは、教護院で誕生した歌なんだそうです。悪いことをしたら子々孫々、根絶やしにするぞ……という内容なのですが、これは教護院指導員の言葉を歌にしたそうです。

なんとも、気色の悪い話じゃないですか。

■証言4　T・H（元教護院勤務）

はい。ご指摘の通り、私は、かつて、祝言島教護院で働いておりました。今でいう、児童自立支援施設です。つまり、不良行為が見られる、またはするおそれがある児童、あるいは生活指導を要する児童を入所または通所させて、自立を支援する施設です。

誤解を恐れずに乱暴にいえば、児童の刑務所です。

特に、祝言島教護院は、〝刑務所〟の色が強かった。なにしろ、四方は海に囲まれた島。一度ここに送られた少年少女は、そうそう逃げることはできない。徹底した管理のもと、〝指導〟が行われたのです。

そのひとつが、ロボトミー手術です。そう、前頭葉切截手術です。

あ、言っておきますが、ロボトミーは、当時、れっきとした治療法のひとつだったんですよ。東大医学部でも行われていたはずです。ロボトミー廃止宣言が出た一九七五年までは、頻繁に行われていました。事実、ロボトミーの考案者であるエガス・モニスは、ノーベル賞をもらっています。それだけ、効果は絶大だったのです。手術を受けた患者は、ことごとく性格がおとなしくなりました。

まあ、もちろん、弊害もありました。手術したことで衝動性が増し、反社会的犯罪行為に走る患者もいました。中には、解離性同一性障害……多重人格の症状を示す例も。が、手術には、リスクはつきものです。百パーセントの成功なんて、医学界ではありえないのです。

ちなみに、祝言島教護院では、経眼窩《けいがんか》術式……通称アイスピックロボトミーという方法で手術を行いました。アイスピック様の棒を左右の瞼の裏から眼窩に差し込み、前頭前野皮質の神経線維を切截するというものです。当時、祝言島教護院に勤務していたS医師は、その術式に関しては天才的でした。ものの五分で、それをやってのけるのです。ただ、少々乱暴なところもあり、患者の瞼に痣が残ることもありました。

■証言5　飯野武（フリージャーナリスト）

……こんな姿で、悪いね。

末期ガンなんですよ。手の施しようがなくて、余命三ヵ月を言い渡されています。

だから、ベッドの上から失礼するよ。

で、今日はなにを聞きたいの？

嘉納？

ああ、嘉納か。懐かしいな。

でも、あれ以来、会っていない。

……そう、昭和四十六年、映画館でばったり会ったあの日以来。

あのとき、嘉納は、就職するようなことを言っていたが。……でも、やっぱり、あいつは映画を撮った。

嘉納は、映画の女神に愛されていたからね。映画から離れることなんかできなかったんだろうな。

あいつは、可哀想な男なんだよ。家庭が複雑でさ。……母親が赤坂の芸者で、父親は医者だったかな。もちろん、結婚はしていない。いわゆる妾腹の子供だ。それが原因か、小さい頃はかなりやんちゃをしていたらしい。それで、中学校の頃、教護院に入れられそうになったんだそうだ。……いや、違う、実際、行ったんじゃなかったかな。……そうだ。学生の頃一度、あいつの実家に泊まったことがあったんだが、そのときに、あいつの母親が話してくれた。母親はちょっと酒が入っていて、それでぽろりと俺に漏らしてしまったんだと思う。

「教護院に入れようと言い出したのは、あの子の父親。はじめ、あたしは反対したのよ。教護院なんかに入れないでって。確かに、手癖は悪かった。でも、それは親に対する反抗のひとつだったのよ。そう、かまってほしくて、小さな悪さを繰り返していただけなのよ。そう言って、父親を説得した。だから、一度は免れたの。……でも、あの癖が露見したとき、あたしも見逃すわけにはいかなくなった。それで結局は、あの子は教護院に送られてしまったの。……それから一年後、あの子は戻ってきた。すっかり別人になって。その瞼には手術の痕があって、あの子の父親は言った。『これで、この子も普通の子になるだろう』って。あたしも、安心したものよ。あの癖がすっかり消え失せていたから」

あの癖とはなんぞや？　訊くと、なんと嘉納は同性愛者だったというのです。今でこそ同性愛は容認されていますが、当時はまだまだタブーの領域。それを理由に、息子を教護院や精神科病院に送るケースも少なくなかった。

やつの母親によると、同性愛そのものより、女装癖が嫌悪されて教護院送りとなったようです。その教護院から戻ると、やつは〝普通〟の男性になったということです。女装癖もおさまり、同性に色目を使うこともなくなった。

事実、やつは女好きだった。女に誘われれば誰とでも寝ていたっけ。

同性愛者が、無類の女好きに変貌するんだからね。教護院ではいったい、どんな〝指導〟が行われていたんだか。以前のあいつは、女を憎んですらいたのに。

……ああ、そういえば、噂で聞いたことがある。女と半同棲《どうせい》をしていたって。文京区小石川の、伝通院近くのアパートで。

えっと。なんていう名前だったかな。確か、シナリオライターの卵の……ああ、そうそう、〝一ノ瀬琴美〟という女性です。

■証言6　一ノ瀬琴美（元シナリオライター）
シナリオライターといいましても若い頃に刑事ドラマのシナリオを数本担当した程度で、今は、新潟の実家に身を寄せて農業を手伝っています。

だから、今の肩書きは、〝農業〟というのが正確でしょうか。

……嘉納明良とは、以前、お付き合いしていたことがあります。もう、五十年ほど前のことです。伝通院近くのアパートで、六年ほど同棲していました。……いいえ、正確には同棲ではありませんね。だって、彼、母親が待っている実家に律儀に戻っていましたから。通い同棲でしょうか。そんな言葉あるかどうかは分かりませんが。

嘉納明良はつかみどころがない男でした。二面性があるというか。例えば、無頼派の一面がある一方、母のもとには必ず戻る……という親孝行の面も見られました。いいえ、親孝行というのともちょっと違う気がします。「戻らなければいけない」という強迫観念に駆られていた感じがします。

また、情熱的な一面を見せる一方で、冷徹な面も持っていました。激しい接吻《せっぷん》をしているときも、その唇はどこか冷たいのです。私、彼に愛されていないのではないか？と思うこともしばしばでした。

女装癖？　いいえ、私と暮らしているときは、そんなところはまったく感じませんでした。

……いえ、でも。なんとなくですが、違和感はありましたね。なんていうか、必死で〝男〟を演じているというか。そう、〝嘉納明良〟というキャラクターを演じているようなところがありました。

だから、ときどき、〝嘉納明良〟というキャラクターに綻びがでてくるんです。その綻びの間から、まったく違うキャラクターが一瞬顔を覗かせるというか。

……今思えば、メンタルがちょっと壊れていたのかもしれませんね。……ああ、あれが原因かも。昭和四十三年頃、ベトナム戦争を取材しにいくといって、戦場に行ったことがあるんです。ほんの一週間、短い期間でしたが、本物の戦争を目の当たりにして、心のバランスが崩れてしまったのかもしれません。帰国したとき、彼、まるで別人でしたもの。もちろん、〝嘉納明良〟には間違いないんですが、どこか違っていました。

彼も彼で、ときどき、「この女誰だ？」というような目で私を見るときがあって。それからしばらくして、私、妊娠したんです。もちろん、彼に報告しました。が、彼は「僕には、妊娠させる能力はない」の一点張り。どういうわけか、彼は、自分が「不能者」であると信じ込んでいたのです。不能者であるはずがない。だって、現に、私は妊娠した。なのに、「どうして女どもはそんな嘘ばかりを並べるんだ」と、激しく罵られました。たまらず、私は彼のもとを去りました。……彼のもとを去ったのは、それだけが理由ではありません。……その頃になると、あの人、女癖がひどくなって。

七鬼百合？　……ええ、その人にも手を出していたようです。それだけではなくて、他にも。

いずれにしても、彼とはもう一緒にいられないと思いました。それまでもコロコロと変わるあの人の性格に振り回されてきましたが、もう限界だと思いました。

それで、乳飲み子を抱えて家を飛び出したんです。そんな私に手を差し伸べてくれる男性が現れて結婚したのですが、……やはり、長続きはしませんでした。子供を可愛がってくれないのです。それどころか、暴力まで。それで、子供が中学校の頃、離婚しました。

……お察しの通り、その子供というのが、十一年前、西新宿のホテルで殺害された一ノ瀬マサカズです。

あの子は、自分が嘉納明良の子供だということに薄々気がついていたようでした。私の鏡台の中からビデオテープを持ち出して、それを見てしまったんだと思います。ビデオテープは、映画『祝言島』です。嘉納の唯一の映画ですから、取り寄せたんです。いつか、息子に見せようと思って。でも、見せられないと思いました。だって、ラスト、凄惨なシーンが……。だから、隠していたんです。

でも、ちょっと変だなとは思っていました。嘉納明良は過剰で二面性のある人間でしたが、映画に関してはひどくロマンチックなところがあり、猟奇的な映画は嫌っていたのです。なのに、なんであんなシーンを挿入したんだろう？と。

……いずれにしても、息子はあの作品を見てしまいました。そして、すっかり魅せられてしまった。そして高校を卒業すると、「父親を捜す」と言い残し、東京に行ってしまったんです。

あの子は、父親に会うことはできたんでしょうか？

嘉納明良が死んだと風の便りで聞いたのは、一九九五年のことです。新宿で起きた火事に巻き込まれて死んだんだと。遺体の引き取り手はなく、無縁墓地に葬られたんだそうです。

……でも、もう私には関係のないことです。嘉納明良とは、とうの昔に縁を切りました。

私の関心ごとは、息子を誰が殺したのか？ということだけです。

いまだ、未解決だなんて。警察は、いったい、なにをしているんでしょう？　一刻も早い解決を望みます。

■証言7　Y・N（ホームレス）

嘉納明良？　映画監督の？　……ああ、覚えているよ。こう見えて、記憶力だけはコンピュータ並みなんだ。……なんてね。ちょっと変な男だったからさ、印象的だったんだよ。どう変だったのかって？　……まあ、いわゆる「オネエ」だね。

あれは、一九九五年。当時、俺は〝手配師〟で、寄せ場で日雇いを手配していたんだ。そんなとき、カメラを持った男が近づいてきたんだよ。それが、嘉納明良。

ドキュメンタリー映画を撮っているって聞いたな。それで、九重サラという女を捜している……と。なんでも、九人の母親の子孫を捜していて、九重サラという女は九番目の母親から生まれた子供で……とかなんとか。ちょっと頭のおかしい人なのかな……とも思ったんだけど、一万円札を握らせてもらったからね、九重サラの居場所を教えた。

九重サラは、寄せ場に集まった男たちを相手に売春していた女で、東新宿の簡易宿舎を根城にしていた。

その翌日だよ。その簡易宿舎から火が出て、宿泊客二十人以上が焼け死んだ事件が起きたのは。

なんの因果か、嘉納明良はその火事で死んだらしい。

九重サラ？　さあ、どこに行ったんだか。

＋

（ベドラムクリエイティブ編集室）


「九重サラ！」

ビデオの途中だったが、メイは、声を上げた。

「どうしたの？」イガラシさんが、メイの顔を覗き込んだ。

「……九重サラって、……私のママの名前」

「へー、そうなんだ」

「なんで、ママの名前が？　嘉納明良とはどんな関係？」

「ビデオの続きを見たら、分かるんじゃない？」

＋

■証言8　O・M（マンション管理人）

ええ、九重サラさんはうちのマンションの住人です。

でも、つかみどころのない人だった。

ときどき挙動不審なこともあって、気にかけていたんですよ。いっつもなにかに怯えていましたね。誰かから逃げているというか。

借金取りかなんかなのかしらね……。

娘を置いて、何日も家を空けることもしばしばでした。

今回も、引っ越しをしようとしていたみたいなんだけど。

……それにしても、不思議な人ですよね。はじめて彼女を見たとき、なんか違和感があった。とにかく、どこをとっても不自然なんですよ。整形でもしているのかな……とか、それとも「オネエ」なのかな……とか。だって、背も男みたいに高くて。でも、メイちゃんという娘さんもいますしね。戸籍上でも、れっきとした〝女〟。……でも、朝帰りのときなんか、……顎にヒゲがうっすらとあるんですよ。サラさん、「更年期で、女性ホルモンが少なくなったからよ」なんて言ってましたけど。そりゃ、確かに、女も更年期を過ぎれば、ヒゲが生える人もいるけど。……あれは、そんなもんじゃなかった。

それに、昭和三十九年生まれ……って聞いていたんですけど、どう見ても、五十代じゃないんですよ。もっと上に見えましたよ。私が今年七十二歳なんですけどね、私と同年代に感じることがあって。会話をしていると、特にです。生まれる前のことを、まるで経験したかのように話すんです。東京オリンピックのことなんて、実際に見たかのように話すんですよ。……ほんと、不思議な人です。

不思議といえば、娘のメイちゃんも不思議な子ですね。

年がら年中、ぼぉっとしている。それに、マザコン。二十歳を過ぎても、「ママ、ママ」って、母親に依存していた。依存というより、あれはもはや、カルト宗教の信者だね。……悪い子ではないんですけどね、なにかが足りないんですよ。頭も悪くないと思うんですけど、……なにか危うい感じの娘さんです。

サラさんもよく言ってましたっけ。

「あの子は一人では生きていけない。だから、あの子より一日でも長生きして、私があの子の世話をしてあげなくちゃ」って。

サラさんもサラさんで、娘に依存していたのかもしれませんね。

本当に、なにか歪な関係でした。九重さん親子は。

ああ、そうそう。メイちゃんが自殺未遂事件を起こした日。私、サラさんをマンションで見かけた気がするんですよ。ちょうどそのとき電話していたんではっきりとは見てないんですけど。金色のカーリーヘアがね、私の視界を横切ったんです。

え？　男は見なかったかって？　ああ、見ましたよ。金色のカーリーヘアが横切って……それから一時間ぐらい経った頃でしょうかね。男が管理人室の前を通って出ていきました。入れ違いにメイちゃんのお友だちがやってきて。で、なんとなく胸騒ぎがして、メイちゃんの部屋に行ってみたんですよ。……その男は誰かって？　知りませんよ。でも、住人ではありません。防犯カメラ？　そんなもの、ありません。うちのマンションは古いですから。

■証言9　韮山亜弥《あや》（関東大学芸術学部映像学科学生）

九重さん……メイさんとは、同じ大学に通っていました。学科は違うんですが、共通科目でときどき一緒になったので、それで興味を持ちまして。

彼女は、ある意味、キャンパスでは有名人だったんです。だって、とにかく、暗い。そこにいるのにまるで幽霊のようで。それで、〝ゴーストちゃん〟なんて呼ばれていたんです。

そう、暗くて幽霊のようだったのに、存在感だけはあったんです。だから、ゴースト。だって、ゴーストって、ラップ音を出したり、ポルターガイスト現象を起こしたりして、自分の存在をアピールしてくるじゃないですか。九重さんは、まさにそんな感じの人だったんです。そこにいるだけで、ぞわぞわと鳥肌が立つような。

とにかく、ただならぬ雰囲気の持ち主でした。気になって気になって仕方がない。ちょっと目を離すと、なにかとんでもないことをしでかすんじゃないかという危うさ。だから、なんだかんだと話しかけては、気にかけていたんです。

気にかけていた……というよりは、観察していたんです。彼女を卒業制作のネタにしたいという下心があったんです。彼女の闇に迫ることで、現代社会の闇が見えてくるんじゃないかな……と思いましたので。

でも、なかなか見えてきませんでした。

ところが、あるとき、彼女の母親を見る機会がありまして。

いつだったか、彼女のあとを追ってみたことがあるんです。そしたら、小石川のマンションに辿り着きました。マンションの前をうろついていると、九重さんが、大柄な金髪カーリーヘアと一緒に出てきました。

九重さんはその金髪カーリーヘアを「ママ」と呼んでいましたが。いえいえ、あれは、どこからどう見ても、おっさんの女装です。そう、〝オネエ〟です。なのに、九重さんは「ママ、ママ」って。見たことがないような笑顔でじゃれついているんです。

まさに、異様な光景でしたよ！

そして、こうも思いました。

「九重さんの闇の正体は、あの〝ママ〟なんじゃないか？」って。

それからは、ますます九重さんに興味を抱きまして。

九重さんの尾行がやめられなくなった。……まったく、我ながら悪い癖です。でも、そのおかげで、九重さんの自殺を未遂に終わらせることができたんです。

そう、あの日、九重さんは大学に来ませんでした。妙な胸騒ぎがして、小石川のマンションに行ってみたんです。でも、インターホンを押しても、反応はない。そのとき、中から黒っぽいスーツを着た男性が出てきて、オートロックのドアが開いたんです。考えるより早く、私はエントランスの中に飛び込んでいました。そして、九重さんの部屋にいくと、どういうわけか、施錠がされていない。ますます胸騒ぎがして、ドアを開けると練炭が焚《た》かれていて……。

九重さん、やっぱり、心が不安定だったんですね。自殺だなんて。

え？　嘉納明良を知っているか？

あれ？　どっかで聞いたような。

……ああ、『祝言島』を撮った人じゃないですか？　『祝言島』。映画史の講義で、見たことがあります。

■証言10　N（元シノノメ美容外科看護師）

嘉納明良。……ええ、よく覚えています。二十三年ほど前でしょうか。院長の関係者とかで、性転換手術をしたんです。手術は段階を経て行われました。一年かけての大手術が予定されていたんですが、その途中で、火事に巻き込まれて亡くなったんです。完全な女性まで、あともう少しだったのに。お気の毒です。

■証言11　大倉悟志（フリープロデューサー）

二〇〇六年当時、僕は、『ファミリー・ポートレイト』という番組を担当していました。有名人のルーツをドラマで再現する……という番組です。

僕は、その番組で、自分自身の人生にまつわるある謎を追究しようと考えました。

それは、イボやんの死です。

イボやんと呼ばれた僕の親戚が、一九六九年……人類がはじめて月面に着陸した日に、惨殺死体で発見されました。犯人は見つからず、迷宮入り。なぜ、彼女は死んだのか。誰に殺されたのか。この謎を僕はどうしても解きたいと思ったのです。

調べていくと、「嘉納明良」そして映画『祝言島』に突き当たりました。

『祝言島』には、ふたつのバージョンがあります。女を殺害するシーンがあるバージョンとそれがカットされているバージョン。一般に流通しているのは後者ですが、僕は、前者を手に入れることに成功しました。

そのシーンは、見るに堪えない残酷なものでした。何度も停止ボタンを押したものです。五回目の停止ボタンを押そうとしたとき、指が間違えて一時停止ボタンを押してしまいました。モニターに広がる、女の顔の停止画像。……その耳には、イヤリングをたらしたようなイボがありました。……そう、イボやんです！

僕は確信しました。これは、本物だ。本物のスナッフ映画だったんだと。

嘉納明良は、イボやんをいたぶりながら、それを撮影していたのです。しかも、それを上映した。……なんという極悪非道な行いか。まさに、鬼畜！

それからというもの、僕は、それまで以上の情熱と執念で、嘉納明良と祝言島について調べました。すると、今度は「国崎珠里」と「ルビィ」、そして「七鬼百合」にも突き当たったんです。

だから、僕は、国崎珠里のマネージャーを呼びつけて言いました。

「『ファミリー・ポートレイト』に、国崎珠里を出演させたい」と。

彼は、飛びついてきましたね。なにしろ当時の国崎珠里は、人気が落ちていた。テコ入れが必要な時期に差し掛かっていたんです。

そして、国崎珠里が面接にやってきた。彼女に実際に会って、僕は確信した。イボやんの死と彼女は無関係ではないと。なぜなら、この二人には共通点があった。

それは、瞼の痣です。

僕の調べでは、イボやんはその素行不良がたたって祝言島送りになり、ある手術が行われた。ロボトミーです。その証が、瞼の痣。

その痣が、国崎珠里にもあったのです。

そうなんです。僕の予想通り、国崎珠里も〝祝言島〟の因果にがんじがらめになっていたのです。

ロボットのように、ハンカチを何度も折りたたむ彼女の姿を見て、僕は思いました。祝言島の因果から、彼女を解放してやりたいと。

僕は、優しい人間ではありません。どちらかというと悪人です。そんな僕がそんなことを思うんですからね。それだけ、国崎珠里が痛々しかったんですよ。……まさに、生ける屍《しかばね》。

そんなときです。「十二月一日連続殺人事件」が起きたのです。

僕は、直感しました。この事件には、嘉納明良が深く関係している……と。え？　嘉納明良は、一九九五年、新宿で火事に巻き込まれ死んだのではないのかと？　死んだ人間が、どう関係するのだと？

では、こう考えてはいかがでしょうか。……嘉納明良は、生きていると。そう仮定すると、「十二月一日連続殺人事件」をはじめ、数々の矛盾に解答が与えられるのです。

そうなんです。嘉納明良は、生きているのです。他人になりすまして。

「九重サラ」という名で。

取材を進める中、嘉納明良は、子供の頃から性同一性障害に悩まされてきたことが分かりました。中学生の頃には、ロボトミー手術も受けさせられています。一時は、完全な〝男〟として生活していたようですが、それは虚像にすぎなかった。彼の中の〝女〟が再び目覚め、一九九四年頃、性転換手術を受けていたのです。

が、完全な女性となる前に、新宿の簡易宿舎で、火事にあう。そのときに、九重サラにすり替わることに成功した。そう、あの火事で死亡したのは嘉納明良ではなく、九重サラだったのです！

遺体は男女の区別などつかないほど炭と化していたそうですから、そんな入れ替わりが行われていたことなど、警察ですら気がつかなかったのでしょう。

その後、嘉納明良は、九重サラとして生きていきます。スタイリスト「サラ・ノナ」として。しかも、念願の〝母親〟にもなったのです。嘉納明良が、寄こしたんです。僕は、九重サラの娘だという女性に会いました。これは、嘉納明良からの挑戦状だと。僕は思いました。

「さあ、ネタは差し出した。これをどう料理するか？」と。

そんな挑戦状をもらったからには、こちらも受けないわけにはいかない。

そこで僕は、企画を立ち上げた。それこそが、

『テレビ人生劇場　～殺人者は隣にいる～　未解決事件スペシャル』

嘉納明良。君は、今どこで、この番組を見ているんでしょうね？

今から、「十二月一日連続殺人事件」の全容を暴いていきますよ？

よく見ていてくださいね。

もし、どこかおかしなところがあったら、遠慮なく、局に連絡してください。

■証言12　大倉悟志の推理

二〇〇六年十一月三十日深夜から十二月一日にかけて起きた三件の殺人事件は、嘉納明良の犯行と見ていいでしょう。

まずは、最初の被害者七鬼百合。

嘉納明良は、その日、「青山東アパート」を訪ねています。それは、タクシーの運転手がよく覚えていました。「二〇〇六年十一月三十日、午後八時頃、やたらとでかい、男だか女だかよく分からない、毛皮のコートをはおった、金髪カーリーヘアを青山東アパートまで乗せた」と。

第二の被害者、一ノ瀬マサカズを殺害したのも、嘉納明良です。

それを裏付ける、ある女性の証言も得ています。当時彼女は十七歳、売り出し中のアイドルで、密かに一ノ瀬マサカズと付き合っていました。そう、一ノ瀬マサカズの本命はルビィでも国崎珠里でもなく、十七歳のアイドルだったんです。

「ええ、二〇〇六年十一月三十日、午後十一時ごろ、私、西新宿セントラルパークホテルに向かいました。だって、マサカズのブログに、〝ルビィ〟という女と一緒にいる画像がアップされたもんですから。……それで、マサカズに電話して問い詰めたんです。そしたら逆ギレされて『別れる』なんて言われたものだから、私、慌ててホテルに向かったんです。

で、マサカズが泊まっている一九〇五号室を目指していたとき……なんで、部屋番号を知っていたのかって？　だって、それは。ブログにアップされていた画像に、部屋のキーも写り込んでいたから。そこに〝1905〟って。だから、フロントに寄ることなく、直接部屋に向かったんです。で、そのとき、毛皮のコートをはおった金髪カーリーヘアが、一九〇五号室から出てきたんです。……どこかで、見たことあるな……って。あ、スタイリストのサラ・ノナだ！……って。私、とっさに隠れました。だって、私、お忍びでしたから、こんなところを業界人に見つかったら大変だと思ったんです。そのとき、マネージャーから電話が入り、私は一九〇五号室には行かずに、ホテルを出ました。……なぜ、それを警察に言わなかったのかって？　だって、当時私はアイドル。しかも未成年ですよ？　そんなこと、証言できるわけないじゃないですか！　もちろん、何度も言おうとしましたよ？　……でも、恋愛はご法度だったんです。マサカズとのことがバレたら、私のアイドル人生も終わり。だから、誰にも言えなかった。だから、ずっと苦しんできたんです」

彼女は、本当に苦しんでいました。今は女優として第一線で活躍していますが、あの日目撃したことが悪夢となって、彼女を苦しめてきたということです。ですが、すべてを吐露した今、ようやく枕を高くして眠ることができるでしょう。

まとめますと、こういうことです。二〇〇六年十一月三十日二十時頃、嘉納明良こととサラ・ノナは、なんらかの理由で青山東アパート五〇七号室に住む七鬼百合を訪ね、殺害しようと殴打。

その後、西新宿セントラルパークホテル一九〇五号室に向かい、一ノ瀬マサカズを刃物で滅多斬りにして殺害。

殺害後、なにくわぬ顔でホテルを出、再び青山東アパート五〇七号室に向かう。……犯人は現場に戻るといいますからね。七鬼百合の死を確認しに行ったのでしょう。が、青山東アパートでは〝ルビィ〟と遭遇、瀕死状態の七鬼百合を発見した体《てい》を装い、119番通報。

その後、サラ・ノナこと嘉納明良は、国崎珠里のマンションに向かい、彼女を殺害。

え？　……ルビィですか？

ああ、ルビィは……。

■証言13　五十嵐《いがらし》リナ（モデル）

ルビィと私は、同じ日にプロダクションネメシスの所属になりました。私が十七で、ルビィが十八。いわゆる、同期というやつです。

でも、二人とも、なかなか売れなくて。よく愚痴り合ってました。

ルビィが二十二歳のときだったかな。いよいよ解雇か？ってときに、テコ入れがあったのね。キャラを変えて、再デビューさせようっていう話が持ち上がったのよ。で、事務所が用意した芸名が「国崎珠里」ってこと。

九州から出てきた田舎者……というのが、国崎珠里のキャラ設定。純朴な田舎者が徐々に垢抜けて、都会のレディーになっていく……っていうシナリオだったみたいです。マイ・フェア・レディのように。

ルビィ、悩んでいましたっけ。田舎者なんていうキャラを与えられて。それでも、彼女なりに頑張ってましたよ。必死で方言を覚えたり。

でも。

再デビュー……という段になって、ルビィの妊娠が発覚しちゃって。相手は、
たぶん、三ツ矢マネージャー。うちの事務所、〝営業〟はやらせるくせして、妊娠はご法度。だから、かわいそうに、ルビィは、ベドラム送りになっちゃったんです。

ベドラムから戻ったルビィは、すっかり別人。

完全に、別人格の「国崎珠里」になってました。

そう、つまり、ルビィは国崎珠里なんです。

＋

（ベドラムクリエイティブ編集室）


……五十嵐リナって。

メイは、隣に座るイガラシさんを見た。

「ああ、ほんと、私、バカ。あんなこと言わなければよかった。そしたら、こんなと

ころに連れてこられることもなかったのに」

イガラシさんは、口の中に指を突っ込むと、ガムをにょろりと引き抜いた。そしてそれを指の中で小さく丸めると、デスクの端にぺたりと貼り付けた。

「ね、あんた。ベドラムってどういう意味だか知ってる？　知らないなら、調べてみなさいよ。あんたの好きなウェブペディアで」


ベドラム（Bedlam）はイギリスにある世界最古の精神科病院

「そう、つまり、『精神科病院』ってこと。

素行不良や反抗的と認められた所属タレントは、ここに送られてくるのよ。ルビィも、ここに送られた。子供を産んだことがバレてね。それからよ、あの子がおかしくなったのは。

ビデオで証言した通り、もともとは『ルビィ』だったのよ。でも、なかなか売れない。そのときで二十二歳。タレントとして売り出すには旬を過ぎていた。それで、再デビューの話が出て。『国崎珠里』と名前を変えて、それまでのギャルキャラから、清楚キャラに変えられたの。プロフィールも与えられた。福岡県出身の読者モデルって。あちこち整形もしたのよ。その甲斐あって、別人になったわ。でも、さあ、いよいよ再デビュー……という段になって、妊娠が発覚しちゃって。会長は堕せと命令したんだけど、あの子、産んじゃったのよ。それがバレて、ここに送られた。で、手術が行われて、容姿だけじゃなくて中身もすっかり別人になったの。自分が『ルビィ』だったことも忘れて。しばらくは、それでうまくいってた。でも、あるとき、『ルビィ』がひょこっと顔を出すようになってね。……つまり、多重人格者になってしまったの。『国崎珠里』と『ルビィ』というふたつの人格が交互に現れるようになった。……ほんと、痛々しかったわよ。だって、一人二役でずっと、会話しているんだもの。いつだったか、虎屋菓寮でそれを目撃したことがあったんだけど、……かなりヤバかった。手鏡を持ってさ、ずっと一人で会話しているんだから。

私も、あんなふうになるのかしら？　いずれにしても、もう遅いわね。今日、手術があるのよ。承諾書にサインしちゃったから、もう逃げられない。

でも、まあ、殺されるわけではないからいいか。手術を受けた子の話だと、嫉妬や悲しみや悩みがなくなったんだって。爽快感と幸福感がハンパないんだって。だとしたら、手術も悪くないわね。

でも、失敗する場合もあるらしいけど。

その一例が、あの隅に座る、ムツダさん。六田三郎。……知らない？　芸人のバク転・サブローよ。世の中では失踪した……ってことになっているけど、違う。ブレイク後、天狗になっちゃって。それだけならまだしも、会長とぶつかってね。……なんでも、会長を脅したみたいよ。会長の秘密を週刊誌にリークするって。それで、ここに入れられて、手術を受けさせられたの。……でも、失敗だったみたいね。ご覧の通り、生ける屍になっちゃった。

でも、そういう失敗は少ないって。だから安心しろって、会長が。

そう、東雲アキラ会長が。……あの人には逆らえない。うちのプロダクションにいる人は、みな、あの人の傀儡《くぐつ》だもの。

でも、おかしいのよ。誰も、会長と実際に会ったことがないのよ。

さっきの、証言テープでも、声だけだったでしょう？

いずれにしても、会長の言葉を信じるしかない。……だって、承諾書にサインしちゃったから。

あんただって、そうでしょう？

あんたも、サイン、したんでしょう？

九重皐月って、サイン、サインしたんでしょう？」

〈コンクルージョン〉

さて、いかがでしたでしょうか？

我々が辿り着いた〝蓮の花〟は、「嘉納明良」という人物でした。

嘉納明良は、中学生の頃、同性愛者であることを問われて「祝言島教護院」に送られます。祝言島教護院では、治療と称してロボトミー手術が行われていたようですが、嘉納明良もまた、その手術の犠牲者となってしまったのです。

祝言島教護院から戻った嘉納明良は、まったくの別人となりました。「普通」の男性に生まれ変わったのです。

ですが、歪みも生じました。より男性らしくあろうとしたせいなのか、嘉納明良は、女性をいたぶることに喜びを感じる苛虐趣味に目覚めます。その被害者の一人が、八代勝子、通称イボやんです。

その後も嘉納明良は次々と女をたぶらかしていきました。その一人が、七鬼百合。

しかし、一九七三年、『祝言島』という映画を残し嘉納明良は姿を消します。

が、一九九五年、嘉納明良は新宿にひょっこりと姿を現します。性転換手術を受けた姿で。

さらに、新宿の簡易宿舎で起きた火事に乗じて、九重サラとすり替わることに成功しました。

その後は、九重サラ、あるいはスタイリストのサラ・ノナとして生きることになります。

そして、いよいよ「十二月一日連続殺人事件」が起きるのです。

サラ・ノナは、七鬼百合、一ノ瀬マサカズ、国崎珠里ことルビィを殺害しました。

そうなのです。証言テープで、この番組のプロデューサーの一人が推理したように、「十二月一日連続殺人事件」の真犯人はサラ・ノナこと嘉納明良だったのです。

なぜ、彼はそんな犯行に及んだのか。

答えは簡単ではありません。

ただ、確かなのは、被害者の一ノ瀬マサカズ、そして国崎珠里ことルビィは、嘉納明良の実子だということです。

嘉納明良は、自分の種を根絶やしにしたかったのではないでしょうか。

その根拠は、「祝言節」と呼ばれる、この歌です。

そーれそれそれ　そーれそれそれ
人のもの　とるやちゃ
こども　ひまご　そのまたこども
うらみ　うらまれ　ねだやし　ころり
ねじって　つぶして　きざんじゃる
そーれそれそれ　そーれそれそれ

嘉納明良は、祝言島教護院で、この歌を繰り返し聴かされています。
罪を背負った者の子孫は、根絶やしにしなくてはならない……という恐ろしい歌を。
嘉納明良は、自分自身の罪、そして残虐な性癖を自覚していたのでしょう。
だから、自分の子供たちを殺していった。
……そう考えるのは、早計でしょうか？

＋

「早計だな」

八王子N病院。

その一室で、死を迎えようとしている男がいる。

飯野武だ。

彼は、先日、テレビ番組の取材を受けた。その番組が、今、まさに放送されている。

が、自分の証言は結局流れることはなかった。制作側に都合の悪い証言は、ことごとくカットされたようだ。

飯野武は、テレビを見ながら、呟いた。

「早計だな。……嘉納は、そんな男じゃない。それに――」

嘉納明良は、〝あきよし〟じゃない。

〝あきら〟だ。

そして、今は、〝嘉納〟ではない。

あいつは、父親の籍に入り、〝東雲〟となったんだ。

そう言葉にしようとしたが、もう、そんな体力はない。

飯野武は、テレビ番組を最後まで見ることなく、息を引き取った。

後日談

シノノメ美容外科、地下控え室。

一人の老人が、鏡に向かっている。

……対話をしているようだ。

「東雲アキラ。テレビ、見たわよ。あんたが企画した、『テレビ人生劇場 〜殺人者は隣にいる〜』。なによ、あの出鱈目は」

「嘉納明良。またお前か。往生際が悪いぞ。いいかげん、消えろ」

「なにを言っているの。あんたのほうが後からきたんじゃない。あんたが消えなさいよ」

「嘉納……、いいかげん、気がついてくれ。世間では、僕のほうが知名度もあり、そして力もある。僕のほうが、お前より、価値があるんだ」

「だからといって、あたしを真犯人に仕立て上げるというのは、黙っていられない。……あれは、全部、あんたがやったことじゃない。イボやんも、七鬼百合も、ルビィも。……そして、九重サラも！」

「なにを言っている。九重サラが焼け死んだから、お前は女の人生を手にいれることができたんじゃないか。念願の母親だって経験できた。……十分満足しただろう？もう消えてくれよ。でないと、メイを……」

「メイは、やめて、後生よ、あの子だけは」

「だったら、消えろ」

「分かった。消えるわ。その代わり、教えて。なぜ、イボやんを？」

「あまりに昔のことで、忘れたな。……ああ、そうだ。あの女、僕の瞼の痣を目ざとくみつけてさ。『あんたも仲間だね？』なんて抜かしやがったんだよ。そのあとはよく覚えていない。気がついたら、バラバラに刻まれていた。しかも、僕の手には16ミリカメラ《フィルモ》。……あのときは驚いたね。僕には、こんな残虐な面もあったんだな……って。さらに興奮も覚えた。ああ、この光景はまるで『祝言節』の歌詞そのものじゃないか。そうか。この女は罪人だから刻まれたんだ。なるほど、これこそが僕の使命なんだ、僕は罪人を見つけ出しては刻まなければならない運命なんだ、これが僕の仕事なんだ……って。だから僕はカメラを回し続けた。いつか、僕の仕事を世間に披露したくてさ」

「それで、映画『祝言島』のラストに付け足したのね、あのシーンを」

「そうだ」

「じゃ、九重サラは？」

「だから、それは言うまでもないよ。お前のためだよ。お前が、本物の女になりたがっていたからさ。その手助けをしてやっただけだよ。おかげで、お前は女の戸籍を手に入れることができただろう？」

「七鬼百合は？」

「あの女は、ブログでいろいろしゃべり過ぎていたからね。……あの女、本気でお前に惚れていたんだぜ？ だから、ブログでお前を叩きまくっていた。そうすれば、お前が会いに来るんじゃないかって思っていたんだろう。だから、代わりに僕が行ってやったんだよ。お前の格好をしてな」

「百合、驚いたでしょうね」

「ああ。大混乱さ。あまりに騒ぐから、そこらにあった何かで、頭を数回殴りつけた」

「殺意を持って、殴りつけたの？」

「ああ、もちろん。殺すつもりだった。あの女を生かしておいたら、あとあと面倒だ。それに、あの女は七番目だからな。どのみち、死ぬ運命だ」

「そのあと、なんで一ノ瀬マサカズのところに？」

「一ノ瀬マサカズのブログが更新されたからだよ。その知らせが入り、見ると、ルビィとホテルにいる画像がアップされていた」

「あら、あんた、あの男のブログをチェックしていたの？」

「ああ。更新されたらメールがくるように登録もしていた」

「マメだこと」

「あの男もいずれ消えてもらうつもりだったからね。その機会をうかがっていたんだよ。

それにしてもだ。お前の子供たちは、まさに人間のクズだな。特に、一ノ瀬マサカズはひどい。あいつは、血を分けた妹だと知りながら国崎珠里をいたぶり、そしてルビィを抱いた。

僕はこれ以上黙ってはいられなくなった。こんなクズを生かしておくわけにはいかないって。だから、百合を殴りつけたあと、西新宿セントラルパークホテルに向かったんだ。ブログにアップされていた画像には、部屋番号が刻印されたキーも写っていたからね、部屋はすぐに分かった。呼び鈴を押すと、一ノ瀬マサカズはなんの疑いもなく、僕を中に入れた。僕のことを『スタイリストのサラ・ノナ』だと信じ込んでいた」

「一ノ瀬マサカズとは、何度か仕事を一緒にしたから。それで、警戒心がなかったたんだと思うわ」

「みたいだね。マサカズは、友人と接する馴れ馴れしさで、僕を部屋に入れた。……でも、ルビィはもういなかった。たった今、帰ったという。

ルビィと珠里のことを問い質《ただ》すと、やつはあっけらかんとこう言い放ったんだ。

『二重人格の妹との三角関係なんて、世界中を探しても、俺だけでしょうね。これほど美味しいネタはないですよ。いつか、この体験をもとに、本を書きたいと思っているんですよ。え？ 妹と寝て罪悪感はないのかって？ そんなの。そこらに転がっているライトノベルやエロ本なら、定番ですよ。そんなに大したタブーではない。結局、妊娠させなきゃいいだけの話です』

「……ひどい話ね」

「だろう？ 殺意が湧くだろう？ だから、そこに落ちていたパープルピンクのマフラーで、あいつの頸を絞めあげたんだよ。でも、それだけじゃ、怒りは収まらなかった。見ると、ルームサービスでも頼んだのか、サイドテーブルにはフルーツの盛り合わせ。ご丁寧に、ナイフまであった」

「で、そのナイフで、体中を切り刻んだのね？」

「ああ。刻んでやった。……祝言節の通りにね」

「そのあとは、どうしたの？」

「急に、百合のことが心配になってね。殴りつけたはいいが、ちゃんと死んでくれただろうか。それが気になって、パープルピンクのマフラーだけカバンに詰めて、部屋を出たんだ。……ところで、あのマフラー。今はどこにあるんだろうな」

「あたしが、ちゃんと保管している。小石川のマンションに」

「なんでまた」

「だって。あのマフラーは……。そんなことより、続きを聞かせて。あんたは、百合がちゃんと死んでいるかを確認するために青山東アパートに戻った。そのときに、ルビィにばったり会っちゃったのよね？」

「そうだ。……というか、あの現場ではお前もちょくちょく顔を出してたじゃないか。ご親切に、救急車まで呼びやがって。しかも、ルビィと一緒に病院まで」

「でも、警察に連行されそうだったルビィを助けたのは、あなたよ。なぜ？　あのまま放っておけば、ルビィに罪をなすり付けることができたものを」

「あんな危うい精神状態で警察に連れて行かれたら、いろいろまずいじゃないか。珠里だっていつ出てくることか。そうなったら、僕にまで、警察の手が伸びてくる。色々と面倒だ。……知っているだろう？　僕は面倒が一番嫌いなんだよ」

「だから、ルビィを殺したの？」

「あれは、ちょっとした事故だ。……警察に連行されそうだったルビィを病院から連れ出したはいいが、車の中で、ルビィは珠里に入れ替わったんだ。そして、延々と泣き続けた。ルビィがマサカズを奪った、ルビィがマサカズを殺したって。なんとかあの子のマンションまで連れて行ったが、手に負えなかった。マサカズのあとを追って死ぬとナイフを振り回すものだから、僕が死ぬのを手助けしてやったんだよ」

「なるほど。これが『十二月一日連続殺人事件』の真相ってことね」

「そうだよ。この三件の殺人は、なにも計画されたことじゃないんだ。すべて、偶然なんだよ。連続殺人でもなんでもない。でも、それじゃ、テレビ的には面白くないから、連続殺人ということにしておいたけどね。……そうそう、僕もお前に訊きたいことがある」

「なに？」

「お前はなぜ、メイを大倉悟志のところに行かせたんだ？」

「『テレビ人生劇場　～殺人者は隣にいる～』で、『十二月一日連続殺人事件』の情報を募っていたからよ。テロップにあんたの名前を見たとき、ピンときたわ。あんたに都合のいいストーリーをでっち上げるんだろうって。だから、大倉悟志を利用しようと思ったのよ。あの男だったら、きっと、真実を暴いてくれるって。……でも、買いかぶりだったわね。あの男、まんまとあんたに丸め込まれて、あんな証言までしちゃって。ほんと、がっかり」

「あの男も、昔はいい仕事をしたんだけどな。今は、全然だ。まあ、そのおかげで、僕に有利な証言をしてくれたんだが」

「そんなことより、メイは？　メイをなぜ、襲ったの？」

「あの子は可哀想な子だ。自分でも気がついていないようだったが、自殺願望があったんだよ。世の中に絶望していた」

「そんなことは、ない。あの子は、明るい、いい子よ」

「母親の前ではね。あの子は、母親の支配下から逃れたがっていた。かつてのお前のように。だから、だから――」

「だから、殴りつけて、体を縛って、練炭を焚いたの？」

「でも、お前が出てきて、拘束をほどいてしまったじゃないか。もう少しだったのに。……だから、ベドラムに送ったんだよ。あのままにしておいたら、あの子、『私は自殺なんてしてない。誰かに襲われたんだ』と、騒ぎだす可能性もあったからな。……面倒なことになる」

「だから、あたしになりすましてあの子を騙したのね。ひどい。そんなことで、ベドラムに送るなんて。……なぜ、そこまでメイにこだわるの？」

「それも、簡単だ。お前の血をひく人間だからな。お前、教護院で、教わっただろう？『こども　ひまご　そのまたこども　うらみ　うらまれ　ねだやし　ころり』って」

「……どういうこと？」

「メイは、お前の孫だろう？」

「…………」

「だからお前は、あのマフラーを取っておいたんだろう？　なぜなら、メイにとってはたったひとつの、母親の形見だ。捨てられなかったんだろう？　……違うか？」

「さあ、どうかしらね」

「惚けるなよ。三ツ矢から聞いたんだよ。ルビィは僕の命令に反して女の子を産み、そして三ツ矢はルビィにも内緒でその子をサラ・ノナ……お前に託したって」

「あの男。とんだおしゃべり野郎ね」

「それは、同感だ。あの男もお仕置きが必要だな。……さあ、もう時間だ。おしゃべりはここまでだ。今度こそ、お前には本当に消えてもらう」

「あの手術をするの？」

「ああ。……嘉納明良、今度こそ、消えてもらうよ？」

「ね、お願いよ。メイだけは、メイだけは助けてちょうだい。そしたら、あたしは潔く消える」

「ああ、それは安心しろ。あの娘は、近日中に、〝いい子〟に生まれ変わる予定だ」

「あの子にも、手術をするのね」

「殺されるより、ましだろう？」

「あと、もうひとつお願い。あの子の手術の前に、チューしてあげて。ほっぺにチューするのよ。そしたら、あの子は安心するわ」

「ああ、分かった、分かった」

「……ねえ、最後にもうひとつだけ聞かせて。あたしが消えたら、あんたはどうするの？　やっぱり、あれを続けるの？」

「そうだ。あの忌々しい〝祝言島〟の記憶も記録も、すべて消す。この世から抹消する。そして、ゆくゆくは、祝言島の九人の母親から生まれた子孫たちをすべて捜し出して……根絶やしにしてやる。それが、僕の使命だからね」


また、はじまったか。

ここのところ、頻繁に人格が入れ替わる。それこそ、数秒ごとに。

解離性同一性障害。まさか、ロボトミー手術で、こんな副作用がでようとはな。

でも、仕方がない、あんなやつでも、弟だ。可愛い弟だ。

それに、あいつをあんなふうにしたのは、誰あろう、自分なのだから。

その贖罪《しょくざい》というわけではないが、あいつが望むことなら、なるべく叶えてやりたい。

だから、今までも、あいつのプロダクションに所属するタレントや役者にこの手術を施してきた。

そして、今回は、弟自身が手術を受けたいと言ってきた。嘉納明良の人格を消すために。

……バカな弟だ。嘉納明良を消したからといって、嘉納明良に罪をなすりつけたからといって、嘉納明良と東雲アキラが同一人物だという現実は消えはしないのに。

それでも、弟の願いだ。叶えてやろう。

成功するかどうかは分からないが。なにしろ、もう八十九歳だ。若く見えても、中身は棺桶に片足を突っ込んでいる老人だ。手だって、こんなに震えている。……でも、弟がそれを望むなら。

東雲義重は、アイスピック状の棒を握り締めた。

※本作品はフィクションであり、
実在の個人・団体・島等は一切関係ありません。
なお、本作で登場した「祝言島」は架空の島で、
実在しません。

<参考資料>　Wikipedia

本書のプロフィール

本書は、二〇一七年七月に単行本として小学館より刊行された作品を加筆改稿して文庫化したものです。

小学館文庫

祝言島《しゅうげんじま》

著者　真梨幸子《まりゆきこ》

二〇二一年五月十二日　初版第一刷発行

発行人　飯田昌宏
発行所　株式会社　小学館
〒一〇一-八〇〇一
東京都千代田区一ツ橋二-三-一
電話　編集〇三-三二三〇-五六一六
販売〇三-五二八一-三五五五
印刷所――図書印刷株式会社

この文庫の詳しい内容はインターネットで24時間ご覧になれます。
小学館公式ホームページ　https://www.shogakukan.co.jp

ISBN978-4-09-407014-9